新潮文庫

あしたの名医2

天才医師の帰還

藤ノ木優著

新潮社版

11960

目次

あしたの名医2

天才医師の帰還

第一話　絶品黒鮑《くろあわび》と気まぐれな天才医師

9月も後半に差し掛かり、季節は秋を迎えようとしている。観光客でごった返した夏が過ぎ、伊豆《いず》長岡はすっかり平時の静けさを取り戻した。伊豆箱根鉄道には空席が目立つようになり、夜のあやめ小路《こうじ》を歩くのはラフな服装の地元民と思《おぼ》しき人ばかりで、どこの飲み屋も常連客たちがゆるりと時間を過ごし、日常を彩《いろど》っている。

午後8時、北条衛《ほうじょうまもる》は同僚と勤務先の天渓《てんけい》大学医学部附属伊豆中央病院、通称『伊豆《いず》中《なか》』の近くにある『ポメラ』というイタリアンを訪れていた。落ち着いた茶褐色の外壁に店名が記載された蛍光看板が配され、入り口は間接照明に柔らかく照らされたアイボリータイルに色変えされている。洒落《しゃれ》た雰囲気は、ここが温泉街だということを忘れさせる。

今宵《こよい》の当直が当たってしまっている先輩医師の下水流明日香《しもつるあすか》からは、恨めしそうな眼差《まなざ》しで見送られた。それくらい、ここは美味《おい》しい店なのである。

照明が抑えられたバーのような店内にジャズピアノのBGMが流れている。ダークブラウンのカウンターテーブルには6席あり、目の前のレンガ調の壁に設置された棚には世界中の酒の空き瓶が飾られていて、右手には二口《ふたくち》のコンロが並んだ調理スペースを見ることができる。

平日の遅い時間ということもあり、カウンター席に座る衛たち3人だけで、店を借り切っているような状態だ。観光地の平日の夜は、時折こんな贅沢《ぜいたく》を味わえるチャンスがあるところが面白い。

店主の東条《とうじょう》は伊豆の食材に魅せられた東京からの移住組で、この店には野菜、魚に肉まで地元の旬《しゅん》の食材にこだわったメニューが並ぶ。

彼が作る料理はこの日も絶品であった。

前菜に頼んだのは、伊豆高原産、温泉水を利用したハウス栽培で作られたレタスのサラダだ。旬を迎えつつあるイチジクとクリームチーズで和《あ》えてあり、シャキシャキしたレタスと、イチジクのねっとりとした食感が、見事に調和していた。

続けて出てきたイワシのカルパッチョには早生《わせ》温州《うんしゅう》みかんの果汁が搾《しぼ》られており、酸味の中にほのかな甘味が潜む。

興奮冷めやらぬ内に、次の皿がやってきた。

「伊豆牛のタリアータです」

ミディアムレアに焼き上げられた肉には、赤ワインソースがかけられ、その上からパルミジャーノチーズが粉雪のように散らされている。横に添えられたクレソンの緑や、ローストした人参《にんじん》の赤が彩りに花を添え、見ているだけでもうっとりする一皿だった。

「美味しそう！　早く食べよう」

隣に座った城《じょう》ヶ崎塔子《さきとうこ》が、真っ先にフォークを伸ばして、分厚い赤身肉に、たっぷりとソースを絡《から》めてから口へと運ぶ。

塔子は、伊豆中の産婦人科では教授である三枝善次郎《さえぐさぜんじろう》に次ぐ古株の女性医師だ。年齢は40代半ば、とにかく食べるのが好きで、伊豆のグルメに精通しているが、どれだけ食べてもモデルばりのスタイルが崩れる気配がないのが不思議だ。

170センチを超える長身で白のカットソーからは健康的に日焼けした長い手がすらりと伸びている。ポメラの洒落た雰囲気も相まって、彼女がカウンター席に座る姿はファッション誌の1ページを見ているようである。

衛の視線に気づいた塔子が、長いまつ毛をはためかせた。

「ほら、北条も早く食べなよ。無茶苦茶美味しいよ」

「もちろん、いただきます」

勧められるがままタリアータを頬張る。外側は炭火でしっかりと焼き目がつけられており、香ばしい。肉の中はジューシーでありながら、脂身《あぶらみ》は多くない。

「これぞ肉って味わいですね」

感心して言うと、東条がにっこりと微笑《ほほえ》む。

「伊豆牛は、餌《えさ》に乳製品を与えることで脂肪分を抑えているので、赤身が美味しいんです。色々なソースとも合うので、私もレシピの考えがいがあります」

たしかに、この土地に来てから丼《どんぶり》や焼肉、しゃぶしゃぶなどで伊豆牛を折々に食してきたが、どれも美味《うま》い。脂が主張しすぎないので、どんな料理にでも合うポテンシャルがあるのだ。

しかし、この一皿はなにより、

「ソースが抜群ですよ。赤ワインと……きのこですよね？」

最後が疑問調になってしまったのは、あまり味わったことのない感覚だからだ。きのこには間違いないが、コクが非常に強く、肉厚の切り身の歯触りは柔らかい。

手を上げたのは塔子だ。

「椎茸《しいたけ》でしょう？」

「ご名答です」

目を輝かせた塔子が、こちらに顔を向けた。

「静岡って、実は原木生《げんぼく》椎茸生産量が日本一なの。菌床《きんしょう》栽培と違って、木に生やして育てるやつだから椎茸そのものの味わいが段違いなんだよ。日本の椎茸栽培は江戸時代に伊豆から始まったなんて説もあるくらい、由緒《ゆいしょ》正しい椎茸なの」

嬉々《きき》として説明してくれる。口の中に広がる芳醇《ほうじゅん》な椎茸の香りと旨《うま》みをさらに美味しく感じさせる彼女の言葉は、もはや一つの調味料だ。

爛漫《らんまん》と説明する塔子の隣で、かくんと首が落ちた。

チーム最年少の神里真司《かみさとしんじ》である。埼玉にある有名分娩《ぶんべん》取り扱い病院、神里医院の経営者一族の彼は、180センチの長身で無駄な肉が一切ない体つきをしている。整った目鼻立ちだが、激務にさらされているせいか四六時中顔に疲れが浮かんでいる。酒に弱いので、ビール2杯で眠気が押し寄せてしまったようだ。

塔子が、神里の前に皿を差し出した。

「神里、寝ちゃう前にお肉食べときなよ。パワーが出ないから」

フォークで肉を刺して、その口元へと運ぶ。山羊《やぎ》のようにむしゃむしゃと咀嚼《そしゃく》した神里は、恍惚《こうこつ》の表情を浮かべて嚥下《えんげ》した。

「はい。美味いです」

しかし、よほど疲れているのか両瞼《りょうまぶた》が開く気配はない。せっかくの男前が台無しである。

「ほら、もう一枚」

塔子が、さらに神里の口元に肉を運んだ。

激務をこなすには食べるべし。それが塔子の信条だ。

伊豆半島中部の伊豆長岡温泉に位置する伊豆中は、半島で唯一《ゆいいつ》の総合周産期母子医療センターで、年間８００件もの出産を扱うかたわら、同地で発生する母体搬送を受け入れており、その件数は年間１３０を超える。にもかかわらず、産婦人科医は６名しかいない。まさに野戦病院のような施設であり、チームの誰一人として欠けてはならないという、薄氷の上で激務にあたっている。

限界まで働いて、美味いものをたらふく食って、倒れるように寝る。ここではその繰り返しなのだ。そんな生活を体現し、他の医師を牽引《けんいん》しているのが塔子なのである。

神里が肉を飲み込んだところで、入り口の扉が開く音がした。

「あ、たがっさんだ。お疲れ様でした」

田川誠一《たがわせいいち》だ。教授に次ぐ年長者の田川は、ずんぐりした体軀《たいく》につるりと光ったスキンヘッドの姿が特徴的である。前が開いた黒いスタジャンに、髑髏《どくろ》柄のTシャツを着こなす。ポメラの間接照明に照らされた彼の姿はハードボイルド映画に出てきそうな佇《たたず》まいだ。……もちろん悪役として。しかしその実、穏やかで哲学的な人である。

「遅くなってしまってすまないね、塔子さん。お腹《なか》と背中がくっつきそうだ」

スタジャンを脱いだ田川が、神里の奥に座る。田川は歳下《としした》の塔子を敬称付きで呼び、かわりに彼女は田川を変な愛称で呼んでいる。

奥の席につくと、横にチラリと視線を送った。

「他の食事は頼んであるのかい？」

サラダもカルパッチョも空になっている。東条が首を振った。

「いえ、いまのところは。お食事、どうされますか？」

田川が悪戯《いたずら》っぽい笑みを浮かべる。

「だったら、東条くんのとっておきを一つ作ってもらおうか。それに合うお酒も一緒にね」

田川はポメラの開店当初から通う常連なのである。東条の腕前を知っており、しばしばお任せ料理を頼む。

「田川先生からの挑戦状ですね。さて、どうしましょうか」

少し考えた東条は、何か思いついたのだろう、笑顔で「かしこまりました」と言い、もう一度頭を下げた。

「では、先にお酒をお出ししておきますね」

「よろしく頼むよ」

面々の前に置かれたのは、シャンパングラスだ。汚れひとつないグラスのフォルムには高級感があり、それだけで心が躍る。ワインセラーから1本のボトルを取り出した東条がラベルをこちらに向けた。

「爽輝《そうき》というスパークリングワインです」

銅色《あかがねいろ》で囲われたラベルの右側には、『伊豆』の崩し文字が印字され、左側に『爽輝』の名が記されている。

東条が手慣れた仕草でコルクを開け、高さのあるシャンパングラスに静かに注ぐ。黄色がかった液体には細かな泡が立ち上がり、ライトに照らされて宝石のように黄金に輝いた。

「中伊豆ワイナリーヒルズで自社栽培した葡萄《ぶどう》から作られたスパークリングワインです」

「伊豆にワイナリーがあるんですか？」

衛の問いに答えたのは塔子だ。

「修善寺《しゅぜんじ》の方だよ。欧風の大きな建物の前に広い葡萄畑があって、外国みたいな雰囲気で綺麗《きれい》なの。でも、ワインは有名だけど、スパークリングも作ってるなんて知らなかった」

東条が微笑んだ。

「スパークリングと言っても、シャンパンと同じ樽内《たるない》二次発酵という方法で製造されているので、本格的な味わいですよ」

四つのグラスに均等に酒が注がれた。

「乾杯しましょう」

田川の登場でようやく瞼を開いた神里が、グラスをかかげる。グラスを軽くあててから、早速、爽輝を口に含む。細かい泡が舌にあたり、葡萄に加えて林檎《りんご》のような爽《さわ》やかな香りが鼻腔《びこう》を抜ける。豊潤さの中に適度な酸味を感じる。

奥に座った田川が唸《うな》った。

「高貴な味わいだ。日本でもこれだけのスパークリングを作れるんだという気概が感じられるな」

田川のグラスがあっという間に空になる。二杯目を注ぎながら、東条が釘《くぎ》を刺すように言った。

「すぐにお食事を作りますので、ゆっくり楽しんで下さいね」

田川が自身のスキンヘッドをピシャリと叩《たた》く。

「いかんな。この調子だとすぐにボトルが空いてしまう。だったらその間にビールを貰《もら》おう。それにしても、これだけ高貴な酒に合う料理と対面できるのだと考えると、ワクワクするな」

「ご期待に添えれば幸いです」

ワイングラスの隣に置かれたのは『ウサミゴールデンエール』、伊豆半島東部にある宇佐美麦酒製造が手掛けるクラフトビールだ。まろやかでさっぱりした飲み口で、ぐいぐいいける。

バックヤードへと姿を消した店主の背中を見送った田川が、グラスを半分ほど飲み干してから塔子に顔を向けた。

「塔子さん、人事はどうなった？　三枝教授からなにか話はあったかい？」

その話題に、衛の背筋が無意識に伸びる。

そう、伊豆中はいま人事の話題でもちきりだ。4月と10月は、異動が最も多い時期なのである。産婦人科もご多分に漏れず、ざわついている。

分院に回されていたあの先生が本院に戻って部長になるらしい。5年目のあの人はイギリスへの留学が決まった。産休に入る彼女の補塡《ほてん》がなかなか見つからない。誰と誰が入れ替わるみたいだ。

連日のように内容が変わる信憑性《しんぴょうせい》の低い話が、ナースステーション横の医師控え室を飛び交っていた。

本院にいた頃の衛は、そういった話題にあまり関心を持っていなかったが、こと伊豆中においては他人事《ひとごと》ではない。少人数のチームだから、どんな医者が来るのかは死活問題なのだ。

「全然です」と、シャンパングラスに長い指を添えた塔子が、小さく首を振った。

その姿を見た田川が、そうかとこぼしてため息をつく。

途切れた会話の間に入りこむようにぐつぐつと湯が煮だつ音が聞こえてきた。気づけば、カウンターと向かい合わせになったキッチンスペースに戻ってきた東条が、料理を作りはじめていた。沸騰《ふっとう》した湯の音はパスタ鍋《なべ》からだ。心地よい音に耳を傾けながら、神里がしみじみとこぼした。

「本当に、いつになったら正式決定するんでしょうかね？」

再来週からは10月になる。そうなってしまえばもはや、人事もクソもない。この面子《メンツ》のままで仕事をせよということになる。

追加の人員は喉《のど》から手が出るほど欲しいが、できない医者が来れば、さらに環境が悪化する。いずれにせよ、さっさと先行きを決めて欲しいのが本音だった。

田川がビールグラスを静かに置いた。

「まあこの手の話が決まるのは、東京から一番遠いうちがいつも最後だからな。でも、人事を決めるのも一苦労なんだろう。かつては専制君主制だった医局も、いまや民主主義の真似事《まねごと》をしているからね。体裁上は、皆の希望を汲《く》み取るフリをしなければならないわけだ」

神里がぐらぐらと揺れる首をがくりと落とした。すかさず塔子から渡された水を一気に飲んでから、ボヤく。

「この時期は、医局長も大変そうですもんね」

大学病院はとにかく規模が大きい。組織の母体である天渓大学産婦人科医局の関連病院は15を超える。その全《すべ》てに医局員を振り分けなければならないのだから一大事だ。

田川が同調するように頷《うなず》いた。

「そもそも論として、産婦人科医自体が少ないのに、全ての施設に充分な人員を振り分けるのは、もはや無理筋なんだ。結局どこかが割を食うことになる。まあ、それがうちなんだがな。実際、北条がこっちに来た時の内示も急だっただろう」

３ヶ月前の突然の辞令を思い出す。

「俺の場合は少し事情が違いますけど」

もともと、衛が目指していたのは腹腔鏡《ふくくうきょう》手術の専門家だ。天渓大学産婦人科は婦人科腹腔鏡手術の老舗《しにせ》であり、ラパロチームと呼ばれる婦人科分野の腹腔鏡手術を生業《なりわい》とする技能特化集団を有する。数々の専門医が輩出していることでも有名で、衛はそれに魅せられてこの医局の門を叩き、腹腔鏡手術の経験をひたすら積んできた。

しかし、異動の時期でもない6月に産科とは畑違いの衛に白羽の矢が立った。その理由は、前任者の佐伯《さえき》が同じラパロチームだったことにある。佐伯の実力と勤務姿勢は三枝教授の眼鏡に適《かな》わず、赴任早々に失格の烙印《らくいん》を押されて、本院に送り返されたのだ。取り急ぎ代替が利《き》く要員として選ばれたのが、衛だった。

「ここは産科特化型の施設なのに、補充される人員がラパロチームばかりというところに、本院の懐《ふところ》の苦しさが垣間《かいま》見《み》えるよな」

田川の言う通りである。

はたして衛の適性がこの病院に合っていたかというと、はなはだ疑問だった。産科特化型の施設に飛ばされたところで、出来ることは限られていた。事実、この３ヶ月は苦労の連続で、己の力不足を痛感する場面も多々あった。

　ともあれ、伊豆中ではそんな人事が続いている。

「また、ラパロチームの人間が来たりしてな」と田川が冗談ぽく言う。

「そうなったらいよいよ、ここがどんな施設かわからなくなりますね」あくび混じりに言った神里の上下の瞼はピタリとくっつきそうである。

　ぱちぱちと、キッチンスペースから軽快な音が聞こえてきた。その音を追いかけるように、芳醇な香りが漂ってくる。憂鬱《ゆううつ》な話はさておいて、4人の鼻先が一斉にそちらを向いた。

「これは、海苔《のり》ですかね」

　鼻腔を刺激するのは、生命力に満ちた力強い磯《いそ》の芳香だ。

　東条が振るうフライパンの中身は、彼の背中で隠されて見えない。しばし会話を忘れ、一堂はカウンター越しに聞こえてくる音と香りに没頭する。

　フライパンから響く音が変わった。それと共に漂ってくる香りにも新たな要素が加わった。深み、複雑さ。少し癖のあるにおいは、先ほどまでの香りを一層重厚なものにしている。

　塔子がパッと顔を輝かせた。

「わかった！　鮑《あわび》だ」

フライパンを軽快に動かしながら、東条が小さく肩を上げた。

「さすが城ヶ崎先生。香りだけでバレちゃいましたか。おっしゃるとおり、黒鮑です。来月から禁漁になるので、今シーズン最後の天然ものですよ」

田川が口角を上げた。

「さすが東条くん、やるな。旬を味わうのも贅沢だが、次の旬に思いを馳《は》せながら名残を惜しむっていうのも風情《ふぜい》がある。いつでも全国各地の食材が当たり前のように揃《そろ》う東京では、味わえない贅沢だ」

胸が高鳴る。香りだけでも相当美味いのがわかる。

「鮑なんてしばらく食べた覚えがないから、楽しみです」

期待に胸を膨らませながら言うと、塔子が満足気に頷いた。

「伊豆は鮑も絶品だから、きっと驚くよ」

口の中に唾液《だえき》が溢《あふ》れる。この土地の食材に関して、塔子の言葉には一切の偽りがないからだ。加熱されたことにより、さらに複雑さを増した芳香が、彼女の言葉を裏打ちしている。

「これはハードルが上がってしまいました」と、東条が恐縮したように言いながら、茹《ゆ》で上がったパスタをフライパンに移して軽妙に振り始める。慣れた手つきでソースを絡めると、二つの皿に盛りつける。そしてついに、塔子と衛の間に皿が差し出された。

「鮑と磯海苔のクリームパスタです」

スポットライトに照らされた一皿は、もはや芸術品だ。

ほんのり黒みがかったクリームソースが太めのパスタに満遍なく絡んでいる。そしてパスタの上には、厚切りにされた大ぶりの鮑が、立体的に何層にも重ねられている。表面には美しい照りがあり、光が当たると妖艶《ようえん》に輝く。隣に立つ爽輝の美しいイエローゴールドにもマッチしており、東条の料理は実に絵になる。

「鮑は白ワインで蒸したあと、表面をバターでローストしています」

説明しながら、田川と神里の前にも同じ皿を置く。口笛を鳴らした田川がフォークを構えた。

「もうたまらないな。早速いただこう」

衛はパスタを取り分けにかかる。二つ並べた小皿にトングで摑《つか》んだパスタを盛っていく。パスタを摑むたび、磯とクリームの芳醇な香りがむせかえるほどに広がり、これでもかとばかりに嗅覚《きゅうかく》を刺激する。

「どうぞ」と塔子の前に皿を置くと、彼女はどこか慈《いっく》しむように鮑の身を見つめた。衛は小皿の前で手を合わせる。これだけ美味そうな飯を出されては、我慢できるはずもない。

「いただきます」

フォークでパスタを巻きとって口へと運ぶ。濃厚なクリームソースが絡んだパスタは、ずしりと重かった。

口に入れるまえから、芳《かぐわ》しい海苔の香りが鼻を通り抜けていく。ソースが舌に触れた瞬間、重厚な風味が脳まで突き抜けてきた。間髪《かんはつ》を容《い》れずにコクと旨みが追いかけてくる。ソースのベースとなっている鮑の肝は滑らかで、臭みなぞ全くない。さらにクリームとバターが深いコクを柔和させ、甘さすら感じさせる。

口の中に海が凝縮されているような味わいだった。伊豆の食材からはこれまで何度もみなぎる生命力を感じてきたが、その中でもこの黒鮑は別格の力を誇っている。アルデンテに茹で上げられた塩が利いたパスタを咀嚼するたびに、ソースに塩味が加わってゆき、味がさらに引き締まって飽きさせない。

衛が味わっている様子を満足そうに見つめていた塔子が、そっと口添えする。

「身も食べてみなよ」

はち切れんばかりの美しい身を指され、ハッとする。

「あまりの美味さに、身の存在を忘れていました」

ソースだけでもいつまでも味わっていたいと思えるほどの逸品だったのだ。促されて、いざ身を口に放り込む。

瑞々《みずみず》しい感触が舌を触る。歯を立てると嘘《うそ》みたいに簡単に切れる。とはいえ歯応《はごた》えはきちんとあり、咀嚼するたびに甘みが溶け出してきて、味わい深いソースと複雑に混じり合う。

「美味しいでしょ?」

「やばいです。ソースはもちろんですけど、こんなに柔らかくて甘い鮑なんて食べたことないです」

記憶にある鮑は東京の少し高めの居酒屋で出てきた刺身だっただろうか? 固くて、味もよく分からず、なぜ高級食材と言われているのか、正直なところ、理解できなかった。いま食しているものは、あのときのものとは雲泥《うんでい》の差だ。これで旬を過ぎているなんて信じられない。

濃厚な旨みがいつまでも口腔内に残る。爽輝を口に含むと、豊潤な葡萄の甘みが口の中に広がった海の味を受け止めてくれ、繊細な泡と酸味がさらに新たな世界を呼びこむ。酒は詳しくないが、きっとこれがマリアージュというやつだろう。

「そっか、よかった」と嬉《うれ》しそうに頷いた塔子は、大ぶりの身をフォークで優しく刺して、どこか懐《なつ》かしそうに見つめている。

「私がここに異動してきてから初めて食べたのも、禁漁間近の黒鮑だったの」

「異動してすぐ……、塔子さんにもそんな頃があったんですね」

そう言うと、口を尖《とが》らせた。

「人のことをなんだと思ってるのよ。私がここに異動になったのは、北条と同じ頃だったんだよ」

誰にでも若かりし頃があるに決まっているのだが、衛は伊豆中の生き字引的な存在としての城ヶ崎塔子しか知らないので、想像は難しい。

塔子が鮑をじっくりと味わうように咀嚼してから、もう一度衛に顔を向けた。

「歓迎会で、三枝教授に勧められて鮑の酒蒸しを食べたの。驚くほど味わいが深くて感動した。こんな鮑が育つ伊豆の海ってどんだけ凄《すご》いのよって、一発で魅了されたんだよ」

なるほどと頷きながら、一つ引っかかることがあった。

「三枝教授が歓迎会に出席されていたんですか？」

産婦人科のメンバーとはこの3ヶ月間で数えきれないほど飲みに行ったが、その席に三枝が顔を見せた記憶などなかったから、意外に感じた。

「まあ、昔はね。教授も若かったしね」と呟《つぶや》いた塔子を見て、衛はそれ以上の言及を避けた。

今でこそ厳格な鬼教授として知られる三枝だが、かつては別の面を見せていたらしい。その変化には、塔子の妊娠を巡るアクシデントが関わっているので、この話題は深掘りすべきではない。

衛は、改めてパスタに向き合うことにした。すでに残りはわずかだ。次に天然黒鮑に会えるのは、禁漁期間明けだ。

一枚一枚、噛《か》み締めるように鮑を味わった。


ついに人事の正式通達があったのは、週明け月曜日の朝のカンファレンスの場だった。

伊豆中の産婦人科では毎朝ナースステーションでカンファレンスをするのが慣例である。といっても、堅苦しい雰囲気ではなく、中央に配されたテーブルに皆で集まり、前日の当直報告や本日の業務予定を和気藹々《あいあい》と話し合うものだ。普段は、その日のスケジュールがおおよそ決まったところで三枝がやってくる。

時間に正確な三枝がこの日は5分早く姿を見せた。

伸びた背筋に首から上だけが前傾した独特の姿勢は、どこか精巧な機械を思わせる。真っ白な頭髪は一本の乱れもなく両側にぴしりと撫《な》で付けられていて、その下に配される瞳《ひとみ》の眼光は鋭く、70という年齢を感じさせない。彼の登場により、穏やかだったカンファレンスの空気はピリリと引き締まる。

「人事の話がある」と、彼は静かに宣言した。

体の軸が一切ぶれない立ち姿からは、これから判決を言い渡す裁判官のような、厳かな空気が漂っている。

「結論から言うと、医師が一人増えることになった」

いきなりの本題に息を呑《の》む。

一同を見渡してから、三枝はおもむろにその名を告げた。

「10月1日付で、海崎栄介《かいざきえいすけ》准《じゅん》教授が着任する。よろしく頼む」

その名を聞いて鳥肌が立った。

海崎栄介。腹腔鏡の道を志すもので彼の名を知らないものはいない。業界トップクラスの腕とあくなき向上心から、腹腔鏡界に旋風を巻き起こしている。衛にとって、まさに雲の上の存在だった。

本当にあの海崎先生なんですか？　そう訊《き》こうとした時には、三枝はすでに病棟を後にしていた。

興奮の残る中、しみじみと口を開いたのは田川だった。

「アカデミックの王道をひた走る先生が、まさかここに来るなんてなあ」

すると、隣から明日香がスクラブの袖《そで》をグイグイと引っ張ってきた。1本に結んだ長い髪は、小動物の尻尾《しっぽ》のように左右に揺れ、広い額と黒縁メガネの奥にのぞくりっとした瞳には愛嬌《あいきょう》が浮かぶ。

「海崎先生って、どこのだれなの？」と、無邪気に訊かれる。

素《す》っ頓狂《とんきょう》な質問に思わず大きな声を上げてしまった。

「あの海崎先生を知らないんですか！　我が天渓大学ラパロチームのエース中のエースですよ！」

明日香が両耳を塞《ふさ》いで顔をしかめる。

「衛くんの熱量が怖いよ。私は天渓大学の出身じゃないし、ラパロに興味もないから知らないよ」

明日香は、いつのころか伊豆中にふらりとやってきて、そのまま居着いている珍しい医者である。それにしてもあっけらかんとした物言いに拍子抜けする。

仕方なく、海崎がいかに凄い人なのかを説明することにする。

「よく聞いて下さいね」

「衛くん、いつも話が長いから手短にね」と釘を刺され、出鼻を挫《くじ》かれた。咳払《せきばら》いをしてから仕切り直す。

「とにかく、経歴が並外れてるんですよ」

海崎は、40半ばの若さにもかかわらず、腹腔鏡のスペシャリストとして名を馳せ、いずれどこかの教授になることを確実視されている人物だ。

今の衛と同じ30過ぎで大学院に入り、台湾にある年間5000件もの婦人科腹腔鏡手術を手がける有名な病院に留学し、手術漬けの日々を送った。2年後に日本に帰ってきてからも天渓大学には戻らず、腹腔鏡手術では天渓大学と双璧《そうへき》をなす中国地方の病院に国内留学、もとい武者修行に出て、そこでの評価も鰻登《うなぎのぼ》りとなった。

臨床の腕だけでなく、アカデミアとしての業績も華々しいものがある。

数々の論文発表はもちろん、新たな手術アプローチを考案し、さらに自ら手術器具を開発するにまで至り、いまや腹腔鏡界の革命児とも呼ばれている。腹腔鏡専門誌には、彼の記事や論文が数えきれないほど載っているのだ。

「……と言うわけです」

「わかった。要は、衛くんの推しってことね」

その総括にずっこけそうになる。

「あれだけ説明したのに感想がそれですか？」

明日香が眉根《まゆね》を寄せた。

「どんなに有名人か知らないけど、結局、またラパロチームの人が来るんじゃ、ここじゃ役に立たないんじゃないの？」

腹腔鏡のレジェンドに向かってなんたる言いようだろうか。

「そんなことは――」

ない、と言いかけて言葉が止まる。

そんなことないこともないのが実情だ。三枝の鋼鉄の如《ごと》き方針により、ここでは婦人科の腹腔鏡手術が行われていないからだ。伊豆半島中の産科救急が集まる施設だから仕方がないという事情もある。だが、そんな施設に腹腔鏡のスペシャリストを配置する。正直、不可解な人事だ。

正面に立っていた神里が、塔子に訊いた。

「僕はてっきり、海崎先生が天渓大学に戻ってきたら、本院のラパロチームの部長にでもなるもんだと思ってましたよ。なんでこんな話がまとまったんでしょうね？」

　同感だ。この人事の意図が見えない。しかし、意見を求められた塔子から反応は返ってこず、どこか上の空でナースステーション中央のホワイトボードを見つめている
ばかりだ。

「塔子さん？」衛が呼びかけてようやく、塔子が顔を上げた。

「ごめん、聞いてなかった。なんだっけ？」

「だから、海崎先生がなんでウチに来るのかって話ですよ」

　気が乗らない猫のようにそっぽを向かれる。

「いくら有名人だって、結局は医局の社員みたいなもんなんだから、いろんな辞令はあるでしょ」

「でも！　どう考えてもあり得ないですよ、こんな人事」

　思わず大きな声が出てしまう。高揚が抑えきれないのだ。まさかあの海崎栄介と共に仕事をする日が来ようなんて、夢にも思わなかった。

　学会で彼の講演を見たことがある。１００人以上集まった大きな会場で手術動画や成績のデータを提示し、自身が考えた新たな手術アプローチの有効性を、身振り手振りを交えて解説していた。その姿は堂々たるもので、同じ医局に在籍していることを

誇りに思ったものだった。

「顔が近いってば、北条」

面倒臭そうな表情の塔子に顔面を押し戻される。それを見た田川が豪快に笑った。

「しかし、よりによってラパロをやらない伊豆中に異動とはな。本院がなにを考えているのか、さっぱり分からないのはたしかだ」

改めて言われて衛はため息をついた。

「せっかく海崎先生が来ても、腕前は発揮できないですよね」

これだけのビッグネームの人事としては、極めて非効率的に感じられる。宝の持ち腐れになりかねない。

「これじゃあ海崎先生は、翼をもがれた鳥じゃないですか」

田川が感心したように口をすぼめた。

「上手《うま》いこと言うようになったじゃないか。成長したもんだ。我々が手塩にかけて育てたかいがあるってもんだ。なあ、塔子さん」

しかし、またも返事が返ってこない。どうにも会話のテンポが悪い。違和感からだろうか、皆の視線が自然と塔子に集まった。しばらくして、ようやく注目されていることに気づいた本人が、ギョッとした表情を見せた。

「なんでみんなして私を見てるのよ」

しっしっと手を振るが、構わず明日香が口を開く。

「だって、こういうときになにかしら喋《しゃべ》ってくれるのは、塔子さんじゃないですか」

衛も頷いた。塔子は会話能力にも長《た》けている。トーク番組のMCよろしく、各人から話題を引き出し、的確なツッコミを入れる。ときに脱線した話を本筋に戻し、経過をまとめ、最後は盛り上がりすぎた皆に、『ほらほら、もう仕事だから雑談はおしまい！』と声をかけてすぱりとスイッチを切り替えるのもまた、彼女の役目だった。

だが今日の塔子には、その手腕を発揮する素振りがない。

明日香がマイクを構えるような仕草を見せた。

「どうして海崎先生は、ここに来られるとお思いですか？」

塔子が迷惑そうに両手を振る。

「私に訊かれても知らないってば。前の病院で、なんかやらかしちゃったりしたんじゃないの？」

神里が首をかしげる。

「派閥争いでもあったんですかねえ。それに敗れて、冷遇されることになった……とか」

「そんなタマじゃないよ」

咄嗟《とっさ》に否定した塔子に、神里が詰め寄った。

「なんか知ってるんですか？」

「なんも知らないってば」

気圧《けお》されるように上体を反らす。普段と立場が逆転している。

「塔子さん、やっぱりおかしいですよ」

衛は、はっきりそう言った。

人員が少ないからこそ風通しがよい方がいい。それがこのチームの方針なのだ。

「北条までなんなのよ」

チームリーダーが、若手ふたりに詰め寄られている。そんな珍しい状況を見た田川が、興味深そうに唸った。

「流石《さすが》の塔子さんと言えども、同期が来るのはやっぱりやりにくいもんなんだな」

同期。その言葉に思考が止まった。向かいを見れば、神里も口を開けて瞬《まばた》きを繰り返している。

「知らなかったか？　海崎先生と塔子さんは、同期入局だよ」

繰り返された言葉にようやく理解が追いついた。

「えええええ！」

思わずテーブルに手をついてしまった。

塔子が耳を塞ぐ。

「あー、うるさい」

「でも」

さらに身を乗り出そうとしたところを、田川のずんぐりした手に止められる。ぐるりと周囲を見回すと顔を寄せてきた。

「スタッフたちが、何ごとかと思っているぞ」

悪戯っぽい言い方をされて我に返る。見れば、看護師たちから痛いほどの視線が注がれていた。特に突き刺すような視線を送ってくるのは、助産師の小幡八重《おばたやえ》だ。八重は塔子に心酔しており、彼女が関わる話題をひとつも聞き漏らさない。

頬がカッと熱くなるのを自覚する。

耳から両手を離した塔子が、犬を躾《しつ》けるように手を下げた。

「座りなさい。お座り」

そんな場合ではない。訊きたいことが山ほどある。

「同期なんですか？　あの海崎先生と？」

どうにも声量の制御が利かない。塔子が眉間《みけん》に皺《しわ》を寄せる。

「誰にだっているでしょ。同期の一人や二人くらい」

「でも、あの海崎先生なんですよね」

「そうだって言ってるでしょ。知ってるよ、海崎くんでしょ？　それこそ産婦人科の一年目から」

まさか、だ。心がざわめく。驚き半分、残りは羨《うらや》ましい気持ちと少しの嫉妬《しっと》だった。自分が憧《あこが》れていたあの海崎と、昔からの知り合いだったなんて。

「どんな人なんですか？　性格は？　なんで腹腔鏡の道に進んだんですか？　それから得意なことも知りたいし、好きなことと嫌いなこと、あと、食べ物とかお酒は？」

まくし立てると、塔子の手のひらに再び顔面を押し戻された。ムギュッという音が頭蓋《とうがい》に響き、ナースチェアに腰が落ちた。

「私は海崎くんじゃないから。そんなこと訊かれても知らないよ。あんた、そんなにグイグイくるキャラじゃなかったじゃん。いきなり性格変わりすぎだから」

「まあまあ、落ち着いて」

明日香に両肩を押さえつけられる。田川がニヤリと笑った。

「まるで、恋に目覚めた乙女みたいだな。感情剝《む》き出しの若者ってのも悪くはないが」

「ほんと、東京に置いてきた彼女がいるのにね」

明日香に茶化されて、気恥ずかしさが押し寄せてくる。

「彼女とはちゃんと連絡を取ってますよ。そもそも、それとこれとは話が別です」

衛にとって海崎は、それほど憧れの存在だったのだ。

次の言葉を発したのは神里だった。

「海崎先生がどんな人かっていうのは、僕も知りたいです。僕らが入局した頃には別の病院で武者修行をされてたし、あの先生って、医局の会にも顔を出さないんですよ。これから一緒に働くわけですし、少しでも情報が欲しいです」

さすが神里、いい質問だ！　心の中で喝采《かっさい》する。こうまで言われて無下に断れるような塔子ではない。

案の定、観念したように両手を上げた。

「もう、わかったよ。海崎くんのことね。しばらく会ってないから、最近のことは知らないけど、それでもいい？」

神里と揃って頷くと、塔子が目を閉じて額に指を添えた。きっと昔の記憶を呼び起こしているのだ。形の良い唇が開くのをじっと待つ。

「えーとね、海崎くんのことを簡単に説明すると」

心臓が跳ね上がる。

切れ長の瞼が半分開かれた。

「思ったことを口に出さずにはいられない人。TPOって言葉は、海崎くんの辞書にはないから、色々変なことを言うとは思うけれど、まあ、大きな心で接してあげて」

半目に開いた瞳は呆《あき》れているようにも見える。予想外の返答に混乱した。

「褒め言葉じゃないじゃないですか」

「別にけなしてるわけじゃないよ。本当にそういう人なの。会えばわかる。これでいい？」

話を終わらせようとしている態度がありありと窺《うかが》えた。こんな人物評で終わらせるわけにはいかない。「でも」と言いかけた言葉は、凄まじいほど大きく甲高い声に遮られた。

「産婦人科の先生がた！　おはようございます！」

耳をつんざくような声の方を向くと、若い女性が立っていた。

身長は160センチくらいで、両側で縛った黒髪が肩につきそうだ。ややぽっちゃりした頬は血色がよく、若さを感じさせる瑞々しさは、神里とは対照的だ。大きな瞳は爛々《らんらん》と輝き、近年流行《はや》りの太めの眉と相まって、強い意志を感じさせる。

　そしてなにより目を引いたのは服装だった。エメラルドグリーンのスクラブを着ていて、胸ポケットには3色ボールペンが3本とペンライトが並ぶ。その後ろに、院内携帯とカード型の救急対応表や診断早見表が押し込まれている。サイドからも聴診器や打腱器《だけんき》が顔を見せていて、ポケットははち切れんばかりだった。下半身は、脚にぴったりフィットした真っ白なパンツスタイルで、上下のセットアップは目に五月蠅《うるさ》いほどに色鮮やかだ。

　一目で研修医とわかる出立《いでた》ちだ。どんな状況に陥っても困らぬために、必要な装備を全てポケットに詰め込んで医療に臨む姿は、かつて衛自身も通ってきた道だった。伊豆中は服装規定が相当緩く、自腹で購入した奇抜なスクラブや白衣を着る研修医も多い。珍しいスクラブを着ているなと思ったら、おおよそ研修医だ。

　一方で産婦人科のメンバーは、病院支給の地味なスクラブを着ている。男性は上下共にくすんだ青、女性は看護師や助産師も含めてえんじ色だ。分娩《ぶんべん》に入れば血液や羊水が飛び散り、手術では汗だくになるから、産婦人科医はとかく着替えが多い。だから、各所に置いてある病院のスクラブを、取っ替え引っ替え使っている。

「ええと、あなたは？」

塔子のすらりとした手が研修医に向けられる。

洗濯を繰り返したえんじ色のスクラブは首元が毛羽立ち、色も淡くなっている。パンツだって腰元に余裕があるダボついた作りなのだが、スタイルが抜群によい塔子が着ていると、異常に洗練された姿に見える。

自己紹介を促された研修医が背筋を伸ばした。豊満な胸が、ポケットのボールペンを一層押し出している。

「来週から産婦人科をローテーションする、阿佐ヶ谷《あさがや》ゆめです！　地域医療の中核を担《にな》っているこの病院に魅せられて、伊豆中央病院での研修を希望しました。島根大学出身の、研修医2年目です！」

医師免許を取得した新米医師は、研修医として2年間、指定病院での鍛錬を積む。ゆめは伊豆中での研修を希望し、現在、様々な診療科を回っているところなのだ。

鼓膜が破れそうなほどの声に、塔子が再びのけぞった。

「ゆめ……ちゃん？　元気だね」

名前を呼ばれて、さらに背筋を伸ばす。ポケットの打腱器が、ガチャリと音を立てた。

「はい。学生時代は軟式テニス部のキャプテンをやってました！」

「それはいいんだけど」

ゆめが、テーブルに手をついて、ずいと身を寄せた。

「私、産婦人科志望なんです！」

研修医は2年間の研修期間を終えた後に、希望する診療科に入局するか、後期研修という追加のプログラムに進むことになる。つまりゆめは、来年から産婦人科の後輩になるかもしれないということだ。

ほほう、と田川が感嘆したように声を上げた。

「産婦人科医が減っている昨今、貴重な人材だな」

「他に救急診療科と整形外科と心臓外科で迷ってるんですけど」

切れ味よく即答される。

明日香がケラケラと笑った。

「興味があることが一杯あるんだね。じゃあ産婦人科に来てくれる可能性は限りなく低そうだね」

相変わらずの毒舌である。しかしゆめには、そんな嫌味は通用しないらしい。まくし立てるように喋り続ける。

「私、産婦人科での研修を、すっごい楽しみにしてるんです。同じ女性として、出産に立ち会えるのは貴重な体験だし、他の科に比べても早い学年から手術を執刀できるし、なんといってもカイザーをはじめとした救命救急的な要素が強いので、私がやりたいことが全部詰まっている気がするんです！」

主張の強さに圧倒される。かたや衛はといえば、産婦人科入局を決めたのは、たまたま参加した豚ラパロと呼ばれる腹腔鏡手術体験会でそこそこ操作ができ、興味が湧《わ》いたからというだけの理由だった。

田川が肩を揺らす。

「詳しいもんだな。実際に産婦人科で仕事をしてみて、一つずつ経験していけばいい。何しろ1ヶ月もあるんだからね」

研修医は、医師免許を取得してから2年間、様々な診療科をローテーションする。その中で自らが進む専門分野を決め、3年目にどこかの診療科に入局したり、研修病院で引き続き後期研修の道を選択したりする。初期研修プログラムは各病院によって特色があるが、伊豆中では、2年目に1ヶ月の産婦人科研修が必須《ひっす》となっていた。

大きく首を振って、ゆめがピースサインを作った。

「希望枠を使って、2ヶ月にしました」

ピースではなく数字の2だった。来週から2ヶ月間、ゆめが産婦人科に加わる。研修医といえども立派な医師である。検査結果の確認や採血や点滴も行えるし、看護師に指示だって出せる立場だ。であれば、現在衛と神里の二人でやっている病棟仕事の負担が軽減するだろう。それを思うと、彼女が天使のように見えた。

突然、ゆめの胸ポケットに突っ込まれていた院内携帯が、けたたましい音を立てた。

「はい、阿佐ヶ谷です！」と、携帯を取る様は堂々としている。

何度かやりとりしてから、「すぐに行きます！」と元気すぎる返事と共に電話を切った。

一同に向き合って、再び姿勢を正す。

「病棟に呼ばれたので、失礼します！」

輝いた表情からは、医療に従事していることに生きがいを感じている様子がみてとれた。

「うん、頑張って」と言う神里に会釈《えしゃく》を返してから、くるりと踵《きびす》を返す。一つ一つの動作は、少し仰々《ぎょうぎょう》しい。

そのまま去っていくのかと思いきや、「あっ！」と声を上げて、振り向いた。ゆめの強すぎる眼差《まなざ》しが、衛に刺さる。

「え……、俺？　なに？」

「歓迎会、やりますよね？」

「は？」

ゆめが胸に手を当てる。今度はペンライトが、ガチャリと音を立てた。

「だから私、産婦人科希望なんです。ぜひみなさんと色々お話ししたいんです。場所と日時が決まったら、連絡下さい！」

呆気《あっけ》に取られていると、再びゆめの携帯が鳴り、「いけない」と言いながら、今度こそ去って行った。

ぽかんと口を開いたまま、ぐんぐん去っていくエメラルドグリーンを目で追う。

「なんで俺に？」

「一番下《した》っ端《ぱ》だと思われたからでしょ」

あっけらかんと明日香が言う。たしかに神里は上背もあるし、自分よりも歳《とし》が上にもみえるだろう。

笑いを嚙み殺した田川が続けた。

「それにしても、突風みたいな女の子だったな。しかも、自らの歓迎会を要求するところも新人類だ。術者はときに独善的でないといけないから、案外産婦人科向きかもしれん」

神里が同意する。

「本当ですね。まあ僕は、ちょっとでも仕事が楽になれば嬉しいです」

「そう上手くいくといいけどね」

釘《くぎ》を刺すように言ったのは塔子だ。

「ああいうやる気120％の若い医者が案外一番危険だから、注意してね」

衛と神里を交互に見る。

「海崎くんにときめくのもいいけど、ゆめちゃんにしっかりと目を光らせておくのはあなたたちの役目だからね。頼んだよ」

有無を言わさぬ口ぶりは、これから伊豆中産婦人科に訪れる試練を予言しているかのようだった。

10月初日、午前10時50分。衛は緊張した心持ちでナースステーションに立っていた。海崎の案内役に任命されたのだ。「海崎くんが11時頃に到着するから、適当に案内しといて」と、塔子から雑に仕事を振られた。

採血、点滴、検査結果確認、入院患者の処置、術前及び術後診察に、入退院の指示出し。数々の病棟仕事を終えて現在に至る。もっと早く終わらせようと思っていたのだが、予想外に手こずってしまったのは、隣の鮮やかなエメラルドグリーンが原因だった。

「ねえ北条先生。海崎先生ってどんな人なんですか？　やっぱ怖いんですかね。有名人って表裏があるって言うじゃないですか」

ゆめである。彼女も今日が初日だったので、逐一説明しながら仕事をしていたところ、大分時間が押してしまった。

とにかく質問が多い。「城ヶ崎先生って綺麗《きれい》ですよね。結婚しないんですか？」「お産ってやっぱ感動します？」「オペってどれくらい時間かかるんですか？」「当直って月何回ですか？」「彼女いるんですよね？　東京！　遠距離じゃないですか！　ちゃんと会えてます？」――産婦人科の本筋からは外れる質問がほとんどだった。結果、海崎を迎える前に心身ともに疲弊してしまったのだ。

「ねえ、聞いてます？　海崎先生ってどんな人ですか？」

「知らないよ。そもそも俺は会ったことないし」

「同じ医局なのに？」

「だって、雲の上の人だもん」

「それ、聞きました！　腹腔鏡《ふくくうきょう》の革命児でしたっけ」

「そうだよ。日本の腹腔鏡の進歩に確実に携わっている、すごい先生だよ」

「かっこいい」と言ったゆめが、恍惚《こうこつ》の表情を浮かべた。

するとゆめの陰から大きく鼻を鳴らす音が聞こえた。

「そんなに大層な人なんですかね」

声の主は八重だ。つり目の真っ黒な瞳が猫を思わせる彼女は、150センチの小柄な体型で、幅のあるゆめの体にすっかり隠れていたのだ。

「産科に対応できる人ならいいんですけど、その先生は専門外なんですよね」

八重は、まだ30歳に満たない若い助産師であるが、この伊豆中で経験を積んできただけあって、その技術は精鋭の域に達している。分娩介助はもちろん、母体搬送の電話が鳴れば、少ない情報の中でも即座に必要な態勢を整えることができる。

「これ以上、私たちの負担が増えたら困るんですけど。ねえ、北条先生」

反論はできない。産科経験に乏しい衛をイチから教育してくれたのは八重に他ならないからだ。

ところが、噛みついたのは、ゆめだった。

「ちょっと！　なんて失礼なことを言うんですか。海崎先生は御高名な先生ですよ」

八重がキッと見返す。

「ここは産科がメインの病院なんで、いくら有名だろうが、関係ありません。私たちが評価するのは、その人が産科の仕事をできるかどうかです。まあ、あなたも含めてですけど」

その言葉には明らかな棘《とげ》がある。八重はどうやら、ゆめを拒絶しているようだ。嫌な予感がする。衛が病棟に来る前にすでに何かやらかしてしまったのかもしれない。

産婦人科の現場では、助産師は時に医者よりも強い権限を持つ。医者になりたての研修医が彼女たちの領域に無遠慮に足を突っ込んだとしたら、反感を持たれるのも無理がない。もっと早く来ておけばよかった。と、今更ながら後悔した。

「助産師ってそんなに偉いんですか？」

スクラブをガシャリと揺らして、ゆめが口を尖《とが》らせた。ポケットから飛び出た道具を見た八重が、うんざりしたようにため息を吐《つ》く。

「あなた、産婦人科希望なんですよね」

「ええそうですが、それがなにか？」

八重がはち切れんばかりのポケットを指差した。

「分娩室に入るときは、必要ない道具を全部置いてきて下さいね」

ゆめがムッとする。

「なぜです？」

険悪なムードに胃が痛くなる。八重は一歩も譲らない。

「緊急事態のときは、患者の移乗とか処置を研修医の先生にも手伝ってもらわなきゃならないんです。だから、そういう小物でごちゃごちゃしてると、危ないんですよ。その固い打腱器が新生児に当たったりでもしたら、どうするつもりですか？」

ポケット一杯の医療道具は、研修医のシンボルマークでもある。それを不必要なものだと一蹴《いっしゅう》されたゆめは、もちろん面白くない。

「ここには、医者にとって必要なものが入っているんです。あなたには分からないでしょうけど」

どちらも引き下がる気配がない。目の前の険悪な会話を、ただ聞いていることしかできなかった。

「大体、私の指導をするのは助産師ではなくて先生のはずです。だから、先生たちからそう指導されたら従いますけど」

ムカッという音が、八重から聞こえてきそうだった。

「ああそうですか。だったら、今すぐに意見を聞いてみたらどうですか？」

ふたりが同時に振り向いた。

『北条先生！』

不思議とこういうときだけ声が揃《そろ》う。

完全に板挟みだ。おまけに、どちらに賛同しても血を見ることは明らかである。こんなとき塔子だったらどうするだろうと思いながらたじろいでいると、ふと視界が暗くなった。

「やあやあ、楽しそうだね。なんの話？」

鼻にかかったどこか緊張感のない声が、頭上から降ってきた。

顔を上げると、視界に入ったのは大柄な男性だ。180センチを超える身長に広い肩、青いスクラブの上に白衣を羽織っていて、前を全《すべ》て開けている。緩くウェーブがかかった前髪を軽く分けて、その下には細い眉と切れ長の目がバランスよく配されている。高い鼻にかけられた、いかにも理知的に見える縁なしメガネの奥には、明るい茶色の瞳がきらりと光っていた。

見る人を惹《ひ》きつけるようなカリスマ性を持った男は、いつか学会会場で尊敬の眼差しを向けた医師その人だった。

「か、海崎先生！」

素っ頓狂な声を上げてしまった。いざこざに巻き込まれているうちに、出迎えのことがすっかり頭から抜け落ちていた。

海崎が笑顔を見せた。前髪がサラリと揺れるさまは、男から見ても色気がある。

「こんちは。はじめまして。よろしく」

とぼけた声のまま、口早に挨拶《あいさつ》をされる。会釈を返すと、海崎はさっと八重に向いた。

「八重ちゃんさんだね？」

唐突すぎる呼びかけに珍しく八重が口をパクパクさせている。海崎が彼女にほほ笑みかけた。

「城ヶ崎から聞いているよ。頼もしい助産師さんだって」

「……塔子先生が？　やだ、そんな」

八重の頬が赤らむ。海崎に対してではなく、彼女は塔子に心酔している。

「僕は産科をやるのは13年ぶりだから、いろいろ教えてね。遠慮なく、ビシバシ頼むよ」

偉ぶった態度は微塵《みじん》もないが、その代わり、異様に言葉が軽い。すっかり調子がくるったのか、八重の顔には怒りではなく呆れが浮かぶ。

「そりゃあ……、もちろんですけど」

八重の言葉が終わる前に、今度はゆめに笑顔を向ける。

「君は研修医？」

ここまでくると胡散臭《うさんくさ》いほどの爽《さわ》やかさである。ただ、ゆめはその雰囲気に早くも魅了されているらしい。さっきまでの不満気な表情はどこへやら、再び瞳を輝かせて、姿勢を正した。

「阿佐ヶ谷ゆめです！　私、産婦人科志望なんです！」

他に志望科などないような勢いで言い切るさまは、見事である。

「産婦人科に興味を持つなんて、素晴らしい着眼点だ。我々の科には手が付けられていないことが山ほどある。言うなれば夢の島だ。出産にロボット手術に悪性腫瘍《しゅよう》、不妊治療や生命の誕生の研究に身を捧《ささ》げることもできる。君はやりたいことをなんでもできる切符を手にしたんだよ。ようこそ」

両手を広げて、歓迎のポーズを見せる。歯が浮くようなセリフが多いが、そこに一切の照れはなく、広い肩幅や小さな顔も相まって、やたらと映える。小さな声で、

「かっこいい」と呟《つぶや》いたゆめが、胸の前で両手を組んだ。

「頑張ります！」

海崎が満足気に頷《うなず》く。緩いウェーブを上下させる間もなく、再び八重に顔が向いた。

「ときに八重ちゃんさん」

ボールがポンポン跳ねるかのような会話のテンポに、利発な八重ですら反応が遅れる。

「な、なんですか？　というか、ちゃんとさんを重ねるのやめてもらえますか。気持ち悪いんで」

「じゃあ八重ちゃん。ここって無痛分娩はやらないの？」

被《かぶ》せ気味に発した質問は、予想外のものだった。

「無痛分娩って……、あの無痛分娩ですか？」

「それ以外にある？」

やや間を空けてから、八重が慎重に口を開いた。

「なんでいきなり」

声からは不審がうかがえた。しかし、それを全く気にとめていないのか、軽快な笑いが返ってくる。

「だって、流行ってるでしょ？　無痛分娩。日本でも、ようやく」

「それはそうですけど」と言ってから、八重が絶句した。

明らかに困惑しているようで、それは衛も同じだった。まさか腹腔鏡を専門としている海崎から、そんな話題を振られるとは思ってもみなかった。

無痛分娩は、下半身に局所麻酔を使用することにより、分娩前後の痛みを軽減する手法だ。麻酔を併用した出産は古くから試みられており、すでに世界では一般化された技術である。出産の半数以上が無痛分娩であるという国もある。

しかし日本では普及せず、２０００年代に入ってから推進する施設が徐々に増え、ここ10年でようやく広がりをみせつつあるものの、未《いま》だ全分娩数の１割にも満たない。

「流行りって、そんな言い方。無痛分娩は医療なんですよ」

反発を隠さない言葉に、衛も内心で同意する。

この国に無痛分娩が浸透しなかった理由は様々だ。技術が遅れているわけではなく、日本独自の多様な分娩施設の発達や、出産は痛みを伴うものという思想、それに安全性をことさら重視する世間の目などが、複雑に絡《から》んでいる。だから、流行りの一言で片付けられるものではない。

ウェーブが横に揺れた。

「医療にだって流行り廃《すた》りはあるよ。そして、流行るには流行るだけの理由がある。研修医くん？」

呼びかけられたゆめが我に返る。

「阿佐ヶ谷ゆめ、です」

「じゃあ阿佐ヶ谷くん。無痛分娩はなぜ生まれたと思うかい？」

首を傾《かし》げると、閃《ひらめ》いた様子で手を叩《たた》く。

「痛いからですか？」

海崎が指をパチンと鳴らす。

「そのとおりだよ。分娩の痛みは、骨折よりも遥《はる》かに強いという研究報告もあるからね。無痛分娩が開発されたのは必然であり、需要があるんだから、世界中で流行るに決まってるんだ」

『流行り』を連発された八重が、不満そうに声を上げた。

「だからって、ホイホイ飛びつけばいいというものでもないんじゃないですか？」

「もちろんだよ」

肯定されるとは思っていなかったのだろう。八重が目を見開いた。海崎が両手を広げる。まるで政治家のような身振りだった。

「流行りの後追いだけでは、大きな成果は上げられない。流行を先読みして摑《つか》みとることで初めて、その分野のイニシアチブを確立することが出来るんだ」

腹腔鏡分野のトップを走り続けてきた海崎ならではの言葉だった。しかし、それと無痛分娩は、やはり全然違う話だという気もする。八重が食い下がる。

「うちの現状では、無痛分娩になんてとても対応できませんよ」

海崎が上体を屈《かが》める。八重の小さな体に影が落ちた。

「なぜできないの？　さっき、病棟の物品棚を見てきたけど、麻酔管理をする物品は十分すぎるほど揃っている。この施設では、超緊急時には自科麻酔をしてるんじゃないのか？」

海崎の指摘どおりだ。超緊急帝王切開、通称グレードAカイザーにおいては、手術決定から30分以内の児《じ》の娩出《べんしゅつ》が求められる。その際、麻酔科医の手があいていなかった場合は産婦人科医が自ら麻酔を行うし、手術室の空きがなければ分娩室での手術もいとわない。その麻酔に使用する薬剤は、無痛分娩で必要なものとほぼ同じだ。

八重の視線が泳ぐ。問いに対する肯定と捉《とら》えたのか、海崎がさらに上体を屈めた。

「やろうとすればできる。でもここではやっていない」

怠慢だと言わんばかりの口調に、心がざらついた。

たしかに、無痛分娩に対応するための器材は揃っている。しかし無痛分娩は、分娩に至るまでの母体管理が大変なのだ。通常の分娩よりも頻繁に患者の様子を観察し、痛みの評価や無痛分娩特有の合併症に気を配らなくてはならない。つまり、助産師の労力がこれまで以上に増えるのだ。

八重は日頃から身を粉《こ》にして従事している。それなのに、まるで怠慢から無痛分娩を避けているような言われ方をされる所以《ゆえん》はない。

衛は海崎の前に足を踏み出した。

「人が圧倒的に足りないんです。この病院は、伊豆半島中の産科救急が集まるのに、本院からほとんど医師が派遣されてこないし、俺みたいな産科ができない医者が異動になることも多いんです。でもその中で、助産師さんたちは仕事を頑張っているし、医者の指導までしてくれてるんです。さらに仕事を増やすなんて、今は現実的じゃありません」

ここに来てからの3ヶ月間、近くで見てきた八重の苦労を思えば、彼女が言われっぱなしというのは耐えられなかった。

吐き出してしまってから、まずい事を言ったと後悔する。感情をそのまま吐露してしまったが、相手は自分の手が届かないような高みにいる人だ。

海崎に覗《のぞ》き込まれた。体格がいいだけに威圧感がある。その瞳《ひとみ》が妖《あや》しく光る。こちらの脳の隅々までを見透かされているような気分だった。

やがて、海崎がため息をついた。

「ピンチはチャンスなんだけどな」

それだけ言うと、縁なしメガネの奥の瞳から光が消える。

「まあいいや。病棟のことはわかったから」

重圧から解き放たれると同時に、無痛分娩の話題に急速に興味を失《な》くした様子が見てとれた。

海崎が背を向け、白衣がヒラリと舞った。

「次行こう、次」

言いながらさっさと歩いていき、ゆめもその後を追いかける。呆気に取られた衛は、その後ろ姿を見つめるしかできなかった。

「変な人たちが来たね」

「海崎先生が失礼なこと言って、ごめん」

八重が珍しく柔らかい笑顔を向けてくれた。

「私にも、本当は無痛分娩もやらなきゃなって想《おも》いはあるので、気にしてないですよ。庇《かば》ってくれて嬉《うれ》しかったです」

ここに赴任したばかりのころ、ひよっこ扱いしかされなかったことを思えば、感慨深い感想だった。

「ちょっとクセが強そうな先生だったね」

「大分、ですね」と、八重がため息をつく。

「まあでも、塔子先生からも変な先生が来るからって言われてたから、それなりに心の準備は出来てたかな」

さすが塔子である。ゆめの暴走を予期できなかった自分と違い、スタッフへの目配りを怠らない。

「それより」

眩《まぶ》しいエメラルドグリーンを見て、目をすがめる。

「あの研修医、相当ですよ」

背中をギュッとつねられた。

「痛《い》て」

「ちゃんと目を光らせてないと、きっとやらかしますよ」

「同じことを、塔子さんにも言われました」

やはり、塔子には先見の明がある。

エレベーター待ちをしている二人を見て、心労を感じる。いずれも激しい性格の持ち主で、台風がふたつ同時に襲来したようである。

海崎が振り向いて、手を振った。

「北条先生。早くオペ室に行こう！　忙しいなら先に行ってるよ」

自己紹介などぞしただろうかと訝《いぶか》しんでいると、八重が壁に貼《は》られた手術予定表に目をやった。

「いま、教授が手術中じゃないですか？」

「子宮摘出をやってるはずだけど、それがどうしたの？」

「あの人たちを勝手に行かせて大丈夫なんですか？」

「げっ！」

ＴＰＯをわきまえない海崎を、このまま教授と会わせる訳にはいかない。規律に厳しく、気難しい三枝とトラブルでも起こそうものなら、伊豆中が修羅の巷《ちまた》と化してしまう。

新たな試練が始まったのかもしれない。先週までの、忙しくはあるもののチームワークの良さを実感していた日々が、すでに恋しい。はたして、この人事は大吉なのだろうか、それとも大凶なのか……。

エレベーターの扉は、まさに閉まろうとしていた。

「ちょっと！　待ってください。俺も行きます」

「頑張って下さーい」と、半分呆れたようなエールが背中に聞こえた。

第二話　甲羅《こうら》酒《ざけ》極まって乱になる

海崎を追いかけて、衛は手術室へと足を踏み入れた。

手術室は常に厳粛な空気で満たされている。

連日、多数の手術が行われるからだ。伊豆中央病院は34もの診療科を抱える総合病院であり、ヘリ搬送にまで対応できるため、数多《あまた》の患者が運ばれてくる。予定手術が制限一杯まで詰め込まれている中、緊急手術が次々と決定されるのも日常だ。

衛は、ハラハラした心持ちで海崎の行動を見つめていた。でかい図体《ずうたい》が、手術室のバックヤードを行ったり来たりしている。

伊豆中では、バックヤードを囲むように八つの手術室が配置されている。バックヤードの60平米の広い空間の壁には多数の棚が備え付けられていて、器械や薬品が所狭しと並ぶ。どの部屋でどんな手術が行われるのかは流動的なので、準備にかかわる場所を共有するのは理に適《かな》っており、全診療科で使われる手術道具がここに集約されているのだ。

海崎にとって、それは宝の山だったようだ。

滅菌パックに納められた器械を手にとっては、隅々まで舐《な》めるように見つめて棚に戻す。わからないものがあれば、「ねえねえ、これなに？」と、馴《な》れ馴れしく看護師に訊《き》く。

話しかけられた看護師は、滅菌ドレープをかけたカートに並べられた何十もの器械の入念なチェックをしている最中で、側《はた》から見ても迷惑そうである。しかし、海崎にそんなことを気にする様子はない。さらに、海崎に憧《あこが》れの眼差《まなざ》しを向けたゆめが金魚のふんの如《ごと》く張り付いている。

「北条先生！　婦人科のオペはどこだい？」

海崎の声を聞いた手術看護師から、冷たい視線が投げかけられる。この無遠慮な医者は産婦人科の関係者かと、その目が訊《たず》ねている。慌《あわ》てて頭を下げてから海崎に駆け寄った。

「ええと、1番手術室で教授の子宮摘出、それから5番で田川先生の手術。こちらも子宮摘出です」

該当手術室を指差しながら説明する。ふーんと呟《つぶや》いて、海崎が足早に5番に向かう。

「善ちゃんのオペを見るのはあとにしよう」

1番手術室をチラリと見た仕草で、三枝のことを指しているとわかる。鬼の三枝教授を「ちゃん」呼ばわりするとはなんと恐ろしい所業かと戦慄《せんりつ》していると、目の前の海崎に問いかけられた。

「田川先生ってどんな先生？」

唐突に言われて、田川の情報を頭から引っ張り出す。

「婦人科腫瘍《しゅよう》を専門でやっていて、家は東京の葛西《かさい》で、こちらには単身赴任で来られてます。もうすぐ50歳で、娘さんがふたりいて……。たしか伊豆中に異動になって2年くらいだったかと」

「オペはどんな感じ？」

三枝を筆頭に、皆、スピーディーな手術をこなす伊豆中において、田川は出血をさせない手技を信条としていた。患者と向き合うことについての哲学的な思想もあり、独特な視点を持つ医師であると言える。

「丁寧です。手術に対しても、患者さんに対しても」

「そっか。じゃあ行ってみよう」

さっさと歩き出す海崎について、バックヤードから5番手術室に入る。

床材は緑の塩ビシートで、壁の色は床よりもやや淡い。中央に手術台が置かれ、患者の右に術者の田川、そして左に神里が立っていた。

「こんちは」と手をあげた海崎が、田川の後ろに立って術野《じゅつや》を覗《のぞ》き込んだ。衛もそれにならう。

44歳の子宮筋腫を患《わずら》った患者だ。拳大《こぶしだい》の赤々しい筋腫が子宮筋層からボコボコとせり出している。患者の希望により、今日、子宮が摘出されることになった。

「これは海崎先生、はじめまして」

田川が会釈《えしゃく》する。対面の神里は、海崎に恐縮しているのだろうか、手を止めて姿勢を正している。

「どうぞ、お気になさらず」

海崎の軽妙な口調に安心したのか、神里は再び術野に視線を落とした。その額には大粒の汗が浮かんでいる。見ているこちらにも緊張が伝わってきた。

「じゃあそっちの卵巣《らんそう》動静脈をやってみよう」

「はい。集束結紮《けっさつ》でいいですか？」

「そうだね。周りの臓器を巻き込まないように、ちゃんと剝離《はくり》をしてからね」

神里が慎重に鉗子《かんし》を操作する。神里は、田川から腹式単純子宮全摘術の手ほどきを受けているようだ。

子宮は逆三角形の臓器で、左右に張り巡らされた靭帯《じんたい》や血管によって腹腔内に固定されている。それを頭側《とうそく》から順に処理していき、最終的に腟《ちつ》から子宮を切り離すことで摘出に至る。

腹式単純子宮全摘術は、婦人科手術の基本のキであると同時に、若手が手術を学ぶ恰好《かっこう》の教材でもある。

子宮を支える各組織は左右対称であるため、先に術者が右側の組織を処理し、同様の処理を左側で助手が行うことで、手本を見た直後に同じ操作を実践できるからだ。

右、左と、ジャズミュージシャンの掛け合いのように手術が進んでいく。如何《いかん》せん技術の差は明白であり、全く出血をさせない田川に比べて、神里の操作では細かい血管からの出血は免れない。それを田川が逐一止血にかかり、その度に神里が「すみません」と謝るが、気にしなくていいと田川が大らかな声を返す。

「たしかに丁寧だね。丁寧すぎるけど」

ボソリと言った海崎は、しばらくふたりの手術を見つめていた。

「次は子宮動脈の処理だね。子宮摘出の肝《きも》は、ここに集約されていると言ってもいい。いったん心を落ち着かせようか」

子宮動脈は、子宮を栄養する代表的な血管だ。子宮の下3分の1の位置から上下に分岐して、この臓器の隅々にまで血液を運ぶ。これから、分岐前の本幹を露出させ、結紮して血流を止める。これで子宮に流れる血流の多くが遮断される。

「尿管の走行に注意して周りの組織を剝離して。子宮動脈はらせん状に走るから、それを目安に探すんだ」

説明しながら、田川の手はやすやすと子宮動脈を見つけ、すんなりと結紮を終えた。続けて神里の番となる。しかし、なかなか動脈の露出に至らない。

「ああ、出血するね」

ぼそっと海崎が言ったのと術野が赤く染まるのは同時だった。

「す、すみません」

子宮動脈は1・5ミリ程度の細い血管であるが、その血流は豊富であっという間に血液が漏れ出てくる。

「うわっ、凄《すご》い出血！　大丈夫なんですか？」

衛の隣から覗いていたゆめが、悲鳴にも似た声をあげる。こんな声を出されては、神里の焦《あせ》りが強くなってしまう。衛はマスクの前で人差し指を立てた。

「損傷した血管はわかってるから、すぐに止めれば大丈夫だよ」

「血液を吸引して！」

珍しく、田川が鋭い声を発した。

神里が吸引管を血の海に差し込む。溜《た》まっていた血液が吸い込まれていくが、完全には吸引しきれない。吸引管を離すと、すぐに血液が溜まってしまう。

「腕の見せ所だね」と、海崎が楽しそうに呟いた。

止血操作は手術の基本であるが、出血点を瞬時に見極め、ペアンなどで、ピンポイントでそこを摑《つか》んで出血を止めなくてはならない。的確な判断と技術が必要だ。

田川は顔を少し傾け、血液が溜まった左の子宮動脈付近を凝視した。神里の吸引部位を見ながら、ペアンを伸ばす。二度、三度とペアンを操作すると、出血が落ちついた。

「摑めたかな。そしたら糸をかけて結ぼうか。結紮は私がやろう」

普段の穏やかな口調に戻る。その様子を見ていた海崎は、小さくため息をついた。

「じゃあ、次に行こうか」

背を向けた海崎に走り寄る。

「最後まで見ていかないんですか？」

海崎は、田川にチラリと目をやった。

「いいかな。大体わかったし」

なにがですか？　と聞こうとした頃には、海崎はすでに5番手術室を出ようとしている。

「それに、善ちゃんの手術を見に行かないと。ゆっくりしてたら、終わっちゃうでしょ」

再び『善ちゃん』なる愛称を聞いて、海崎の前に飛び出る。

「どうしたの？」

「あのですね。流石《さすが》に教授なのでちゃん付けはちょっと」

「ああ、そういうこと気にするタイプ？」

もしかしたら、留学先では上下関係がフランクだったのかもしれない。ならばなおさら、伊豆中のルールを説明しておかないと、恐ろしい事態を招く。

「教授はとても厳格な方で、上下関係をきちんとしないといけないし、仕事のやり方にもさまざまな決まり事があるんですよ」

はたして、こんな説明で納得してくれるだろうかと不安に思っていると、意外にもあっさりと頷《うなず》いた。

「うん、知ってるよ。教授ルールだっけ。さっき目を通してきたから」

当たり前のように言うので驚いた。海崎が腰に手を当てる。

「なんであんな堅苦しいルールを作ったのか分からないけど、流石に古いよね」

海崎の指摘するとおり、三枝が確立した事細かなルールには、現在のガイドラインからは外れたような治療方針も多々あり、アカデミアの最先端をひた走る人間からみたら、化石の如く感じられるだろう。だが、常に人手不足のこの施設ではそうせざるを得ない実情もあり、それを無視したガイドラインありきの意見を、三枝は嫌う。

どうやって納得させようと案じているうちに、いつの間にか1番手術室に海崎と共に入り込んでいた。

「こんちは」

あまりに軽々しい挨拶《あいさつ》で手術台に近づいた。

「ちょっと、海崎先生」

恐る恐る駆け寄ると、張り詰めた空気が肌に触れる。三枝と明日香が、手術の真っ只中《ただなか》《ま》だった。こちらも子宮摘出術が行われているが、腹腔内の状況は大分異なっている。

「うわっ、子宮が大きいですね。赤ちゃんの頭くらいある」

驚いたように言ったゆめに解説を行う。

「子宮腺筋症《せんきんしょう》っていう子宮全体が腫《は》れる病気と、子宮内膜症の合併だね。月経毎《ごと》に悪化しちゃう病気で、酷《ひど》くなると周りと癒着を形成してしまうから、厄介なんだ」

「本当だ……。子宮の後ろが全然見えない」

癒着があると、手術を進める手がかりになる血管や靱帯の走行が変わってしまったり、そもそも強固な癒着のため視野が全く取れなくなったりする。癒着を剝離する際には出血なども起こりやすく、同じ術式と言えども、難易度は圧倒的に高い。

三枝と明日香のペアは見事だった。三枝が癒着剝離した面からの出血を、明日香がガーゼや電気メスで即座に止める。電気凝固で止血しきれない箇所はペアンで出血点を抑え、今度は三枝がするりと糸を掛けて結紮する。ほぼ会話がないにもかかわらず、一人の術者に4本の腕が生えているような動きをしていた。

海崎がにゅっと顔を出した。

「おつかれさまです。善さん」

ハンマーで頭を殴られたような衝撃を受ける。「ちゃん」付けはやめろと言ったが、敬称をつければいいというものでもない。こんなタイミングで粗相が起こってしまったことに、戦慄する。

三枝は沈黙しており、返事をしたのは明日香だった。

「こんにちはー。はじめまして、海崎先生」

　呑気《のんき》な声だ。挨拶しながら術野から目を離さず、三枝の神速の手に寸分遅れずについていっている。

「隣はゆめちゃん？」

「はい！　お疲れ様です！」

「スクラブ、相変わらずきれいだねー」

　一体いつの間にゆめの姿を見たのだろうか。集中しているときの明日香は、全身に目があるようにしか思えない。

　三枝はまだ口を開かない。海崎の軽薄な態度に対して、雷を落とすのではないかと思い、はらはらしていると、胸から下げていた院内携帯電話が音を立てた。なんというタイミングで大きな音が鳴ってしまったのかと、衛は肝を冷やした。塔子からだ。無視するわけにもいかず、おずおずと伺う。

「電話、失礼してよいでしょうか？」

　三枝が、わずかに首を下げて許可の意を示す。衛は震える手で電話をとる。

『お疲れ北条、海崎くんの様子はどう？』

　いままさに、三枝に対して無礼を働いたところである。思わず受話口を指で塞《ふさ》ぎながら、「さあ、どうでしょうか？」と答えた。

『なによそれ？　まあいいや。忙しいところ悪いんだけどさ、明後日《あさって》カイザー予定だった妊娠38週0日《ゼロ》の骨盤位の妊婦さんが破水しちゃったの』

いわゆる前期破水だ。放置すれば分娩《ぶんべん》が進行してしまうので、緊急帝王切開術決定である。

「いま手術室にいるので、状況を確認します」

衛の言葉に、手術室の空気が張り詰めた。

『サンキュ。悪いんだけど、私はまだ外来が終わらなそうなんだ。いま教授が手術中だと思うから、誰が帝王切開に入るのか、指示してもらってい？』

まさに、未《いま》だ沈黙している三枝が目の前にいる。この緊迫した状況で報告するのは気が引けるが、報告せねば事が進まない。

「わかりました。……頑張ります」

『頑張るって、なに言ってるの？　まあ、よろしくね』

塔子からの電話が切れた。

「衛くん。もしかして、緊急カイザー？」

まず反応したのは、明日香である。目にも留まらぬスピードで手を動かしながら、通話の内容にも耳を傾けているのは驚嘆に値する。明日香に言葉を返す体《てい》で報告する。

「はい。妊娠38週0日、明後日カイザー予定だった妊婦さんの前期破水です。塔子さんは外来中で入れないということです」

「他もみんな手術だねー」

明日香の言葉に続いたのは、おどけたように肩を上げた海崎だ。

「そりゃ大変だ。でも、人もいないしどうするの？　どっちかの手術が終わるまで待ってもらう？」

緊迫感など1ミリも感じられない口調だ。こんな軽い調子で話を続けたなら、いよいよ三枝の怒りが爆発してしまう。嫌な予感がよぎった瞬間、三枝の顔がゆっくりと上がった。鋭い眼光には怒りが浮かんでいる……ように思えて、衛は思わず首を引っ込めた。

「相変わらずうるさい奴《やつ》だな、海崎」

不機嫌そうな声ではあるものの、雷が落ちたわけではないことに胸をなで下ろす。

だが、引っかかったのは三枝の言葉である。

「相変わらず……って？」

海崎の眉《まゆ》が不敵に上がり、縁なしメガネがキラリと光った。

「13年ぶりですかね。戻ってきましたよ、善さん」

「おう。よろしく頼む」

「ど、どういうことですか？」

海崎が胸を張った。

「僕は昔、ここで働いてたんだよ。3年間だけどね」

驚きの事実に、言葉を失った。

すると、海崎を捉《とら》えた三枝の瞳《ひとみ》が、ぎろりと光った。

「じゃあ、お前がカイザーをやれ」

海崎が困惑したように眉を下げた。

「僕がですか？」

「なんだ？　俺の頼みを聞けないというのか？」

恐ろしいほどの睨《にら》みに、海崎がたまらず両手を上げる。

「おお怖い。わかりましたよ」

二人のやりとりを呆然《ぼうぜん》と見つめていると、三枝の首がロボットのようにクルリと回る。

「北条、第一助手を頼めるか？」

「も、もちろんです」

断る選択肢はもとよりない。その様子を楽しげに見ていた明日香がゆめに話しかけた。

「せっかくだから、ゆめちゃんも手術に入れてもらったら？」

「いいんですか？　やった！」

ゆめの無邪気な声が響く。海崎が背を向けた。

「じゃあ、頑張ってきます」家を出がけに挨拶するかのような軽い口調だ。さっさと部屋を出ていく海崎を追いかけようとしたところで、「北条」と、再び三枝に呼びかけられた。

振りかえると、圧の強い眼光で見据えられた。

「あいつの腕が鈍ってないか、お前の目でよく見ておくんだぞ」

その無表情からは、本気なのか冗談なのかすら、推しはかることは難しかった。

妊婦が入室し、麻酔がかけられようとしている。衛は、手術室外の手洗い場にいた。滅菌水シャワーの上部には鏡が貼られており、これから手術に臨む3人の姿が映っている。

鼻歌まじりに手を洗う海崎と、嬉々《きき》としてそれを真似《まね》するゆめ、いずれも初めて手術を組む面子《メンツ》だ。もちろん研修医であるゆめは戦力にはなり得ず、実質、海崎と二人きりだ。

まさか腹腔鏡のスペシャリストの海崎と初日から緊急帝王切開をすることになるとは、夢にも思わなかった。

海崎が、鏡越しにチラリと衛に目をやった。

「北条先生はここで結構カイザーをやってるの？」

「ええまあ、週に2、3例くらいは」

その言葉に、ゆめが食いついてきた。

「北条先生って手術できるんですね！」

失礼な、という言葉をなんとか呑《の》み込んだ。

「そりゃあ、これでも一応産婦人科専門医だから。カイザーの執刀を最低30例やらないと、試験すら受けられないんだよ」

言ってはみたものの、衛が昨年専門医試験を受けたときの執刀数は条件ぎりぎりだった。ラパロチームにいた頃は、帝王切開経験症例を一つ増やすのも大変だったのだ。

伊豆中に来てからは雪だるま式に症例数が増えている。ここでは、放っておいても帝王切開が山ほどやってくるのである。

　海崎がおどけたように眉を上げる。

「じゃあ僕よりもよほどカイザーをやってるんじゃん。僕なんて、最近は年に1回やるかどうかだよ」

「……え？」

　唐突な告白に驚く。しばらく産科に関わっていないとは言っていたが、そこまでとは思わなかった。

「なんかあったらフォローよろしくね」

「俺がですか？」

「当たり前でしょ。だって第一助手なんだから、胸を借りるつもりで頑張るね」

　あっさりと言われて、血の気が引いた。

　帝王切開の術者にも慣れてきたとはいえ、それは手練《てだ》れの上級医が助手に入っているからこそだ。実際に、上手《うま》くいかないときには何度も助けられている。そんな自分にトラブルに対応する側にまわれなんて……。

「誰か上の先生を呼んでおきましょうか？」

「誰もいないから僕らで緊急カイザーをやるんでしょ」

当たり前のように返されて口籠《くちご》る。海崎の言う通り、他に頼れる医者はいない。それを思うと胃が痛くなった。

海崎が手を洗い終えた。

「はいはい。早くしないと麻酔科の先生に怒られちゃうよ。さあ、ベストを尽くそう」

妊婦への硬膜外麻酔はすでに終わっている。これは、背中から脊椎《せきつい》の間にカテーテルを挿入する局所麻酔で、妊婦の意識がはっきりしている。まさにこれから腹を切られようとしている妊婦の前で、医者がばたばたする姿を見せるわけにはいかない。

衛は、「わかりました」と、小さな声で返した。

海崎との手術が始まる。

大きな腹を挟んで、患者の左側に衛とゆめが並び、対面には海崎がゆらゆらと緊張感なく立っている。その後ろには、生まれたあとの赤子の処置をするために、八重がスタンバイしている。海崎から片時も目を離さない様子を見れば、この手術でその腕を見定めようという意思を、ひしひしと感じる。

そして、彼女の視線は衛にも注がれる。『なにかあったら、北条先生がなんとかするんですよ』と、大きな目が訴えているのを自覚して、背筋が強張《こわば》った。

初めての相手と手術に臨むときは、いつでも緊張するものである。相手の手がどれだけ動くのかもわからないし、予想外の出来事が起こったときに、どこまで冷静に対応できるのかもわからない。互いにそんな状況だから、しばしば呼吸が合わないこともある。

「北条先生、始めてもいい？」

揚々とした声にはっとした。突如視界が広がり、心拍モニター音が耳に入ってきた。海崎の一声で、意識を狭めてしまっていたことに気づかされた。

「大丈夫です」

そう返すと、海崎が右手を差し出した。

「じゃあ、メス頂戴《ちょうだい》」

手のひらに、使い捨ての円刃《えんじん》が渡される。

「緊急帝王切開を始めます」

宣言と共に真っ白な腹に垂直にメスの刃が入った。そのまま、ゆったりと横に走らせる。深すぎず、さりとて浅すぎない適度な深度で水平にメスが動き、創部は上下に開いた。

衛は、滲《にじ》んだ出血をガーゼで拭《ふ》き取って、切開が入った皮膚を両側に開いて介助にあたる。海崎のメスが、二度、三度と脂肪に切り込まれる。その度に出てくる新たな血液を、衛がガーゼで拭き取っていく。

思いの外、呼吸が合っている。それを実感し、まずはほっとした。合わない術者とは、初手からテンポが乱れるものなのだ。

海崎のクーパーが脂肪層を展開し、真っ白な筋膜を丁寧に露出させて切開していく。衛は、次の手を予測しながら介助に集中する。互いに会話がないにもかかわらず、いわば阿吽《あうん》の呼吸だった。

気づけば、あれだけ抱えていた不安は消え去り、術野に意識が集中できている。かといって視野は狭まらず、海崎の息遣いを感じるくらいに、感覚は研ぎ澄まされている。

腹膜が開かれると、ゆめから「うわあ」と声がもれた。

見えたのは子宮壁だ。赤々とした筋肉の塊には血流が豊富で、両側にとぐろを巻いたような太い血管が、隆々と浮き出ている。

これから子宮壁に切開を入れて胎児を娩出《べんしゅつ》する。ここからはスピード勝負になる。赤子の娩出に手こずってしまえば、時間と共に児《じ》の容体が悪化してしまうからだ。

この症例は骨盤位であり、通常の帝王切開とは逆の手順で赤子を引き出さなければならないため、難易度が高い。骨盤位の娩出方法にはいくつかあり、各施設で推奨される方法も異なる。海崎の手法を確認しておきたい。

「海崎先生、骨盤位の娩出方法は？」

小さな声で問いかけると、海崎の眉が上がった。

「君もよく知ってるでしょ。じゃあ切るよ」

「……ちょっと」

間髪《かんはつ》を容《い》れず海崎が子宮筋層に切開を入れると、張力で筋層が上下に開く。何度か同じ操作をすると、子宮の中が明らかになった。見えてきたのは胎児の臀部《でんぶ》だ。

「桃みたい」

ゆめが感嘆したように呟いた。充血して赤くなった胎児の薄い皮膚の中心に縦に割れ目が入った様子は、まさに桃だ。

「じゃあ、赤ちゃん出します」

海崎は胎児の臀部の両側から手を入れ、足の付け根に中指を差し込んだ。ゆるりとそれを引き抜くと、丸々とした尻《しり》の全容が明らかになる。

そのまま下肢が引き出されると、腰から下だけが子宮から飛び出た状態になる。ここまでは、どの娩出方法もおおよそ同じである。

骨盤位において、子宮の小さな切開創から胎児を引き出すには、肩が最大の障壁となる。だからこそ肩の娩出方法がいくつか確立されている。海崎はどんな方法で赤子を引き抜くのか？

尻を摑んだ海崎は胎児の体を横に振り出した。

「……横8の字法」衛は思わず呟いた。伊豆中で徹底されている手法だったからだ。

子宮の切開層の方向に合わせるように、胎児の体を横8の字に振る。それぞれの肩の方向が切開層に一致したときに、振った勢いと共に肩が子宮から抜け出てくるというものだ。

海崎の手が伊豆中で目に焼き付けてきた医師たちのそれと重なった。衛は、赤子の体の方向に合わせて創部を広げる。次の一振りで、ついに赤子の右肩が創部から引き出され、続けて左肩も姿を見せた。

「あとは頭を出せばオッケーだね」

言いながら、海崎が尻を挟んでいた手を赤子の胸元に持ち変え、母体方向に反転させる。海崎が赤子の頭部を保護したまま後屈させるように引き抜くと、赤子の頭がするりと飛び出した。

「うわあ！　本当に赤ちゃんが出てきた」

目を一杯に広げたゆめが、産まれたばかりの赤々とした児の顔を見つめている。

「顔を拭きます」

赤子の顔をガーゼで拭《ぬぐ》うと、ほどなく元気に泣き出した。まずは大きなトラブルもなく娩出に至ったことにホッとするが、改めて気持ちを引き締める。

帝王切開は、ここからの操作も慌ただしいのだ。

海崎が臍帯《さいたい》を切断し、赤子を八重に渡す。彼女が初期対応をしている間に、胎盤を娩出させる。さらに子宮を揉《も》み込んで、収縮の具合を確認する。

海崎の手はスピードこそないものの、着実に手順を踏んでいて余裕がある。とても年に１回程度しか帝王切開を執刀していないとは思えない、無難な手術だった。

しばらく子宮を揉み込んでいると、出血が落ち着いた。元気に泣く赤子は母親との対面を終え、可動式の新生児用ベッドに寝かされた。母親は静脈麻酔をかけられて眠りに落ちた。

その様子を見てから、八重が海崎に話しかけた。

「海崎先生。赤ちゃん、先に退室しますね」

その視線からは刺々《とげとげ》しさが消えている。八重は、海崎の腕を認めたようだ。数多の手術を目の当《ま》たりにしてきた彼女の目は確かであり、彼の執刀はそれだけ淀《よど》みなかったということになる。

「はーい、よろしく」

右手を小さく振る海崎に見送られ、八重が退室した。

「じゃあ筋層を縫っちゃおうか」

子宮筋層の縫合方法も様々あるが、海崎が選択する方法は、もはや訊かなくても分かった。

海崎の針が子宮を縫ってゆく。

2層単縫合。子宮筋層を2層に分けて、1針ずつ縫合と結紮を繰り返すやり方だ。1本の糸で筋層を連続で縫い上げる施設が多い中、この方法もまた、伊豆中で徹底されているものである。

産科医はカイザーに始まりカイザーに終わるという格言がある。基本術式こそ単純であるが、様々なバリエーションがある帝王切開は、その医師の執刀を見れば出自が分かるほどなのだ。

およそ20針の縫合を行い、切開創が閉じられた。一つ一つの針は等間隔に、そして垂直に入り、縫い上がりも美しい。

腹腔鏡の革命児とも呼ばれている海崎の帝王切開は、基本を徹底していた。だからこそ分かる。これは、三枝から学んだ技術に間違いない。

腹腔鏡のスペシャリストとなった今でも、海崎は三枝の教えを遵守《じゅんしゅ》しているのだ。海崎の手術をよく見ておけと言った三枝の言葉の意味を、手を合わせて初めて理解した。

夜7時。歓迎会が始まろうとしていた。

会場はもちろん、食事処《どころ》『いおり』である。病院からほど近い場所にある、産婦人科御用達《ごようたし》の店だ。一目で和食料理処と分かるような格子《こうし》板戸の横に、『いおり』の白い崩し文字が記された赤い布地がテントのタープのように張られている。その隣には大きな生《い》け簀《す》が設置されていて、サザエや伊勢海老《いせえび》、鯵《あじ》など地元の活《い》きの良い食材がひしめき合う。

ここはなにを食べても味は抜群だ。衛が異動してきた初日の歓迎会の場であり、行きつけの店でもある。

店内は広く、板場を囲うカウンターにテーブル、さらに座敷も設けられている。産婦人科で会を催すときには主に奥の半個室の座敷が使われ、本日も違《たが》わずこの席を押さえておいた。

目の前に置かれた生ビールが宝石のように輝いている。汗をかいたジョッキは、自分を艶《あで》やかに誘惑しているようにすら思えた。心身ともに疲れ果てたので、一刻も早くビールで自身を労《ねぎら》ってやりたい。

座卓の上には、トコブシの煮付け、エイヒレの炙《あぶ》り、厚焼き卵に、舟盛りが準備されている。どれも美味《うま》そうであるが、特に舟盛りは芸術品と言っていい。

ミナミマグロに金目《きんめ》鯛《だい》、イカ、鯵などの定番の魚が美しく配されているが、ひときわ存在感を醸《かも》し出しているのが太刀《たち》魚《うお》だ。ほんのり朱色がさした身、白銀の皮は照明の光を鏡のように反射している。薄切りと並んで皮目を炙った厚めの刺身も添えられており、ふたつの刺身は一体どれほど趣が異なるのだろうと想像しているうちに、涎《よだれ》が溢《あふ》れてきた。

壁側の奥、衛の右隣に座ったゆめが、胸の前で手を合わせて目を輝かせた。

「美味《おい》しそう！　この店のことは知ってたんですけど、研修医のお財布にはちょっと厳しかったから、嬉《うれ》しいです」

肩口にフリルがついたブルーのストライプ柄のブラウスにゆったり目のブラウンのボトムを合わせている。あの院内スクラブを思えば、驚くほど常識的な服装だ。

今にも箸《はし》を伸ばさんばかりのゆめを、襖《ふすま》に一番近い位置に座った神里が制止する。

「まずは乾杯してから」

その隣で、明日香が揶揄《からか》うように口を開く。

「参加、許可してもらえてよかったね。一人だけお酒飲めないけど」

幸い、今夜は病棟が落ち着いているので、田川の温情により、酒を飲まないという条件で、神里も歓迎会に参加できることになったのだ。

「こっそりアルコールを混ぜちゃおうかな」

「絶対にやめてくださいよ。明日香さん、本当にやりかねないんだから」

神里とじゃれあう明日香の逆隣には、塔子が座っている。黒地にプルメリアを模した白線が入ったシンプルなTシャツに、白いパンツというスタイルだ。

同期の海崎は対角線の一番遠くに座している。皺《しわ》のない白いワイシャツに、グレーのジャケットは肩幅の広い海崎に似合っている。銀座でも様になりそうなスマートカジュアルな服装は、この界隈《かいわい》ではあまり見かけない。左手に高そうな腕時計を巻いているが、時計に疎《うと》い衛には、そのブランドがなにかはわからなかった。

神里に目配せをされた塔子が、ジョッキをかかげる。

「お疲れさま。じゃあ、ゆめちゃんと海崎くんの歓迎会を始めるよ。忙しい病院だけどよろしくね。乾杯！」

　ゴッゴッとジョッキを当てて、喉《のど》を潤《うるお》す。キンキンに冷えた炭酸があっという間に食道を伝っていくのが爽快《そうかい》だった。

　各々《おのおの》のジョッキが置かれていく。一杯目を空にしたのは、衛と明日香、それからゆめだ。若いだけあって飲みっぷりが良い。

「もう一杯頼みましょうか？」

　神里が確認したところで、襖が開いて作務衣《さむえ》姿の女将《おかみ》が現れた。

「お待たせしました」

　盆に乗せられているのは緑の陶器だ。中には透き通るような寒天に、みつ豆、求肥《ぎゅうひ》、それからメロン、みかん、柿《かき》など、瑞々《みずみず》しい果物がちりばめられている。横には、真っ黒な黒蜜《くろみつ》が添えられていて、これは……

「あんみつですか？　そんなもの、誰が」

　まだ乾杯したばかりなのだがと訝《いぶか》しんでいると、顔を輝かせたのは海崎だった。女将が、にこやかな表情で彼の前に盆を置く。

「いきなり甘いものを頼んだんですか？」

　海崎が、至極当然といった表情で頷いた。

「僕は、好きなものから食べるんだ。それに甘味認知閾値《いきち》は食後に優位に低下するって論文もあるから、最初に甘いものを食べるのは、むしろ合理的なんだよ」

一理あるのかもしれないが、飲み会の席でいきなり一人で甘味を食べ始める人など、見たことがない。

困惑していると塔子から声が上がった。

「北条、ほっておいていいよ。海崎くんって昔からそうなの。協調性は皆無なんだけど、害はないから好きにさせてあげて」

遠慮の一切ない言葉に戸惑うが、海崎に気にする素振りはない。同期だからであろうか。

「今日はとっておきをご用意してますよ」と言葉を残して女将が席を後にしたのを見計らって、衛は塔子に話しかけた。

「塔子さんが、海崎先生と一緒に働いていた期間は長かったんですか？」

首を振られた。

「海崎くんと一緒だったのは、入局してすぐの3ヶ月間だけだよ」

「たった3ヶ月間だけ？　それは意外でした」

「同期って、案外一緒に働かないもんなんだよ。同じ学年だと実力も似通ってるから、大体違う病院に振り分けられるものなの」

たしかにその方が、施設ごとの能力を平均化できるのだろう。納得しかけたところで、言葉を挟んだのは海崎だった。

「というか、僕はいろんな病院をたらい回しにされてたんだよ」

予想外の発言だった。海崎があけすけに続ける。

「どこに行っても厄介者扱いされていたのさ。僕の話を聞いてくれる先輩がいなかった」

なんとも返答しにくい話を、あっさりと言ってのける。どう答えてよいか分からず塔子に助けを求める視線を送ると、珍しく彼女も困ったような表情で眉を寄せた。

「海崎くんは……ほら、自由だから。合わない先輩もいたのかもしれないね」と言うに留めた。

塔子の言う通り、海崎が自由人であることは1日で分かった。好き嫌いは激しいし、興味がないことには無頓着《むとんちゃく》。TPOをわきまえもしない言動ばかりだった。事実、今日1日海崎に振り回されたのでクタクタだ。もしも海崎が後輩だったとしたら、自分の手には負えない。

しかし、そこで、はたと思う。海崎は伊豆中に3年間在籍していたと言っていた。

しかも、異動が多い若手時代である。ということは、伊豆中の水は合っていたということだろうか？

ジョッキを片手に唸《うな》っていると、塔子から声をかけられた。

「北条、早く食べないとなくなっちゃうよ」

促され、改めて卓上の舟盛りに視線を戻して驚愕する。

なんということだろう。乾杯前から目をつけていた太刀魚が、すでになくなろうとしていた。対面に座った明日香が、ばくばくと食べ続けているのだ。

「ちょっと、俺にも食べさせて下さいよ」

「あ、バレちゃった」

一枚だけ残った薄造りを、すんでのところで確保して口へと運ぶ。しっとりとした舌触りに、ひと噛《か》みするとクセのない淡白な味わいが加わり、芳醇《ほうじゅん》な脂《あぶら》が口の中に広がる。やや硬めの皮には旨《うま》みが凝縮されており、咀嚼《そしゃく》するたびそれが溶け出してくる。

明日香がニンマリと笑った。

「美味しいでしょ。太刀魚」

「なくなる前に食べられてよかったですよ」

油断も隙《すき》もないとはこのことだ。炙りの刺身もこれまた美味い。香ばしい香りと厚めに切られた身の味わいは、薄造りとはまったく違うものだった。

追加のビールも届き、しばらく食事を堪能《たんのう》する。とにかく、ゆめの酒の減りが早い。よく食べる姿も印象的で、彼女には遠慮という概念はなさそうである。

あんみつを食べ終えた海崎はというと、刺身に箸を伸ばしている。甘味の後に生魚を口が受け入れてくれるのかと疑問に思うが、当の本人に気にしている素振りはない。酒の方はといえば、ビールを日本酒のようにちびちび飲んでいて、あまり減っていない。

外科医はとにかく食べるのが速いものである。あらかたの皿が綺麗《きれい》になると、女将が仄《ほの》めかせた『とっておき』がやってきた。

「お待たせしました」

卓上に大きな皿がどんと置かれた。その上に積み上げられているのは、真っ赤に茹《ゆ》で上がった手のひらほどの大きさのカニだ。爪《つめ》には黒い毛が生えていて、甲羅は丸々と大きい。6匹のカニが積み上げられた塔の如《ごと》き見栄《みば》えは圧巻だ。

明日香の1本に縛り上げられた長い髪がぴょこんと跳ねた。

「やった！　モクズガニだ！」

ああ、そうだと思い出す。以前、浄蓮《じょうれん》の滝を訪れた山道でモクズガニ料理を出す店の看板を沢山目にしたのだ。

女将が頷いた。

「ちょうど今日から漁が解禁になったので、初物ですよ」

塔子がしみじみと口を開く。

「そっか、もうそんな時期だった。モクズガニはこの辺だとズガニって言うの。淡水に住むカニで、高級食材として有名な上海《シャンハイ》ガニの親戚《しんせき》みたいなやつだよ」

塔子がずいと大皿を差し出した。

「味噌《みそ》が絶品だから、熱いうちに食べちゃいな」

勧められるが、手が出ない。衛は、真っ赤なズガニを指差した。

「これ、どうやって食べるんですか？」

「私が教えてあげる」意気揚々と言ったのは明日香だ。

てっぺんに載っていた一番大きなズガニを取って、衛に腹側を見せつけた。溢れんばかりの卵を抱えている。メスだ。

「もちろん実践しながらね」

「先に食べたいだけじゃないですか」

つっこみを入れるも、構う様子もなく手を動かし始める。

「最初はふんどしを開いて取るの」

卵を抱えた丸い蓋《ふた》のような部分を剝《は》がす。

「とりあえずこっちは置いといて、次は甲羅を外して、エラは食べられないから取っちゃう」

手術の指導のように、操作を見せながら説明していく。明日香の手は何をするにも速い。真っ赤なカニからあっという間に甲羅が取れて、白い胴体に足が10本生えているような形状になった。

足の付け根を両手で摑《つか》むと衛の目の前でカニを構える。

「どうしたんですか？」

訝しむと、明日香がニンマリと笑う。

「いくよ」と言って、中央を支点にカニをパキリと折った。甲殻類のカニには硬いイメージがあったが、驚くほど簡単に真っ二つに割れる。その断面は鮮やかな橙色の味噌で溢れていた。一瞬遅れて、むせ返るほどの濃厚な香りが鼻腔《びこう》を刺激した。

「ここにかぶりつくの。汚れるのとか気にしないで、本能のまま思い切り」

言うや否《いな》や、パクリと断面にかぶりついた。すぐに恍惚《こうこつ》の表情を浮かべ、さらに中身を吸いにかかる。

見ているだけで美味さが伝わるような絵面《えづら》に、いよいよ我慢できなくなった。

「俺もいただきます」

「ふんどしが三角なのが雄、丸が雌ね。当たり前だけど、卵があるのは雌だけだから」

味噌で唇を光らせながら、明日香が指示する。言われた通り、雌のズガニを手に取ってふんどしを外し、流れるように甲羅を開く。いかんせんカニを食べるのは面倒臭いものだが、手のひらサイズのズガニは圧倒的に扱いやすい。胴体を割ってから吸い寄せられるように断面にむしゃぶりついた。

想像以上に濃厚な味噌の味は、雲丹《うに》を思わせた。

「日本酒が合うよ」

明日香がお猪口《ちょこ》に花の舞の熱燗《あつかん》を注いでくれる。すぐさま口に含むと、淡麗辛口の酒と濃厚な味噌が混じってペースト状になることにより、口腔の隅々まで味わいが広がっていく。

「これは、間違いない組み合わせですね」

明日香が、別皿に取っておいた甲羅を手に取った。

「私のおすすめはこうだけどね」

甲羅の中に熱燗を注ぐ。湯気が立ち込める中、甲羅にへばりついていた味噌を箸で外しながら、酒に混ぜ込んでいく。最後に、味噌でベタベタになった両手で熱い酒が満たされた甲羅を捧《ささ》げるように持って、一気に流し込んだ。

ゴクリと喉が鳴り、うっとりとした表情で天井を見上げる。

「これは何杯でもいける」

甲羅酒というやつだ。頰を真っ赤に染めた明日香がさっそく、つぎ酒をして、衛の目の前で徳利《とっくり》を揺らす。

「衛くんもやりたい？」

「もちろんです」

甲羅になみなみと花の舞が注がれる。味噌の香りが酒でさらに花開く。甲羅の裏にへばりついた味噌を剝がして混ぜる。中央には卵の塊もついていて、それも日本酒と和《あ》えて口に流し込むと、何層もの旨みを含んだ極上の味わいに、昇天しそうになった。

「お酒が進んでしまいますね」

女将が満足そうに笑った。

「では追加の燗を持ってきますね。それから、ズガニの茹で汁で炊《た》いたご飯も後で用意しますので、楽しみにしていて下さいね」

ズガニの炊き込みご飯。これだけ多様な旨みを全《すべ》て飯の中に閉じ込めるとは――。

想像するだけで美味そうだと胸を高鳴らせていると、女将と入れ違いで赤子を抱いた女性がやってきた。

まっさきに反応したのは、明日香だ。

「伊織《いおり》ちゃんだ！　久しぶり」

顔を見せたのは、店主夫婦の一人娘で、この店の名の由来にもなった勝呂《すぐろ》伊織だ。

今日は作務衣姿ではなく、ピンクのゆったりめのワンピースを着ている。なにより目を引くのは、肩から胸にかけられた抱っこ紐《ひも》におさめられた赤子だ。後頭部の髪は擦れて薄く、抱っこ紐からはみ出している手足に、柔らかそうな肉がついている。

奥の席で、塔子が表情を輝かせる。

「望夢《のぞむ》くんじゃない！　元気？」

そのまま立ち上がって、伊織へと近づいていく。

「おかげ様で、すくすく育ってます。こないだ1ヶ月健診を終えたんですよ」

そばかすが散った頬を緩めて、望夢を抱っこ紐から外して塔子に渡そうとする。

いいの？　断りを入れてから、塔子が優しく望夢を抱いた。胸に抱えた望夢を見つめる眼差《まなざ》しは温かい。ゆっくりと揺らしながら、伊織に話しかける。

「体重もしっかり増えてそうだね」

望夢は心地よいのだろうか、ぐずることなく塔子に身を委《ゆだ》ねている。その姿を見て、伊織が嬉しそうに頷《うなず》いた。

「もうすぐ３０００グラムになりそうです。満期産のお子さんたちに、ようやく追いつきました」

彼女の表情は幸せで満たされていた。その姿を見て、衛の胸にも熱いものが込み上げる。勝呂望夢は、１ヶ月前に塔子と二人きりで超緊急帝王切開術に臨み、なんとか一命を救った赤子だからだ。それだけに思い入れは強い。

塔子が伊織に目配せをする。

「北条にも、抱っこさせてもらってもいい？」

「もちろんです」

望夢を受けとった伊織が衛の前に膝《ひざ》をついた。眼前にはむちむちした体がある。

「……え、抱っこ？　俺が？」

伊豆中に来てから、散々分娩《ぶんべん》を取っている。分娩中は血液と羊水まみれの胎児を夢中で処置しているはずなのに、実は赤ん坊を扱うのは苦手である。下手に触れると、どこか怪我《けが》でもさせてしまいそうで怖いのだ。

戸惑っていると、伊織から笑顔を向けられた。

「ぜひ抱っこして下さい。お願いします」

そこまで言われては、断るわけにもいかない。

「ズガニでべとべとになった手を、ちゃんと拭いてからにしてね」

塔子に言われ、味噌を拭き取った手で、望夢をこわごわと受け取る。

肌着から伝わってくる望夢の体温は高く、抱える手には力強い鼓動が伝わってくる。

あの日、無我夢中で救った赤子は、たしかに成長しているのだ。

「首、ちゃんと支えてあげてね」

やはり、首の据わっていない赤ん坊は全身ふにゃふにゃしていて、扱いに困る。衛の不安が伝染したのであろう、案の定、望夢はわんわんと泣き出した。それを見た塔子が腹を抱えて笑う。

「あはは、全然慣れてないね。じゃあ望夢くん。お母さんのところに戻ろうか」

「すみません」と恐縮しながら望夢を伊織に渡す。優しくあやされると、望夢は抱っこ紐の中で再び落ち着きを見せた。

「もうすっかり、お母さんだね」

感慨深そうに塔子が言うと、伊織が満面の笑みで頷いた。

「なんとかかんとかですけど。でも、早く仕事に復帰したい気持ちもあります」

一時は死の淵《ふち》を彷徨《さまよ》った伊織だが、若いだけあって回復が速い。塔子が慈《いつく》しむように応じた。

「あんまり無理しちゃだめだよ」

「大将も女将も、しばらく仕事は駄目だってうるさいので、我慢しておきます」

伊織が、こちらに向かって頭を下げた。

「望夢が寝そうなので、そろそろ失礼します。大将が気合い入れてズガニの炊き込みご飯を作っているので、先生がた、期待していて下さいね」

再び涎が溢れてきた。味噌と卵を食べ尽くしたので、残った身を食べてみるが、こちらも甘味が強くて旨い。海崎は身の方が好きらしく、雄のズガニを真っ先に取り、なにが楽しいのか足の殻を器用に割って中の身を露出させては、手術器械のように縦に揃《そろ》えて並べている。

伊織が出て行った襖に目をやりながら、ゆめが神里に話しかける。

「この店の娘さん……、伊豆中で出産したんですか？」

「そう。1ヶ月くらい前かな。けっこう大変だったんだよ」

ひとり素面《しらふ》の神里は、伊織について律儀《りちぎ》に説明しはじめた。彼女が帝王切開で出産に至った話になると、ゆめが食いついた。

「カイザー！　私も今日はじめて見て感動しました！　あんなに大きな子宮から赤ちゃんが出てくるところなんて、まさに生命の誕生を目の当たりにしている感じで興奮しました」

ゆめの頬は真っ赤に染まっている。同意を求めるように、衛に顔を寄せた。

「すごかったですよね、海崎先生のカイザー。ね？」

熱量がすさまじい。ゆめはすっかり海崎に魅せられたようだ。

「そ、そうだね」と圧に押されるように答えると、悪戯《いたずら》っぽい表情を見せたのは、対面の明日香である。

「衛くん。海崎先生のカイザー、実際どうだったの？」

唐突に訊《き》かれて返答が遅れた。その瞬間、皆の視線が衛に向く。

「どう……って」

なんとも答えにくい質問である。海崎の帝王切開には、思ったよりも派手さはなかった。しかし、本人がいる前で普通だなんて言いにくいし、必要以上に持ち上げるのも白々しい。

その顔に邪気が浮かんでいるところを見れば、わざと答えにくい質問を発したのは明白だ。海崎の様子をうかがうと、彼は両手を大きく広げた。

「ぜひ忌憚《きたん》のない意見を聞かせてくれたまえ。僕は正当な批評にへこたれるような人間ではないから」

高揚したように頰を赤らめながら、堂々と胸を張る。遥《はる》か上の先輩にそんなことを告げられたところで、模範解答など見当もつかない。

注目が注がれるが、状況は地獄である。どう答えても角がたつ。

助け舟を出してくれたのは、やはり塔子だった。

「北条、思ったとおりに言っていいから。海崎くんは、何言っても本当に気にしないし、これから一緒に仕事をするんだから、お互いにできる範囲は共有しておくべきだと思う」

ほっと肩の荷がおりた。ビールで一度喉を湿らせる。

「はじめはちょっと不安でしたけど、手を合わせているうちに、海崎先生のカイザーは間違いなくここで身につけたものだって分かりました。1年に1回しか帝王切開をやらないというお話でしたけど、基本に忠実で、正確で、正直びっくりしました」

偉そうにこんなことを語っていいのか？

明日香がニンマリと笑った。

「年一のわりには上手だったって意味かな？」

「それはちょっと……言い方が」

「明日香、茶化さないの」塔子に注意されて、舌を出した。この人は本当に油断ならない。

　塔子が海崎に向き直る。

「でも安心した。腹腔鏡以外の手術も、ちゃんと覚えてたんだね」

　海崎が大きく胸を張る。

「そりゃそうだよ。だって善ちゃんが言ってたじゃないか。手術ってのは自転車の運転と一緒だって」

　明日香の髪がぴょこりと上がった。

「へえ、面白い。教授ってそんなこと言う人でしたっけ？」

「そうだよ。城ヶ崎から聞いたことないの？」

大きく首を振った明日香が、塔子をまじまじと見る。塔子は仕方なしと言った様子で口を開いた。

「手術は自転車の運転と同じ。原理を知って体に染《し》み込ませれば、どれだけブランクがあっても漕《こ》ぎ方は体が覚えている。基礎技術をきちんと習得していれば、どこに行っても困らないって意味」

だから三枝は、これだけブランクがある海崎に、いきなり帝王切開を任せたのかと納得する。三枝は海崎を信用しているし、三枝を師とする塔子は、間接的に海崎に信頼を置いている。

ここで培《つちか》った技術は共通言語のようなものだろう。だからこそ衛も、初手から海崎の帝王切開に安心感を覚えたのだ。

自転車の話に共感したのか、明日香は目を爛々《らんらん》と輝かせている。すると、奥で静かにお猪口を置いた塔子が、海崎に呼びかけた。

「ねえ海崎くん。お願いがあるんだけど」

「あらたまっちゃって、どうしたの？」

塔子が衛に目配せする。目が合った衛は海崎のほうを向いて姿勢を正す。

「彼、ラパロチームなのよ」

海崎の縁なし眼鏡の奥の瞳《ひとみ》が、キラリと光った。

「へえ、そうなんだ。それで？」

「北条を指導して貰《もら》えないかな？」

海崎の口角が上がる。

「それは、ラパロの専門家としてってこと？」

「それ以外ないでしょ。だって海崎くんなんだから」

二段飛ばしのように会話が進むので理解が追いつかない。混乱の中、とてつもない約束が取り交わされようとしていることだけは、どうにか分かった。

ラパロの専門家がひしめき合う本院では、年功序列のため、海崎のようなトップクラスの上級医から直接指導される機会なんて、そうそう訪れない。わずか1週間前までは雲の上の存在でしかなかったはずなのに、まさに急転直下である。医師が少ない伊豆中だからこそ訪れたチャンスに違いない。

海崎はどう答えるだろうか？

目を合わせると、頬を染めた海崎はあっさりと頷いた。

「もちろんだ。同じ道を志す同志なんだから当然だよ」

相変わらず歯の浮くようなセリフをさらりと言ってのけた。

飲み会でこんな重要な話が決まってしまうなんて、と身震いする。

お願いしますと答える前に、割って入ったのはゆめだった。

「でもここの婦人科は、ラパロの手術がないんですよね。それなのに指導しろって、変な話じゃないですか」

ずけずけとした物言いに場の空気が凍った。そんなことなぞ気にも留めず、ゆめが続ける。

「ここは、三枝教授の理不尽な方針で婦人科の腹腔鏡手術が全然ないって、研修医の間じゃ有名ですよ。適応があっても、みんなお腹を開けられちゃうって」

恐れ知らずにもほどがある。大体、声がでかすぎる。伊豆長岡には、三枝の治療を受けて助かった患者たちがわんさかいるのだ。もしも三枝の耳に届きでもしたらと想像すると、全身の肌が粟《あわ》だった。

神里が慌《あわ》ててゆめのお猪口に酒を注ぐ。

「まあまあ、ゆめちゃん。色々な事情があるんだよ。院内の話を外で喋《しゃべ》るのはあんまりよくないよ」

ゆめが酒を呷《あお》る。すかさず次の酒が注がれる。咄嗟《とっさ》の判断でゆめの口を塞《ふさ》いだ神里の機転は流石《さすが》である。

ホッとしたのも束《つか》の間《ま》、隣で海崎が立ち上がった。

「そこだよ。せっかく僕が帰ってきたっていうのに、なんでこんなに腹腔鏡をやらない施設になってしまったんだ？」

どうして、話を蒸し返すのかと嘆きたくなる。この人の空気の読めなさは、相当である。

「海崎先生。まずは座ってください」

ジャケットの裾《すそ》を摑んだところで、海崎は意外な言葉を口にした。

「約束が違うじゃないか、城ヶ崎」

……約束？

塔子はじっと座ったままで、感情を見せない。その静かな反応が逆に、海崎の言葉にこめられた真実を裏打ちしていた。

海崎は塔子から視線を離さない。

「ようやく善ちゃんに買ってもらったラパロセットを君に託したのに、なんでこんなことになった？」

「三枝教授に？　ラパロセットを買ってもらった？」

オウム返しのように繰り返すと、海崎が大きく頷いた。

「そうだよ。でも、僕はすぐに異動になってしまったから、結局あのセットを一度も使うことがなかったんだけどね」

いや、訊きたいのはそこではない。

あの三枝が、腹腔鏡の機材を海崎のために購入したという話は事実なのだろうか？

腹腔鏡嫌いとして本院にまで知られる、あの三枝が、である。

そのうちに、呆《あき》れたようなため息が聞こえてきた。

「私に託したんじゃなくて、海崎くんが勝手に押し付けていっただけでしょう」

驚きの連続で会話についていけない。海崎がまくし立てる。

「手術記録を全部調べ直したよ。僕が去ってから、少しずつラパロの手術は増えていった」

自分の言いたいことばかり口にしているので、塔子との会話はまるで成立していない。それにしても、彼らのやり取りからは、打ち出の小槌《こづち》のように、知らない事実が次々と飛び出てくる。

ゆめに酒を注いでいた神里も、ポカンとしている。明日香は、嚙み合わない二人を、愉快そうに眺めている。

ちょっとしたカオスだった。

海崎が両手を上げて主張する。

「ラパロがぱたりとなくなったのは、10年前だ。こういうことは、やり続けることに意義があるのに、なぜやめてしまったんだ、城ヶ崎？」

無表情だった塔子の眉《まゆ》がわずかに歪《ゆが》んだ。

それを見て胸が疼《うず》く。10年前といえば、塔子が子を失い、三枝が彼女の子宮を摘出せざるを得なかった、あの事件が起こった頃だ。それを踏まえて、伊豆中では教授ルールが定められ、厳格に運用されることになった。

海崎の身振りに熱がこもる。

「ここは、その間に停滞してしまった。10年。日進月歩の医療業界では致命的な年月だ。いまの病院の姿は善ちゃんが目指していた未来じゃない。城ヶ崎は、それを分かっているはずだろう？」

語気が強くなる。

これ以上続くのなら塔子の心の傷をえぐりかねない。

「ちょっと、海崎先生」

塔子と海崎の視線を遮るように立ち上がる。しかし、海崎の目の焦点は衛には合わず、その先にいる塔子を見つめている。

「もう、この話はやめてください」

海崎は、今日の帝王切開のときのように、ゆらゆらと上半身を揺らしている。

「海崎先生！」

しかし、続けようとした言葉は、後ろからの凛《りん》とした声に止められた。

「北条、もういいよ」

塔子だ。壁に背をつけたまま柔らかな笑みを浮かべている。

「ありがとう北条。でもいいよ。大丈夫」

「全然大丈夫じゃないですよ。だって……」

塔子さんのことを知りもしないで、という言葉を呑《の》み込む。海崎は、塔子のことを、衛よりよほど知っているのかもしれない。

「海崎くんは、昔から思った事を口にしちゃう奴《やつ》なんだよ。それに……」と言ったところで、後ろでとんでもなく大きな音がした。

何事かと思って振り向くと、でかい図体《ずうたい》が畳にのびている。それを見たゆめが、ゲラゲラと笑い出した。

頬杖《ほおづえ》をついた塔子が、呆れたようにため息をついた。

「昔っからびっくりするくらい飲めないの。それで、酔っ払ったときは、自分が言いたいことばっかり言って、速攻でぶっ倒れる」

神里が介抱をはじめるが、ぴくりとも動かない。

「だから海崎くんは、飲み会でもお酒を一滴も飲まなくなったのに、今日はどうしちゃったんだろうね」

海崎を見つめる塔子の瞳《ひとみ》は憂《うれ》いを帯びている気がした。

「悪いけど、海崎くんを寮まで連れてってくれる？　北条の隣の部屋に入ったみたいだから」

腹腔鏡の革命児がすっかり畳にのびている。こんな姿になったとて、ずっと憧《あこが》れていた存在ではあるし、本日付で指導医にもなってくれた。なにより、塔子からの頼みである。

「わかりました。どうにか連れて帰ります」

「ありがとう北条。同期が迷惑をかけちゃってごめんね」

海崎を立たせる。かろうじて足に力は入るようだが、泥酔《でいすい》している人間というのは想像以上に重い。なんとか担《かつ》ぎ上げて、衛は塔子に向き合った。

「大丈夫ですか？」

「気にしてないよ。酒の席だしね」

そうですか、と言ったところで、塔子がもう一度口を開いた。

「こんな奴だけど、海崎くんは北条が目指すべき医師像のモデルになると思うから、頑張って」

海崎の体が、ずしりと肩にのしかかる。

「本当ですかね？」

「うん……、多分」

それにしても重い。気になることも多いが、とりあえずこのでかい図体を運ぶことに集中する。

「お先に失礼します」

小さく礼をして海崎を店から引っ張り出した。

しばらく歩いてからハッとする。

ズガニの炊き込みご飯を、食べられなかった。

ようやく辿《たど》り着いたベッドに、でかい図体をぶん投げる。

海崎がイビキをかいて転がったのは、衛のベッドだ。いざ海崎の部屋の前まで来たところで鍵《かぎ》がないと騒ぎ出したので、たまらず自室に連れてきた。

自らの着任日と同じくらい疲れた1日だった。気持ちよさそうに寝ている姿に文句の一つもぶつけたくなる。

「まったく、なんで飲めもしないのに酒を飲んだんですか？」

おかげでズガニの炊き込みご飯を食べそびれた。濃厚な味噌と、湯掻《ゆが》いて出た出汁《だし》に、さらに甘味の強い身までいっしょくたに炊き込んだご飯は、さぞ美味しかっただろう。

するとと突然、海崎がむくりと体を起こした。

「お、起きてたんですか？」

乱れたウェーブヘアをボリボリと掻きながら、大きなあくびをする。

「ＴＰＯってものがあるだろう。僕もそれくらいわきまえている」

「ＴＰＯをわきまえられるなら、言っていいことと悪いことくらい、きちんと判断して下さいよ。みんなの前で塔子さんを非難するようなことを言っておいて」

この男は、どう考えてもどこかずれている。

海崎が天井をあおぐ。

「心外だよ。僕は純粋に知りたかっただけだ」

「だとしても……」

海崎が、眼鏡にかかる髪を掻きむしった。

「城ヶ崎は優秀な産婦人科医だったんだよ」

「唐突になんですか？　それくらい、重々承知してますよ」

海崎がずいと体を寄せてくる。

「その程度の認識では困るんだ。彼女は、僕たち同期の中でも抜きん出た実力を持ったエースだったんだ」

酔っているからだろうか、昼間とは全く別の表情をしている。とぼけた様子はどこにもない。

海崎は、がっくりと両肩を落とした。

「善ちゃんだって、僕が見た中ではトップクラスに優秀な医者なんだ。そんな二人が揃いも揃って、どうして地域医療の現状維持のためだけに消費され続けているんだ？　こんなバカな話はないじゃないか」

口を横に振りながら、憤《いきどお》っている。彼が、塔子と三枝を高く評価していることだけは理解できたので、胸のわだかまりが少し取れた。

「それにしても、言い方ってものがありませんか」

「僕は非効率的なやり方が嫌いなんだ」

「そんな簡単な話でもないんですよ」

コップに水を注いで、海崎に渡す。あっという間に飲み干すとデスクに目を向けた。

「ドライボックスじゃないか」

横幅45センチほどの金属板に湾曲したアクリル板をかぶせた箱形の機材が置いてあ

る。アクリル板には6箇所の穴が開き、腹腔鏡手術で使う長い鉗子《かんし》を挿入できる仕組みになっている。腹腔鏡手術操作を練習するためのキットだ。そばには練習用に折った鶴《つる》を並べていた。

ふらつきながら立ち上がった海崎が、鶴をまじまじと見ている。酔っ払いとはいえ、スペシャリストに自分が折った鶴を見られるのはどうにも落ち着かない。

海崎の目に興味の光が宿った。嫌な予感がする。

「せっかく城ヶ崎から指導医の指名を受けた身だ。君の実力を見てあげよう」

困惑する。疲れ果ててそんな気分ではないし、それに……。

「酒を飲んだ後ですから、またの機会にして頂ければ」

遥か上の存在に、ベストの技術を見せられないのは嫌なのだ。一瞬、海崎の瞳から光が消えそうになるが、再び妖しく輝く。

「じゃあ、僕が見せてあげよう」

ふらついたままドライボックスに設置されたカメラのスイッチを押すと、パソコンモニターにゴム板が映された。

「そんなに酔ってるのに、大丈夫ですか?」

彼の顔に余裕とも思える笑みが浮かぶ。

「当直明けの医師の判断力は酩酊《めいてい》状態と等しいとも言われている」

挑発するように、海崎が言葉を続けた。

「当直明けにラパロのチャンスが訪れたとして、君は千載一遇のチャンスを、今みたいに断るのか？」

なにも言い返すことが出来ずに、奥歯を嚙み締めた。

海崎が、机上の箱から7・5センチ四方の折り紙を取り出して、カメラに映るゴム台の上に設置する。

「3分ってとこかな」そう言って、腹腔鏡用の長い鉗子を両手に握る。あれだけ酔っていたのに、器械を持った瞬間、大きな体に一本芯《しん》が通るのが分かった。

まさか、この状態で3分以内に鶴を折ろうというのだろうか？　衛の技術ではシラフでも無理だ。

海崎の鉗子が紙を摑み、鶴が折られはじめる。鉗子はまるで生き物のように動き、角がピタリと重なる。

モニターに見入っていると海崎がまた口を開いた。

「うちに置いてあるラパロセットがどんなものか知ってる？」

先ほど海崎が言っていた、三枝に購入してもらったというセットのことだろうか？

「いいえ……、知りません」

「2世代前の旧式だよ。カメラの直径は12ミリだから、臍《へそ》は大きめに開けなきゃならないし、光量が少ないから視野も悪くてズームもあまり利かない。準備する過程も最新型とは全然違う」

ここで腹腔鏡手術をするとしたら、どんな機材を使うのか、そんなことは考えたこともなかった。本院にいた頃は、常に最新の機械があったから、考える必要すらなかった。

「仮にチャンスが訪れても、今の君はそれを摑めるかい？」

海崎の言葉がズシリと響いた。見たこともない機材を扱うのは困難だ。もしも準備や操作に手こずってしまえば、ここ伊豆中では、三枝の即断によって開腹手術への移行は免れないだろうし、二度と腹腔鏡をやる機会が得られなくなるに違いない。

いずれはこの地で腹腔鏡をやりたいと思っていたものの、明らかな準備不足を指摘された。ただ鶴を折ることだけで満足していては駄目なのだと、酔っ払いの海崎は言っているのだ。

「無理です」

うつむいた口をついて出たのは、敗北宣言だった。

鶴はすでに尾と頭を形成する工程に進んでいる。モニターから目を離すことなく海崎が語り続ける。

「チャンスが欲しいと誰しもが思っている。だが、そうそう訪れるものでもないし、大概は予想しないタイミングでやってくる」

羽が開く。海崎は言い切ったように、わずか3分で美しい鶴を折った。酔っていて、使い慣れない練習器具にもかかわらず、驚異的なタイムと完成度だ。本気になれば、どれほどの力量を示すのだろうか。

鉗子から手を離した海崎が顔を上げた。

「チャンスは偶然訪れる。でもそれを摑むのは必然だ」

与えられた機会を必然とするために、海崎は実践を想定した鍛錬を積んだのだ。自分とは力量も意識も雲泥の差だ。

「僕は、この病院でラパロをやる道を切り拓《ひら》く」

海崎がカメラのスイッチを切った。

「君もついてくるか？」

目の前に大きな手が差し出された。

断る理由などない。願ってもないチャンスが到来した。

「お願いします」と頭を下げてその手を握る。しかし、その瞬間海崎の大きな手はするりと抜け、巨体がベッドに倒れこんだ。

ほどなくでかいイビキが鳴りはじめた。

なんなんだ、この人は？

目の前の指導医は絶対的な技能の持ち主であるものの、人物に難がありすぎる。でも、食いそびれたズガニ飯の分くらいは、いや、絶対にそれ以上のものを吸収してやると、衛は心に固く誓った。

第三話　世直し江川大明神が見た夢

歓迎会から1週間が経《た》った。塔子と海崎の関係はどうなるのだろうと気を揉《も》んでいたが、あれから二人は特に衝突することもなく、淡々と業務をこなしている。というより、互いにその話題を避けているようにも見えた。

それにしても、海崎が三枝にラパロセットを購入してもらったという事実は驚きだった。衛はいま、手術室奥にある物置きスペースの一角で、その機械を見つめていた。

縦横60センチほどのキャスター付きの4段構造のステンレス製の棚に、術野を映すモニター、光源と画像変換装置、腹腔内に二酸化炭素を流入するための気腹装置、それに動画保存用の外部出力機を加えたものを、ラパロセットと呼ぶ。

これがないと腹腔鏡《ふくくうきょう》手術ができないため、各科でこのセットを所有しているのだが、産婦人科のものは他科と比べて明らかにデザインが古い。モニターは小さく、他の機器も古めかしい。最新型から2世代前のモデルであるため、日進月歩で進化する医療機器において、いわば骨董品《こっとう》のようなものだった。

今でこそ稼働《かどう》していないこのセットだが、現役だった頃があった。過去の手術記録を読み漁《あさ》ったところ、意外なことに、ここで腹腔鏡手術の黎明《れいめい》期を牽引《けんいん》していたのは、塔子だった。彼女は、海崎に押し付けられた約束を守り、腹腔鏡手術の道を開拓していたのだ。であったのなら、にわかには信じ難い話であるが、三枝がその方針を認めていたことになる。

三枝のかつての姿が見えてこない。

首を捻《ひね》っていると、5番手術室から産婦人科の患者が退室した。同じ部屋で次に行われる手術に海崎と入る予定だ。

20分もすれば患者が入室する。それを海崎に知らせるために方々《ほうぼう》を探す。彼は、暇さえあればどこかの手術室に入り浸っているから、電話をするよりも直接探した方が早いのだ。

ほどなく3番手術室に大柄な男を見つけた。どうやら、外科の腹腔鏡手術を見学しているようだ。海崎はそこかしこで行われる他科の手術室にまでずかずかと入り込んでいくから、困る。

腹腔鏡手術はさまざまな診療科に浸透した技術である。

原理は婦人科のそれと同じであり、腹腔内に二酸化炭素を満たして膨らませ、カメラで術野を写しつつ、腹に数箇所開けた穴から、手術器具を挿入して操作するというものだ。

室内では、手術の真っ最中だった。

患者の左側に立つ小太りの術者は野口《のぐち》という助教で、対面の背の高い助手は、衛よりも少し年上の酒井《さかい》という専攻医だ。カメラを持っているのは研修医のようだ。海崎は、カメラ持ちの研修医の後ろに、当然のように立っている。

「海崎先生、あと20分くらいで入室しますよ」

声をかけるも、その目はモニター画面から離れない。

患者の足側に置かれたモニターに術野が映し出されている。腹腔鏡手術は、開腹手術と比較して術野に手を出せる人数は少なくなってしまうが、その場にいる全員がモニターを見ることができるため、術野のイメージを共有できるという利点もある。

衛もモニターに釘付《くぎづ》けになった。あの夜、酔った海崎から、実戦に即した鍛錬の意識づけをされてからというもの、他科の手術であれ、腹腔鏡手術が気になって仕方がないのだ。

行われているのはS状結腸切除術だ。腹部を右回りに走っている大腸の左下、S状結腸と呼ばれる部分だけを切除して、切断面同士を繋《つな》げる術式だ。

切除するS状結腸周囲の癒着を剥離《はくり》しているのだが、お世辞にも順調に進んでいるとは言いがたい。

伊豆中の外科では数年前から腹腔鏡手術が始まり、徐々に症例数を増やしているところだ。だが、腹腔鏡の専門家が在籍しているわけではなく、うまくいかないケースも頻発しているらしい。予定時間を大きく超過したり、手術が難航してしまって開腹手術に移行する症例も多いのだという愚痴を、手術室の看護師がよくこぼしている。

それを裏づけるかのように、癒着剥離がなかなか進まない。野口と酒井の呼吸も合っていないようだ。

自分の方が上手《うま》くやれるのに。そんな感情が湧《わ》いてくる。あわよくば手を出したいとすら思う。それもこれも、海崎のせいだ。おぼつかない助手の手を見ていると、その組織はもっと右上に牽引した方がいいですよと、指摘の一つもしたくなる。

だが、そんなことを言えるはずはない。医師というのはプライドの塊である。若手、しかも他科の医師が技術的な口出しなんてしようものなら、たちまち激昂《げきこう》されてしまいかねない。

野口の手術帽がすっかり汗に染まっている。手術が上手く進んでいないのは、モニターで誰もが知るところであり、術者たちの焦燥感が手術室内に満ちていく。

そんな中、海崎が顎《あご》を上げた。

「野口先生、そこの組織には水をかけないほうがいいですよ。濡《ぬ》れると剝離面が分からなくなるので」

当たり前のように忠告したことに驚愕《きょうがく》する。野口の年齢は、海崎と同じくらいか、むしろ年上だ。

「ちょっと、海崎先生……」

スクラブをそっと引っ張るが気にも留めない。今度は若手の酒井に声をかける。

「酒井先生も、結腸の牽引方向が違うからやりにくくなる。そっちじゃなくて、右斜め20度方向に持ち上げて」

「わかりました」と、酒井が反応する。指示通りに結腸を持ち上げると、癒着剝離面が明確になる。

「そこの伸展した部分は、ささっと剝離できちゃいます。どうぞ」

急《せ》かすように言われ、野口の手が動きはじめた。止まっていた手術が息を吹き返し、癒着が剝《は》がれていく。それと共に野口の手にリズムが戻ってきた。

「あ、出血すると水をかけたのと同じになるから慎重に。……研修医くん」

臍《へそ》からカメラを挿入していた研修医が、突然呼ばれて肩をびくりと上げる。海崎が、身振り手振りを交えてアドバイスする。

「カメラの入れ方、斜め45度からね。操作部位を裏側から映して。そのカメラは先端を4方向に曲げることができるから、レバーを後ろに倒せば一番いい画角になる。うん、そうそう」

いつの間にやら、海崎がイニシアチブをとっている。腹腔鏡手術を術者が直接手ほどきするのは難しい。だからこそ、的確な指示出しが重要になる。海崎のそれは具体的で、明瞭《めいりょう》だった。

それからもしばらく、海崎は指示を飛ばし続けた。野口たちの手の動きから迷いが消えたのは、海崎に対する信頼の表れであろう。まるで魔法のように変わったモニター画面に衛は見入った。

しばらくすると、ゆめが手術室に入ってきた。

「ここにいたんですか。患者さん、もう入室しましたよ！」

他科の手術室であることなぞお構いなしに、大声を張り上げる。時計を見ると、あっという間に20分が過ぎていた。

海崎が「はーい」と気の抜けたような返事をする。

「じゃあ呼ばれたんで、失礼します」と断ると、小太りの野口が頭を下げた。

「どうも、色々と助かりました」

「いえいえ、こっちこそ楽しかったです。またなにかあったら呼んで下さい」

飄々《ひょうひょう》と言ってから、海崎はくるりと反転して、さっさと部屋を出ていった。ゆめと共に急いでついてゆく。バックヤードに至るやいなや、ゆめが海崎に訊《き》いた。

「外科の先生と仲良くなったんですか？」

興味津々《しんしん》といった様子だ。

「仲良くっていうか、腹腔鏡のことについて雑談していたら、色々訊かれるようになっただけだよ」

ゆめの眉根《まゆね》が寄る。いかにも、今から悪いことを言いますよと言わんばかりの表情だ。

「野口先生、性格が悪いって有名なんですよ。手術が上手くいかないと研修医に当たり散らすから人気なくて、私たちの中ではブラックリスト入りしてます。よく手術中に話しかけられましたね」

本人はひそひそ話のつもりだろうが、その声量は十分大きい。

「ちょっと……ゆめちゃん」

他の外科医に聞こえていないかと思い、ひやひやする。

海崎にそんなことを気にする素振りはない。

「他科って言っても腹腔鏡ってのは一緒でしょ。答えてたら、向こうからの質問が止まらなくなったんだよ」

医者はプライドが高いと同時に、探究心が強く、手術談義が異常に好きな人種でもある。海崎の圧倒的な知識量が、気難しい外科医の心を開いたのかもしれない。

ゆめが呆《あき》れたように言う。

「先生って、腹腔鏡がよっぽど好きなんですね。それどころか、胸腔鏡《きょうくう》だって関節鏡だって見境なく手術を見に行きますよね。名前に鏡がついてる医療機器だったら、なんでもいいんですか？」

海崎が乾いた笑い声を上げた。

「人をフェチみたいに言わないでくれよ。さすがの僕もそこまで酔狂じゃない。下手な手術を見るとストレスが溜《た》まるしね」

爆弾発言に心臓が飛び跳ねそうになる。

「ちょっと！　声が大きいですって」

海崎とゆめが一緒にいると、一秒たりとも気が抜けない。

「変なの。じゃあなんで他の手術を見にいってるんですか？」とゆめに訊かれると、海崎が口角を持ち上げた。

「僕なりの考えがあるんだよ」

その瞳《ひとみ》は妖《あや》しく輝いている。海崎は、この病院で腹腔鏡手術を再開させる道を模索している。もしや、そのための布石なのだろうか？　この人の考えることは、よくわからない。

「それはそうと、北条先生」

海崎がこちらを向いた。

「やりたいことは決まった？」

それである。

実は海崎から、なにを学びたいのかは自分で決めろと言われているのだ。座学でもいいし、手術動画も山ほどある。医療機器メーカーにも顔が利《き》くので、実践形式のシミュレーションをしてもいいから、選べと。どれも学会や講演会などでしか体験できないことであるから、贅沢《ぜいたく》な提案だった。

しかし衛は、いまだに答えを出せずにいた。

先日の衛の部屋でのやりとりを受けて、自身と海崎との間にある圧倒的な差は技術だけではないと思い知らされたからだ。海崎はこう見えて、専門性だけが突出した、いわゆる専門バカではない。だからこそ異動初日で三枝から専門外の手術を任されたわけだし、塔子は衛を託したのだ。

ならば、いくら技術論を学んでも海崎にはなれない。

海崎の礎《いしずえ》になったものを知る必要があるのだろう。それはなにかと自問自答していたが、いくら考えても一つの答えにしか行き着かない。

「俺は、昔の三枝教授について知りたいです」

海崎の眉が上がった。しばらくまじまじと見られたあと、縁無しメガネの奥の瞳が爛々《らんらん》と輝いた。

「面白いこと言うね。なんで？」

彼の目が返答を促している。

「塔子さんが海崎先生を目指せと俺に言った理由が、そこにあるような気がするからです」

いつも気まぐれな海崎の瞳から、この日は光が消えることはなかった。

「いいね。じゃあ今度、ハイキングに行こう」

「はい……きんぐ？」

突飛な提案に困惑する。海崎が嬉々《きき》として続けた。

「課外授業だよ。病院に引きこもってばかりいると、気が滅入《めい》ってしまうだろう？　週末は空いてる？」

「あ、空いてますけど」

「じゃあ朝10時に出発ね」

「ちょっと……」

この話はお終《しま》いとばかりに海崎は手術室へと足を向けた。

日曜日の朝は、ＬＩＮＥの着信音で目が覚めた。白いスピッツの写真の見慣れたアイコンは、恋人の折原沙耶《おりはらさや》のものだ。

『おはよう　起きてた？』

時計を見ると午前9時だ。海崎との約束までまだ時間がある。衛は急いでメッセージを返した。

――いま起きたところだけど、どうしたの？

『来週あたりに、母から洋梨《ようなし》が届くと思うから、受けとっておいて』

――うちに？

『迷ったけど、病院宛《あ》てにしてもらった。よかったらみんなで食べて』

彼女の母親からの贈り物などと聞いたら、我が医局員たちは、衛を揶揄《からか》う格好の話題が飛び込んできたと、大喜びするだろう。

そんなことを想像していると、またメッセージが入った。

『こないだのことを気にしてるんだと思う。迷惑だと思うけど、母は体裁を気にするひとだから譲らないの。悪いけど、何も言わずに貰《もら》っておいて』

5月――。ここに異動になる直前の出来事が、頭をよぎった。

着信音が、続けて鳴った。

『やっぱり、父に会わせるべきじゃなかったね。ごめん』

文面から、硬い感情が伝わって来る。

――大丈夫。気にしてないよ。

少し時間を空けてから、返信があった。

『あの人の化石みたいな価値観はもう直せないって諦《あきら》めた』

彼女が社会人になるときに故郷を飛び出した理由が、メッセージから垣間見《かいまみ》えた。

久しぶりのやり取りだというのに、空気が重い。

話題を変えたい。どうしようか?

しかし、その内容を考えていた矢先に、薄いドアがバンバンと叩《たた》かれた。

「北条先生、朝だよ。早く行こう」

能天気な声は海崎だ。朝からむやみに元気だし、声も大きい。しかも約束の時間よりもずいぶん早い。

「なんでこんな早くに……」

しかし、わざわざ時間を作ってくれた上級医を無碍《むげ》に扱うわけにもいかない。衛は慌《あわ》ててメッセージを返した。

――ごめん。先輩に呼び出された。帰ったらまた連絡するね。

ずいぶん時間が経ってから、メッセージの着信音が鳴った。

9時30分。予定より30分も早く寮を出ることになった。

課外授業が始まる。

外は見事な秋晴れでどこまでも空が青い。ふだんは院内で日中の大半を過ごしているだけに一層の清々《すがすが》しさを感じて、確かに気晴らしにはなりそうである。

「じゃあ、出発しようか」いつものように飄々と、海崎が前を歩き出した。しかし目的地すらまだ聞いていない。

「一体どこに行くんですか？」

「とりあえず駅方面に。先は長いから頑張って歩こう」

「長いって、どれくらいですか？」

「1時間くらいかな」

「そんなに！」

「まあ、いいじゃないか。長い手術をするには体力も必要だからね。これも修行の一環だ」

海崎は、同期の塔子から衛の指導役を頼まれたのが嬉《うれ》しいのだろうか、あの日からずっと高揚している……気がする。

足の長い海崎の背中が、あっという間に遠のいていく。

「待ってくださいよ」

衛は大きな背中を追いかけた。

田舎道をひたすら歩く。爽《さわ》やかな秋の風を感じながらの足取りは、思いの外軽かった。あやめ小路《こうじ》の横手で右に曲がり、伊豆長岡駅へと向かう主要道路に出る。

まっすぐ15分ほど歩くと、やがて狩野川《かのがわ》が見えてくる。川にかかる青いアーチ鉄橋を越えれば、ほどなく伊豆長岡駅だ。川面《かわも》から吹いてくる風を全身で感じながら、200メートルはあろうかという大きな鉄橋を渡る。

橋の真ん中まで進むと、優雅にうねる川を見下ろす形になった。赴任初日の6月に目を奪われた風景だ。あの時は、鮎《あゆ》釣りの解禁を迎え、新緑に囲まれた川に向かって竿《さお》を構える沢山の釣り人たちがいた。

季節は移ろい、川縁《かわべり》に群生する植物は色を落としはじめ、冬の装《よそお》いに変化しつつある。水温は低いはずだが、いまだ長い竿を構えた釣り人で賑《にぎ》わっている。この時期の鮎は産卵のために川をのぼるのだと、塔子から聞いた。落ち鮎と呼ばれていて、腹子《はらこ》が美味《うま》いのだとか。

海崎のウェーブがかった髪が、風に吹かれて揺れる。

「僕たち医者は病院に引きこもりがちだから、たまには外の空気を感じないと、世間知らずになってしまう。いろんな目を持つのが大事だよ。目は沢山あった方がいい」

目を増やせとは、いつか言われた言葉だった。

「もしかしてそれは、三枝教授から教わったことですか?」

海崎の口角が持ち上がった。

「そうだよ。医者なんていうのは所詮《しょせん》、その土地に奉仕する存在でしかないんだから、まずは土地を知れってね。古い考え方だと思うけど僕は割と好きだ。医者の世界は広いようで狭いから、どっぷり浸《つ》かりすぎると、周りが見えなくなる」

海崎は先進医療のエキスパートであるだけでなく、人間的な深みも感じさせる。それはきっと、彼の行動や言動の根っこに三枝がいるからで、どこか塔子にも通じるものがある。

狩野川に視線を向けると、二人の眼差《まなざ》しが陽光を反射する川面の上で交錯した。

「先生には、狩野川は13年前と比べてどう映っていますか?」

「まあ、変わらないよね。良くも悪くも」

その言葉が、伊豆中を評した彼の言葉と重なった。

伊豆長岡駅からさらに歩く。

線路を越えて温泉街と反対方向に伸びる道にはポツリポツリと民家こそあるものの、視界の大部分を占めるのは田園風景で、すでに収穫を終えた田んぼには、刈り取られた稲の断面が等間隔に並んでいる。

そういえば、新米の時期が到来したと塔子が喜んでいた。この辺りで取れるのは、コシヒカリやきぬむすめという品種で、近年、出来の良い米を厳選して、『伊豆の恵』というブランド米として売り出し中なのだという。その話を思い出すと腹が鳴った。

すでに歩き続けて1時間は経つ。そろそろ目的地のはずだが、景色は一向に変わり映えしない。

「この先に、なにがあるんですか？」

「もうすぐ見ることができるよ。そこの道を右に入ればすぐだ」

丁字路を右に曲がると、視野が大きく開けた。

コンクリートで舗装された巨大な駐車場が目に止まる。50台は止められようかという広さで、奥にはバスの駐車スペースまである。どうやらここは観光施設のようだ。停車している車はまばらで、ほとんどは県外ナンバーだ。

駐車場の先に赤褐色の建物が見えた。青々とした芝生と赤褐色のコントラストが映え、周囲の植物も整備されていて美しい。入り口のひさしの向こうに、格子《こうし》模様の煉《れん》瓦《が》作りの煙突のような構造物が4本伸びているのが見えた。

建物に近づくと、入り口の横には看板が貼《は》られていた。

「韮山《にらやま》……反射炉ガイダンスセンター？」

「そう。ここは、2015年に世界遺産に認定された場所だ」

「こんなところに世界遺産が？」

世界遺産と言われて脳裏に浮かぶのは、グランドキャニオンや万里の長城、マチュピチュといった壮大な風景だが、この周囲には田園しかない。にわかには信じられなかった。

海崎が、ガイダンスセンターを見つめながら言った。

「それにしても、ずいぶん立派な建物ができたもんだ。昔は、本当になにもなかったんだよ。世界遺産に認定されたから、自治体もプレゼンに力を入れてるんだね。観覧料金も上がったみたいだし」

観覧料金大人５００円、伊豆の国市民無料と書いてある。海崎がさっさとエントランスに向かう。

「僕が入館料を出してあげるよ」

「ありがとうございます」

いまだ、韮山反射炉なるものがなんなのかが分からない。説明する気配もない海崎の後ろを、ただついていく。

館内はそれほど広くはないが、黒と褐色を基調とした落ち着いた造りで、間接照明が適度に配置されている。清潔感と開放感があってなかなか立派な建物である。

中央に伸びる廊下の左側に資料館としての機能を集約しているらしく、年表や写真付きの解説パネルが展示されている。さらに奥には巨大なシアタールームがあり、スクリーン前のベンチには数名の客が座っている。外国人と思《おぼ》しきグループもいた。しかし海崎は、左手の展示にはまるで興味を示さず、突き当たりを右へと曲がる。

途中に、2門の古い大砲が展示されていた。

曲がった先は外に通じ、両側を植栽で囲まれた細道が伸びている。歩いていくと小川に遮られ、左に曲がると視界が開けた。赤や黄色に色づいた木々の先に見えてきたのは、ガイダンスセンターのひさし越しに見えていた、あの煙突状の構造物だ。煉瓦で組まれた約5メートル四方の立方体の窯《かま》の後ろに、15メートルほどの煙突が垂直に2本伸びている。こちらも煉瓦造りで、遠くから見えていた格子模様は、煙突を補強するための褐色の鉄柱が組まれたものだった。これでワンセットらしく、同じ形をした建造物が、隣にもう一つある。煉瓦造りの巨大な鯱鉾《しゃちほこ》が並んでいるかのようだ。

「これが反射炉？　一体なんのための施設なんですか？」

くるりと振り向いた海崎は反射炉をバックに、学会のプレゼンの如《ごと》く身振り手振りを交えて説明を始めた。

「これは製鉄技術の一つだよ。簡単に説明すると、巨大なピザ窯みたいなもので、その窯の中はドーム状になっている。燃焼室で熱を発生させて、天井に反射させて一点に集中させることで鉄を溶かすほどの高熱を生み出す技術なんだ。鉄の溶解温度は１５００度以上。当時の煉瓦だけでそれを実現したんだから、人類の叡智《えいち》ってのは凄《すご》いよね」

海崎の解説が続いた。

日本の近代化にはこの製鉄技術が不可欠で、当時欧米に完全に出遅れていた我が国は、１８５０年代にこの技術を確立させ、幕末から明治時代にかけて急速に発展させたのだと言う。目の前の２基の炉は、実際に大砲を鋳造した実用炉として、日本で唯《ゆい》一《いつ》現存するものなのだ。

そう聞くと、目の前にある地味な建造物が、俄然《がぜん》凄いものに見えてきた。

「それでも、この反射炉の建造には紆余《うよ》曲折があってね、日本中を奔走したある人物の功績が大きいんだ」

言いながら、反射炉から小川に視線を移した。その先には、袴《はかま》を着けた男性像の背中が見える。

「あれは江川《えがわ》英龍《ひでたつ》さん。善ちゃんが尊敬してやまない幕末の偉人だよ。見に行ってみるかい？」

だからここに連れてきたのかと理解する。三枝がそれほどまでに高く評価する人物であるならば、もちろん興味が湧く。

「ぜひ、お願いします」

「じゃあこっちだ。反射炉の敷地から外に出るよ」

反射炉の脇《わき》を流れる小川にかけられた橋を渡ると、土産物屋の前の広場へと繋がっていた。そこから改めて反射炉に顔を向けると、さきほどの像と対面するような格好になった。

紋付き袴姿の男性、江川英龍の像は、凜々《りり》しい表情で遠くの空を見上げている。その左後ろには反射炉が悠然とそびえ立ち、ベージュのグラデーションの煉瓦と、褐色の格子に組まれた鉄柱が青空によく映えていて、英龍に確たる威厳を与えていた。

しばしその姿に引き込まれていると、海崎が土産物屋を指差した。

「流石《さすが》にお腹《なか》も空《す》いたし、お昼でも食べながら続きを話そうか」

返事の代わりに盛大に腹が鳴った。

土産物屋で酒や食べ物を買い込み、店員に勧められた展望デッキへと足を伸ばす。

両側一面に茶畑が広がる斜面を登ると、住宅のベランダのようなこぢんまりとした展望デッキがあった。

眼下には韮山ののどかな風景が見渡せた。先ほど下から眺めた反射炉を見下ろす形になっていて、その先には、雄々しい富士山がでんと構えている。真っ青な空に白い山肌、そして反射炉の茶色のコントラストが、なんとも美しい。

格子の手すりに両手をかけた海崎が、口笛を鳴らした。

「世界遺産を同時に見ながらスイーツを食べられるなんて、胸が躍るな」

海崎の手には、二つのソフトクリームが握られている。蔵屋鳴沢の茶畑で収穫された茶葉を使った新茶ソフトと、地元の牛乳で作られた生乳ソフトである。ミックスもありますよと言ったのだが、海崎は二つとも買うと譲らなかった。

海崎が新茶ソフトにかぶりついた。満足そうな表情を見せてから、すぐさま生乳ソフトも頬張る。よほど甘味が好きなのだろうが、これではミックスソフトでも変わらなかったのではないかという疑念は拭《ぬぐ》えない。

海崎が両手を広げる。背中には大パノラマが広がっているので、やたらと映える。

「北条先生も、遠慮しないで食べなよ」

「別に遠慮している訳じゃないですけど……。海崎先生のあまりの食いっぷりに呆然《ぼうぜん》としていただけですよ」

そう返しつつ、袋から手のひらサイズの肉まんを取り出した。まだ十分に温かい肉まんは、皮が茶色なのが個性的である。これは、『天城猪《いのしし》まん』だ。以前田川と浄蓮の滝を訪れた際の土産物屋にもあったのだが、食べ損ねていたので興味があった。

「頂きます」

富士山を見ながら猪まんを頬張った。黒糖の甘さを感じさせる柔らかい皮の中からあらわれたのは、味噌《みそ》味の餡《あん》だ。やや濃くて甘辛い。そもそも猪の味をよく知らないものの、ジューシーなひき肉に加えて、椎茸《しいたけ》やたけのこもふんだんに使われていて歯《は》応《ごた》えは面白く、甘めの味噌が味をまとめてくれていた。店内にあった説明書きによると、ぼたん鍋《なべ》をイメージした味つけらしい。美味いのだが、1時間以上歩いてきた口には、いささか味が濃い。

「ビール、飲んじゃいますね」

レジ袋から取り出したのは、反射炉と髷《まげ》を結った侍の和テイストのイラストが描かれた、330ミリリットルのビール瓶だ。

韮山反射炉に併設された、反射炉ビヤというビール醸造所のクラフトビールである。土産物屋に並んでいた多様な商品から、『太郎左衛門《たろうざえもん》』という銘柄を選んだ。太郎左衛門は江川英龍の通称で、彼をイメージした酒だというわけだ。それにしても、次から次へと知らない銘柄が出てくる伊豆半島は、まさにクラフトビールの聖地である。瓶から直接口に含むと、小麦の風味と甘みが舌を触る。爽やかな苦味もあり、後味はすっきりしていて飲みやすい。あまりに喉がカラカラだったために、ごくごくいけてしまう。半分ほど流し込んで、ようやく口から瓶を離した。口腔内に残っていた猪まんの甘さは、見事にリセットされた。

「はあ、生き返った」

干からびそうだった自分を潤《うるお》してくれたビール瓶を改めて眺める。ラベルには、オレンジ色の反射炉を背景に、こちらを振り返って流し目を送る太郎左衛門がいる。海崎が瓶を覗《のぞ》き込んできた。

「じゃあ、江川英龍の話の続きをしようか」

両手にあったソフトクリームは跡形もなく消えていた。手すりに寄りかかった海崎が語り始める。

「時は幕末、ペリー来航の脅威から命を賭《と》して日本を守ったのが、時の伊豆韮山代官、江川太郎左衛門英龍だ」

太郎左衛門を味わいながら、海崎の解説に聞き入った。

江川英龍は、韮山――現伊豆の国市を治める代官、つまり徳川幕府の命により、この地の行政を任されていた役人だ。

1835年、34歳で代官の地位についた英龍の能力は高く、識者を誘致して農地改良を行い、飢饉《ききん》においては自身や役所の倹約に努める一方で、領民に対しては施しを積極的に行うなどして領民からの信頼を得ていた。

さらに、種痘《しゅとう》、いわゆる現在のワクチンの技術が伝わると、領民への接種を積極的に推進した。現在では当たり前のように接種されているワクチンであるが、約200年前には未知の医療行為であり、当時欧米に比べて医療知識で引けをとっていたことを鑑《かんが》みれば、相当に柔軟な考え方を有していたと言える。

その他にも数々の功績を打ち立てた英龍は、世直し江川大明神として敬愛され、現在でも地元民からの人気が高いのだという。

まさに、近代日本の礎を築いた人物なのだ。

海崎の口調に熱がこもった。

「英龍が特に危機意識を持っていたのは、海防についてなんだ。外国船が日本にやってくるようになって、海に囲まれた伊豆半島の統治を任されていた彼は、海岸線を守る重要性を実感してたんだね」

これまた土産物屋で買った『反射炉饅頭《まんじゅう》』をパクパクと食べながら、解説は核心に迫っていく。

当時の日本の海防には、数々の問題があったという。

江戸幕府は、外国船に対して大砲で威嚇《いかく》して追い払うべしとしていたが、早くから蘭学《らんがく》を学んでいた英龍は技術力の差を痛感していた。大砲造りには鉄が欠かせないが、当時の日本ではたたら製鉄という古い方法でしか鉄を作れず、その製法で出来上がる純度の低い鉄は強度に欠けるため、外国船には太刀打ちできない。

一方、ヨーロッパでは、1760年代にはすでに反射炉が開発され、純度の高い鉄を作り出すことに成功していた。だからこそ、国内での反射炉の稼働が急務だと考えたのだ。

そこで英龍は西洋の技術を学び、海防に生かす道を模索するが、当時の幕府内には蘭学を嫌う勢力も根強く、政治的な問題からその計画は10年以上も足踏みしてしまう。

しかし先見の明のある英龍は、停滞した時期においても、自宅内に小型反射炉を造って研究を重ね、反射炉造りの最大の懸念《けねん》事項であった、耐火煉瓦作りのために最適な土探しまで行った。

そんな中、日本を揺るがす事件が起こる。

1853年、黒船の来航だ。急転した事態に、幕府はついに英龍に鋳造大砲の製造を命じる。そして1857年、とうとう韮山反射炉が完成した。

「これが、善ちゃんの大好きな江川英龍の話だよ」

プレゼン上手な海崎の話にすっかり引き込まれていた。こんなのんびりとした場所が歴史上重要な役割を果たしていたなんて思わなかったが、なるほど、世界遺産としてふさわしいところだと実感した。眼下に見える反射炉は、日本の技術力の歴史を象徴しているのだ。

なにより驚いたのは江川英龍という人物である。

「ものすごく頭の切れる人だったんですね。日本の未来の危機を予測して、政治的ないざこざに巻き込まれようと自身の信念を貫き、準備を重ねて有事に備える……」

言いながら、はたと気づく。

「それって、三枝教授そのものじゃないですか」

専門性を細分化させる医局の方針に早期から警鐘を鳴らし、どんなに批判を受けようとも、その土地に合った最適な方針を打ち立て、医療過疎《かそ》に陥りつつある土地の住人のために尽力する、そんな毅然《きぜん》たる三枝の仕事ぶりは、江川英龍と大いに重なる。

衛が飲み切った『太郎左衛門』の空き瓶を海崎が手に取って、見つめる。

「善ちゃんは、英龍にシンパシーを感じたんだろうね」

瓶をくるりと反転させて、衛に見せた。

「さらにこの偉人は多趣味だったことでも知られている。猟の腕も一品だったし、図鑑レベルの詳細な絵画も多々残している。それに……」

海崎がレジ袋をゴソゴソと探る。取り出したのは、透明な袋に赤い紙で封をされた商品である。

「彼は、日本で初めてパンを焼いた人物だとも言われてるんだ」

衛は、真っ赤な紙に印字された文字を読み上げる。

「パン祖のパン？」

横には「一七〇年前のパンを再現」と書かれている。

「せっかくだから、食べてみよう」

海崎が封を開けると小麦が香った。直径10センチほどのあまり厚みのない円形の物体が五つ、縦に収められている。全体に小麦色の焼き色が付いているのでパンではあるのだろうが、普段目にするものとは大分様相が異なる。海崎は中から二つを取り出した。

「先に注意しておくけど、相当硬いから気をつけて」

衛の目の前で二つのパンを何度か当てると、石同士がぶつかるような乾いた音がした。

「はい」と差し出されたので受け取ると、なるほど、硬くてとてもパンとは信じられない。正直、味の想像がつかない。

「とりあえず食べてみます」

前歯を当てるが全く進まない。前もって忠告されていなければ、勢いよく噛《か》もうとして歯を折りかねなかったほどの硬さだった。しばらくすると、ようやく歯が入る。口中にも全くと言ってよいほど水分がなく、口内の水分が根こそぎ吸収されるため、噛み進めるうちにパンと前歯が軋《きし》むような音がする。

なんとか噛み切って咀嚼《そしゃく》すると、小麦の味わいはあるが……。

「素朴と言えばそうですが」

海崎は歯が強いのか、硬いパンをガリガリと食している。

「材料は全粒粉と塩と米糀《こめこうじ》だけだからね。水分も完全に飛ばしているから、味わうためのものというよりも兵糧食に近い」

もう1本買っておいた『太郎左衛門』を流し込む。広く見れば同じ麦なのに、こうも違うものになるのかと感じる。

「日本で初めてのパン……。美味《おい》しくはないですね」

二つめのパンを食べながら、海崎が笑った。

「なんでもやり始めというのは、こんなものだよ。新しい技術に興味を持って、挑戦することに意義がある」

含みを持たせた海崎のセリフに、あのラパロセットが頭をよぎった。

「昔の三枝教授は、そういう人物だったと？」

パンを飲み込んだ海崎が、反射炉を見下ろした。

「今も変わらないはずだよ」

縁無しメガネの奥の瞳に宿る感情は、風になびいた前髪に隠れて見えなかった。手すりに頬杖《ほおづえ》をついた。

「ああ見えて善ちゃんは柔軟な考え方の持ち主だし、技術革新を誰よりも望んでもいるんだよ。まさにあの反射炉を作った偉人のようにね」

視線の先には反射炉がある。

沙耶からのLINEを思い出す。

『あの人の化石みたいな価値観はもう直せないって諦めた』

そういう類《たぐい》の人間はたしかにいる。だが海崎の言う通り、三枝はそうではない。彼は、新たな技術を頭ごなしに否定するのではなく、使うのであれば原理と限界を知れという考えの持ち主だ。

それにしても……

「どうやって三枝教授に、あのセットを買って貰ったんですか？」

当時の海崎は数々の施設をたらい回しにされていた問題児だったのに、である。

海崎が胸を張った。

「そりゃあ、毎日のように善ちゃんに腹腔鏡《ふくくうきょう》手術の素晴らしさを話し続けたのさ」

今だったら、無駄話をするなとドヤされそうである。でも、海崎ならそんなこと気にも留めないのかもしれない。

「そんなある日、善ちゃんにこう言われたんだ」

海崎が三枝を真似《まね》た。

「ペリーが日本人を見たとき、技術さえ手にしたら強力なライバルになるに違いないと驚いたそうだ。それほど日本人を脅威に感じた理由は、真摯《しんし》に学ぶ姿勢と圧倒的な基礎学力があったからだ。海崎、お前に足りないのはどっちだ？　ってね」

「なかなか、辛辣《しんらつ》な言葉ですね」

だが、いかにも三枝が言いそうな言葉である。海崎が戯《ふざ》けたように両手を上げた。

「まずは基礎を磨け、話はそれからだってことだよ。反射炉が手の届く所にあっても、基礎がなけりゃ有効利用できない。それ以来、僕はここで遮二無二鍛錬を積んだんだ」

やはり、海崎の産婦人科医としての基礎は、伊豆中で育まれたのだ。その努力が認められ、3年後にラパロセットが購入されたというわけだ。

しかし、念願のセットが届く前に異動が決まった。三枝はその後、本院の教授に口利きをして海崎を台湾留学にねじ込んだという。それからの活躍は誰しも知るところで、三枝の目は確かだったということになる。海崎を現在の地位に導いたのは三枝であり、二人はずっと師弟関係にあるのだ。

そう思ったところで、もう一人の弟子の姿が脳裏をよぎった。

ルールが変わった後の伊豆中を、ずっと支えてきた塔子である。

同じ師の教えを仰いだ二人が、今では全く別の道を辿《たど》っている。おそらく、三枝にとって現在の塔子の姿は望んだものではないのであろう。いわんや、伊豆中の現状についてをや。

「海崎先生はこないだの歓迎会で、いまの伊豆中は教授が目指していた未来じゃないっておっしゃいましたよね？」

「言ったね。覚えてるよ」

「教授が思い描いていた理想の未来って、どんなものだったんですか？」

少し考え込んだ海崎が、口を開いた。

「ここは半島唯一の大きな産婦人科だから、はなから病院が集約化されている過酷な場所だ。だから、いつでも目が回るほど忙しいだろう？」

「それは身を以《もっ》て体感していますけど。でもそれって不利な要素ですよね？　忙しいのに慢性的に医者が足りないですもん」

海崎が、窓の外の反射炉に目を向けた。

「ピンチはチャンスでもある。それが善ちゃんの考え方だ」

なぜこの病院で無痛分娩《ぶんべん》をやろうとしないのかと八重に問いかけたとき、海崎が同じフレーズを唱えたのを思い出した。

「チャンスがどこにあるんですか？」

海崎が、両手を広げた。

「どんな患者も運ばれてくるってのは、言い換えれば、症例集めに苦労しない場所だってことだよ。たとえば先進医療をやるにしても、近くにライバルが沢山いるような都会だと、症例集めにまず困る」

「たしかに、本院の周りは大きな病院ばかりですもんね」

天渓大学の総本山があるお茶の水は医療施設の密集地だ。だからこそ、いかに新しい医療を提供しているのかを、学会やニュースで必死にアピールしている。

「伊豆中には症例集めの苦労がそもそもないと？」

「だって他に大きな病院がないからね」

納得した。ここに来てから衛が執刀した帝王切開の数がそれを証明している。婦人科の手術だって山ほど執刀している。専門医資格を取るときには、あれほど症例集めに苦労したのに、である。

「とどのつまり、やるかやらないかの問題だけということなんですね。実績は自然についてくると」

「リスクは伴うけどね。でも、実績が積み重なれば、その環境に惹《ひ》かれて、医者が集まってくる。医者が増えてくれれば、この土地に住む患者たちにとっても利益だ。いわば、三方良しの好循環が生まれるってわけだよ」

二人で酒を酌み交わしたとき、三枝は、伊豆中の現状を細々と水が流れる清流になぞらえていた。医療は豊かな土地を維持するために不可欠な水であり、流量が少ない現状でも、その質を落とすわけにはいかない。本来であれば、絶えず豊富な水が流れる環境を作るべきなのだという趣旨の話もしていた。

「言ってみれば、善ちゃんが目指していたのは理想的な集約化モデルだ。今でこそ集約化がそこかしこで叫ばれてるけど、実際には、経営が厳しい病院がただ潰《つぶ》れていってるだけだ。善ちゃんは、ずっと前から危機意識を持って、地域医療の理想の未来を探っていたんだよ」

医療の集約化は、いまや大きなトピックの一つだ。本来、高次医療を大きな施設にまとめる事で効率を高めるのが主旨のはずだが、行政が医療格差を棚上げにし続けた結果、採算が取れない病院が次々と潰れていき、残った施設に過大な負荷がかかっている。本来の集約化の意義とはかけ離れたこの現状を、消極的集約化と揶揄《やゆ》する識者もいる。

三枝は、来るべき未来に向けて集約化のモデルを伊豆中で構築しようとした。その考え方は、やはり江川英龍の逸話と重なる。

「そのための手段が腹腔鏡手術だったと？」

海崎が首を振った。

「あくまで最初の一歩目でしかないよ。でもだからこそ、その芽を潰すわけにはいかなかったはずなんだ。初手で頓挫《とんざ》すると、他の挑戦が続かなくなるからね」

だから海崎は停滞という言葉を使ったのだ。その言葉を突きつけられた塔子もまた、真意を理解していたはずだ。平静を装ってはいたものの、心のうちで葛藤《かっとう》していたに違いない。

海崎が顔をしかめた。

「だからこそ、現状が解《げ》せないんだよ。なんであんなルールが罷《まか》り通っているんだ？未来へのビジョンを持った善ちゃんと、あんなに優秀な城ヶ崎が揃《そろ》っているのに」

「いや、だから、教授と塔子さんがいたからこそ今の……」

そこまで言って、まさかの仮説が思い浮かぶ。

この人は、本当になにも知らないんじゃなかろうか？

一応、確認してみる。

「もしかして先生、10年前に起こった事をご存じないんですか？」

きょとんとした表情で海崎は首を振る。

我が目を疑った。塔子の同期のはずなのになにも知らされていなかったとは、夢にも思わなかった。

「塔子さんからも、教授からも、もしくは他の先生からも、なにも聞いてないんですか？」

しつこく確認を重ねるが、さも当然といった様相で頷《うなず》かれる。

「だって、外国暮らしが長かったし、医局の行事にも顔を出してなかったからね。僕と気が合う医者なんてほとんどいないから」

堂々と発せられた言葉にがっくりする。意気揚々と主張していたのに、肝心なことをなに一つ知らなかったとは驚きだ。

この情報量のまま、今後も好き放題に暴れられては困る。

周囲を見渡してから、衛は小声で言った。

「このことは、先生の心だけに留めておいて下さいね」

衛に気圧《けお》されたのか、海崎が後ずさる。

「そんなに怖い顔して、なに？」

「いいから。気軽に口外しないと約束して下さい」

「……わかったよ」

言質《げんち》を取ったところで、衛は小さく咳払《せきばら》いをした。

「10年前、妊娠していた塔子さんは羊水塞栓症《そくせんしょう》を発症したんです。それで、夜中に超緊急カイザーが行われました」

海崎の目が見開かれた。縁無しメガネの奥の瞳《ひとみ》を見据えながら、衛は塔子から聞いた話を伝えた。

彼女が産休直前まで働いていたこと。胎盤剥離《はくり》が起こって当直中に突然倒れたこと。一緒に当直していたのが不幸なことにラパロチームの若手だったこと。三枝が駆けつけ超緊急帝王切開がなされたが、娘は助からず、塔子の子宮をも摘出せざるを得なかったこと。

それを受けて、伊豆中のルールが激変したこと。

海崎は、呼吸を忘れたように衛の言葉に聞き入り、衛が全《すべ》て話し終えると、一層大きく目を見開いた。

「もしかして僕は……」

その声はいつもより少し揺らいでいる。

「城ヶ崎に、すごく失礼な事を言ってしまったんじゃないか?」

「今更ですけど……、まさにその通りです」

海崎が、呆気《あっけ》に取られた表情を見せている。

「だから、ここで腹腔鏡手術をするのはかなりハードルが高いですよ」

それだけ、三枝と塔子の間の陰は、重くて深い。

海崎は反射炉を見つめながら、何かを考え込んでいるように、ぶつぶつと呟《つぶや》いている。その瞳から光が失われていないことに、嫌な予感がよぎった。

「もしかして、意地でも腹腔鏡をやるつもりですか」

「もちろん。それが僕のアイデンティティーだからね」

即答される。

「ここに戻ってきたのは、僕の希望なんだ」

「えっ……？　もしかして、自ら三枝教授に掛け合ったのですか？」

海崎は答えなかった。その視線は反射炉から片時も外れない。

「善ちゃんに対する恩返しをしたい。だからこそ、どうにかして風穴をあけてみせるよ。このままだとジリ貧だし、善ちゃんだってそれをよく理解しているはずだ」

三枝と塔子の過去を知っても尚《なお》、海崎の意志は変わらない。それどころか、より強まったようにさえ感じられた。

「どうやってこじ開けるつもりですか？」

「種はそこら中に蒔《ま》いてる。問題は、いつ芽吹くかだ」

「塔子さんを傷つけるようなことだけは、絶対にしないで下さいね」

「もちろんだよ。君は僕をなんだと思ってるの？」

あっさりと頷いた海崎に、不安が一層強くなった。

海崎がどれほど沢山の種を蒔いたのかは分からないが、その中のひとつは、思いの外早く芽を出すことになった。

塔子と神里が行っている子宮全摘術を見学していた海崎の元に、ついにその一報が入ったのだ。他室の手術を担当していた看護師が駆け込んできて、声を上げたのである。

「海崎先生。外科の野口先生がお呼びです」

海崎がふと微笑《ほほえ》んだのを、衛は見逃さなかった。それと同時に、彼の意図を知る。

「腹腔鏡下直腸切除術中なのですが、子宮の癒着が強いそうで、手が空いていたら手伝って頂きたいとのことです」

他科の手術のヘルプに入るのが狙《ねら》いだったのだ。あまり多くはないが、手術で自科の手に余る状況に陥ったときに、他科の専門家にヘルプを頼む場合がある。たとえば婦人科においては、子宮摘出の際に尿管や膀胱《ぼうこう》を損傷したときに泌尿器科の医師を頼ったり、腸管の癒着がひどかったケースで、外科に一部の処置を依頼したりといった具合だ。

海崎に、こそりと耳打ちする。

「これが狙いだったんですね」

彼の目は爛々《らんらん》と輝いていた。

「君も見たように、彼らの手技は拙《つたな》いからね。そう遠くないうちにチャンスが訪れると思っていたから、積極的に絡《から》んでいたんだ。思ったより早かったね」

大きな図体《ずうたい》を前のめりにする様子は、「待て」を命じられた犬のようだ。涎《よだれ》を垂らさんばかりに、目の前の餌《えさ》に貪《むさぼ》りつこうとしている。

海崎が、手術中の塔子に顔を向けた。

「城ヶ崎、外科の腹腔鏡のヘルプに呼ばれた。行ってもいい？」

「なんで私に訊《き》くの？」

「だって、この部屋で一番偉いのは城ヶ崎だろう？」

術野から顔を上げた塔子が、同期をじっと見つめている。二人の視線の間でどんなやりとりが交わされているのか、衛にはわかりようもなかった。

対面に立つ神里の目は不安で揺れている。三枝の許可を得ずに腹腔鏡手術をするなんて、あまりに危険すぎる橋だからだ。衛の心中も同じであるが、ここは二人の判断に任せるより他ない。

時間が過ぎる。塔子は未《いま》だ答えられずにいた。

看護師が、再度、訴えてきた。

「どうされますか？　野口先生も大分急がれてまして、すぐに戻って返答しなければいけないのですが……」

その口調から不安と焦燥が垣間見《かいまみ》える。手術室の雰囲気が良くないのだろう。その声に押されたのか、ため息をついて塔子が口を開いた。

「私には、海崎くんを止める権利はないよ。そもそも、外科の先生から直接あなたに頼まれたんだから」

海崎の口角が、再び持ち上がった。

「じゃあ、行ってもいいってこと？」

「いいとは言えない。でも、あなたが判断する他ない」

海崎のメガネがキラリと反射する。「よし、わかった」と答えて、看護師に向かって声を上げる。

「野口先生に、すぐに行くのでそのまま待ってもらうように伝えてもらえるかな」

看護師の表情が安堵《あんど》したように緩んだ。

「ありがとうございます。すぐにそうお伝えします」

駆け出した看護師を見送った海崎が、再び塔子に向き直った。

「城ヶ崎と善ちゃんの間にどんな事情があったとしても、僕は前に進むつもりだ」

突然の宣言に全身の肌が粟《あわ》だった。他言無用だと釘《くぎ》を刺したはずなのに当の本人にぶつけるなんて……。

塔子が、ちらりと衛に目配せする。

言ったの？　目がそう問いかけていた。どう返答してよいのかわからずにいると、海崎がずいと塔子に歩み寄った。

「城ヶ崎、君はどうなんだ？　そろそろ殻を突き破ってもいいんじゃないか？　君が本当にやりたいこととはなんだ？」

大半がマスクに隠れた塔子の表情は伺い知れない。少し間を開けてから、真《ま》っ直《す》ぐに海崎を見据えた。

「早く行きなさいよ。野口先生が待ってるんでしょ」

眉《まゆ》を上げた海崎は、くるりと踵《きびす》を返して右手を上げた。

「ありがとう」

そのまま手術室扉に向かう。ぼんやりと佇《たたず》んでいると、背中から声が響いた。

「北条」

姿勢を正して振り返る。真っ直ぐな視線が待っていた。

「すみません。勝手に話してしまって」

塔子が首を振った。

「いいよ。どのみち話しておかなきゃいけなかった。それより、海崎くんの手術を見てきなさい」

はっきりと告げられた指示に、息を呑《の》む。

「……いいんですか？」

塔子の視線が扉に向いた。

「だって、こんなチャンスは滅多にないでしょ。その代わり、海崎くんが暴走しないように目を光らせておいてね」

「ありがとうございます」

頭を下げて、衛は海崎を追いかけた。

ずっと憧《あこが》れていた腹腔鏡のゴッドハンドのオペがついに見られる。海崎の勝手な行動で今後がどうなるかなど分からないが、胸が熱くなっているのを実感した。

31型4Kフルハイビジョン画面には、直腸にべっとりと張り付いた子宮が、鮮明に映し出されていた。

患者は54歳女性。直腸がんに対しての腹腔鏡下直腸切除術が行われている。大腸の最末端部、肛門《こうもん》に繋《つな》がる直腸を切除し、残った大腸は腹腔外に出して、一時的に人工肛門を造設する予定だ。

しかし現在、手術の進行は止まっている。

「相当酷《ひど》い子宮内膜症ですね」

海崎が弾むように言った。術者の野口の手術帽は汗でびしょびしょに濡《ぬ》れている。

「閉経したあとでも、こんなに癒着しているものなのですか？」

「まあ完成されたものですからね。凍結骨盤っていって、腸と膀胱、付属器なんかがベタベタに張り付いてしまっている状況です」

女性の体内では、子宮の腹側《ふくそく》に膀胱、背側《はいそく》に直腸が位置する。子宮内膜症は、悪化するにつれ周囲の臓器との癒着を形成してしまうのだ。

「子宮がまだ若い。おそらく、完全な閉経ではなかったんでしょう。血流もしっかりありそうですね」

一般的には閉経すると女性ホルモンが産生されなくなり、子宮は3・5センチくらいの大きさに縮小する。だがこの患者の子宮は7センチと大きく、赤々としている。

子宮への血流が豊富であるということは、血管損傷した際の出血量が増えやすく、一つ一つの手術操作に危険が伴うということを意味する。

「海崎先生ならどうしますか？」

野口の問いに海崎が即答する。

「子宮ごと直腸を摘出します。子宮周囲の血流を止めて、腟《ちつ》から子宮を切断すれば、子宮はフリーになりますんで」

「直腸との癒着はどうされます？　ほぼ全面癒着していますが」

野口の指摘どおり、子宮後面と直腸が完全に癒着していて、一切隙間《すきま》はない。本来ここにはダグラス窩《か》という大きな空間があり、子宮や卵巣《らんそう》がある程度の可動性を保っている。だから通常、直腸を切除する際に子宮が弊害になることはないのだ。

海崎が軽快に答える。

「くっついたままで構いません。どのみち直腸は肛門から摘出するわけなので、血管を切断した子宮をそのまま引き抜いてしまえば、直腸との癒着を剝《は》がさないで済むと思います。ここを無理に剝がそうとすると逆に危ない」

海崎の言うとおり、子宮周辺の血管や靱帯《じんたい》を処理すれば、直腸と共に摘出することが可能だ。閉経後の子宮や卵巣は妊娠やホルモン産生の役割を終え、もはや機能を失った臓器であるので、無理に残さず、手術のリスクを減らすためにまとめて切除するのは、実に合理的な判断だ。

「なるほど」と、野口が感嘆の声を上げる。

「患者さんには、周辺臓器も摘出する可能性があることを説明していますか？」

海崎に訊かれた助手の酒井が慌てたように肩を上げた。

「手術の状況によっては、そういう可能性もあるとは説明しています」

「じゃあ、問題ないね。それでいこう」

議論のイニシアチブを完全に奪っている。

「できそうですか？」と問われた海崎が、眉を上げて「もちろん」と答えて、手術室の外の手洗い場へと向かった。

さっさと手を洗いはじめた海崎に話しかける。

「かなり癒着が酷いですけど、本当に大丈夫なんですか？　そもそも外科との合同でやるなんて……」

海崎の様子からは余裕すら感じられる。

「腸管内膜症を外科と合同でやった経験ならいくつかある。子宮を腸から剝がして、結腸を一部切除する術式だ。あれは子宮を残さなければならなかったから、よほど難易度は高かったよ。今回くらいの子宮摘出なら全く問題ない」

軽妙に語る海崎の瞳は、これまで以上に輝きを増す。

「……楽しそうですね」

「もちろんだよ。ようやく自分の力を発揮できるチャンスが訪れたんだ。しかも、タダで最新の機械を拝借できるなんて、最高じゃないか」

手こずる可能性など微塵《みじん》も考えていないようだ。

「北条先生、よく覚えておくといいよ」

海崎の手がぴたりと止まった。

「手術ってのは、基本的に失敗が許されない。逆に言えば、失敗さえしなければいいんだ。だから安全策を講じることだって沢山ある」

もちろん、患者の命が最優先だからだ。それゆえ、今日の手術のように、他科の医師に助けを求めたり、腹腔鏡手術を諦《あきら》めて開腹手術に移行したりすることもある。

海崎がこちらに顔を向けた。

「でも、ときに圧倒的な成功が求められることがある」

その瞳に闘志の炎が宿っていた。

「これからやる手術が、まさにそうだ」

着任初日に帝王切開をしたときとは全く違う、その真剣な表情に圧倒される。

「芽吹いた小さなチャンスを育てるためには、この手術を圧倒しなければならない」

伊豆中の停滞の原因は芽吹いたチャンスを潰してしまったことにあると、海崎は語っていた。この手術は、再び踏み出すための一歩だということだろうか？

「この手術は僕一人でやる。君がラパロの手術に携われる環境はいずれ必ず作ってあげるから、今回は僕に任せてくれ」

全身の血液が沸騰《ふっとう》するほどの熱さを感じた。空気を読めない言動に困らされてきたが、目の前の海崎は大きく、頼もしい。

「この目に焼き付けさせて頂きます」

「行こう」

手を洗い終えた海崎が悠々と手術室へ入っていった。

海崎が当然のように術者の位置に立ち、野口はその場を譲る。海崎が右手に握るのは、電気メスと吸引器、生理食塩水排出装置の三つの機能が一体化したデバイスだ。左手には長尺の腹腔鏡手術用鉗子《かんし》を構える。上背のある海崎の背筋はすっと伸び、鉗子を持つ手には力みがない。立ち姿だけで雰囲気があった。

「じゃあ、腹腔鏡で子宮の摘出を始めます」

よろしくお願いしますと、周囲のスタッフが口々に言う。

海崎の腹腔鏡手術が始まる。

子宮摘出の手順は開腹手術とそう変わらない。子宮周辺の靱帯を患者頭側《とうそく》から順番に処理し、最後は膣から子宮を切り離す。開腹手術と異なる点は二酸化炭素を満たして膨らませた腹の中に長い鉗子を挿入して操作をすることで、人の腹の中はそれほど広くはないから難しいのだ。

「最初は円靱帯を処理しよう」

円靱帯とは、子宮の前側方から両側に伸びて子宮を支える索状の組織であり、子宮摘出の皮切りになる。通常、子宮周辺の腹膜はつるりときれいなため、索状に盛り上がっている円靱帯を見つけやすいが、この患者は癒着が激しいため、それすら困難だった。

そんな状況でも、海崎はいとも容易《たやす》く靱帯を見つけて、左手の鉗子で摘《つま》み上げた。

「2《ニー》ー0《ゼロ》、針糸ちょうだい」

右手のデバイスを、湾曲した針糸が付いた持針器《じしんき》に持ち換える。流れるような動きで、針先を摘み上げた円靱帯の真下に当てがい、運針する。

たった一針で技術の高さを思い知る。腹腔鏡手術では、長い鉗子を使うために力が伝わりづらい。だからこそ、外科手術では当たり前の技術である縫合すら簡単ではない。組織に対して垂直に針を入れ、針の湾曲に逆らわずに運針しなくては、一つの針糸すらかけられないのだ。

海崎の動きには淀《よど》みがなく、まるで開腹手術を見ているかのように、滑らかに針が動いた。

糸の結紮《けっさつ》に移る。たとえれば菜箸《さいばし》の先で糸を結ぶようなものである。慣れない術者であれば糸を結ぶのも一苦労なのだが、海崎の縫合は帝王切開で見ていたそれよりも、むしろ速い。

「北条先生」

画面に見入っていたところで、急に声をかけられてハッとする。

「は、はい」

「覚えておいて。腹膜の癒着が激しいときは後腹膜《こうふくまく》をしっかりと展開すればいい。腹膜の裏には癒着がない。だから、指標も見えないのに闇雲《やみくも》に腹膜上を操作するよりも、よほど安全なんだ」

指導しながら円靭帯を焼灼《しょうしゃく》切断する。癒着で硬くなった腹膜を展開した先に見えてきたのは、後腹膜と呼ばれる領域だ。大血管や神経幹、腎臓《じんぞう》や尿管など、重要な臓器が収められている。

「後腹膜展開には子宮摘出にとって大きな利点がある。なんだかわかる?」

一般的に婦人科手術で後腹膜を展開するのは、悪性腫瘍《しゅよう》などの大きな手術のときだ。通常の子宮摘出よりも深い位置の靭帯や、摘出すべきリンパ節が、のきなみ後腹膜内にあるからだ。逆に言えば、ここを展開することで、子宮に関わる重要臓器や血管、神経が全てあらわになる。

「子宮周辺の解剖が分かることです」

衛が答えると、海崎が大きく頷いた。

「そのとおり。子宮摘出を安全に遂行するためにこそ、これを恐れずにやる。覚えておくといいよ。酒井先生、ここ、適当に持っててくれる?」

「……はいっ」

助手の酒井は、慣れない婦人科の手術に対して、全く手を出せずにいた。海崎から渡された組織を摘み上げてはみるものの、正直その手つきはおぼつかず、牽引《けんいん》する方向も有効ではない。

操作範囲に制限がかかる腹腔鏡手術では、とりわけ助手の手が重要になる。しかし、酒井の手はあいかわらず拙い。

ところが海崎は、そんなことなぞ意に介さず操作を進める。酒井が持ち上げている組織に、自身の左手の鉗子で必要な張力をかけて最適な環境を作り、右手のデバイスでみるみると展開していく。

さらに驚くのは、これだけ不利な環境にもかかわらず、全くと言ってよいほど出血がないことだ。モニターに映る術野は教科書の解剖写真のように美しい。

腹腔鏡手術は操作が難しく出血しやすいと言われがちだが、手練《てだ》れの術者が担《にな》えばそうはならない。カメラにより、開腹手術では不可能なほど近距離から術野を見ることが出来るからだ。鉗子操作の技術さえあれば開腹手術よりも出血リスクが少ないというのは、腹腔鏡手術の専門家がよく口にする言葉だ。

そういう意味では、外科の4Kカメラは、海崎にとってまさに鬼に金棒だった。画面にはごく細かい血管まで映し出されている。一本でも傷つければ出血してしまうのだが、海崎の鉗子は、網目のように張り巡らされた罠《わな》を、すいすいと避けていく。

これだけ繊細な処置をしているのに、海崎の額には汗ひとつ浮かんでおらず、事務作業をこなすかのように坦々《たんたん》と手を進めている。

「あとは子宮動脈さえ見つければ、終わったようなものだね」

子宮動脈は子宮の両側から注ぎ込む主要栄養血管だ。この血管を露出させて切断処理すれば、子宮からの出血リスクは激減する。

ここまでの処置に、わずか20分しかかかっていない。助手の酒井がほとんど介入できず、カメラ持ちをしている研修医も不慣れな中、実質的に海崎一人で腹腔鏡手術をやっているようなものなので、これは驚異的な速さだった。

術前に宣言した通り、海崎は圧倒的な腕を、外科の医師たちに見せつけている。

すると突然、海崎が大きな声を上げた。

「しまった！」

初めて発せられた危機感をはらんだ声に、衛はモニター画面を注視するが、出血も特になく順調そのものに思えた。

「なにか問題でも起きたんですか？」

「善ちゃんを呼ぶのを忘れてた」

「は？」

海崎が畳み掛ける。

「だから、この手術は、善ちゃんに見てもらわないと意味がないんだよ。肝心なことを忘れてた！」

「どうして、ですか？」

「あの人は自分の目で直接見たものしか信じないんだよ。ごめん、北条先生。今すぐ善ちゃんを呼んできてくれない？　早くしないと手術が終わっちゃう」

急《せ》かされるように命じられて、衛は慌《あわ》てて動こうとする。

「いいですけど……、なんて言えばいいんですか？　それに、教授がいま、どこにいるかもわかりませんよ」

「なんでもいいから。とにかく連れてきて」

無茶を言う。だがこのままだと、30分もしないうちに子宮が取れてしまう。すぐに三枝を探し出して報告しなければならない。と思ったところで、背筋に寒気が走った。

一体、なんと言えばいいのだろうか？

——海崎先生が、外科のヘルプで腹腔鏡手術をしています。それを見にきて欲しいと言ってるのですが……。

想像してゾッとする。どれほど激しい雷が落とされるか分からない。

「早く行って！」

海崎の声に背中を押し出される。

「わかりましたよ。でも、どうなっても知りませんよ」

手術室の自動扉に駆け寄って、フットスイッチに足を入れる。ゆっくりと開いた扉の先を見て、その場に立ち尽くした。

目の前には瘦身《そうしん》の体軀《たいく》が立ちはだかっていた。

背筋が伸び、首から上だけを前傾させた独特な立ち姿の主が誰なのかは、すぐに分かった。

「さ……、三枝教授」

眼球がくるりと動き、衛を見据える。機械的な動きのまま、矢のような視線を室内に向ける。その眼差《まなざ》しは、間違いなく腹腔鏡手術に臨む海崎の姿を捉《とら》えている。

「どうしてこちらに？」

用意していたセリフは何一つ出てこず、口から飛び出したのは、カラカラに乾いた一言だけだった。

一瞬の間が空く。前傾姿勢のまま、三枝が静かに口を開いた。

「呼ばれたからだ」

ガラスのような瞳に宿る感情を読むことはできない。

「呼ばれた？　一体……」

誰にですか？　と訊こうとした言葉を、衛は吞み込んだ。

海崎は三枝に伝えるのを失念していた。外科の依頼は手術室に舞い込んだ。だとしたら、呼んだのは一人しかいない。

塔子だ。

彼女が三枝に声をかけた意図がわからなかった。独断で動いた海崎を裁かせようとしているのだろうか？　たしかに、先日の飲み会で意見の相違があったのは事実だ。しかし、彼女がそんな私怨《しえん》にまみれたような行動を起こすとも思えない。

考えている間に、三枝が海崎の元へ歩み寄った。痩《や》せた背中からは想像できないくらい、力強いオーラをまとっている。

気圧されるように野口が退いた。そのスペースに静かに佇み、三枝は手術モニターを見つめている。二つの眼球が、スキャンをするかのように、左上から右下へと細かく動きはじめた。

その間、海崎は手術の手を止めていた。

重苦しい空気の中、ついに三枝が口を開く。怒声を覚悟していたが、予想に反して落ち着いた声だった。

「展開しているのは、膀胱側腔《そくくう》か？」

「そうです。腹腔鏡の子宮動脈同定アプローチはいくつかありますが、今回は前方展開と言って、膀胱側腔から探すやり方です」

海崎が鉗子で指し示しながら答える。

膀胱側腔とは後腹膜の部位を示す解剖用語だ。子宮の下部は、基靱帯《きじんたい》という沢山の血管や神経が通る支持組織に、両側から支えられている。後腹膜領域は、基靱帯を境にして腹側が膀胱側腔、背側が直腸側腔と呼ばれる空間に分かれ、重要臓器の位置を知るための指標になる。

海崎が説明を続ける。

「ここが尿管で、子宮動脈の本幹がこれ、さらに分岐がここで奥が基靱帯ですね」

三枝が顎《あご》に手を当て、ところどころで頷きながらその解説を聞いている。三枝が言葉を挟んだ。

「要は広汎《こうはん》子宮全摘術と同じだな」

広汎子宮全摘術は、婦人科手術でも最も大きな手術のひとつで、子宮頸《けい》がんなどに対して行われるものである。衛が日々手ほどきを受けているような腹式単純子宮全摘術と比べ、はるかに難易度が高い。

「なぜ、卵巣動静脈を切断していないんだ？」

三枝が重ねた質問は、広汎子宮全摘術と目の前で展開されている手術との相違点についてだ。

海崎が即答する。

「張力を保てるからです。腹腔外から子宮を牽引できる開腹術と異なり、腹腔鏡手術ではそれが難しいんです。だから、ある程度子宮が固定されていたほうがやりやすい側面もあります」

三枝が「そうか」と小さく頷いた。まるで、学会会場の質疑応答のようなやり取りだ。厳粛だが、互いに感情的にはならず、静かな議論だけが重ねられてゆく。

三枝はもともと柔軟な考え方の持ち主で、技術革新を誰よりも望んでいる人でもあるという、海崎の言葉を思い出した。たしかに、三枝の言葉から伝わってきたのは、嫌悪感《けんおかん》というよりはむしろ、純粋なる興味に思える。

「この手術は直腸切除術だな」

外科に対しての質疑だ。しかし、二人のやりとりを呆然《ぼうぜん》と見つめていた野口は、それに気づかない。

「外科の先生。どうなんだ？」

再び問われ、野口がビクッと肩を上げた。

「は、はい。直腸の低位前方切除術です」

頷いた三枝は、再び海崎を見る。

「それならば、直腸側腔《そくくう》も開けておけ。広汎子宮全摘術では、直腸側腔も展開しておくのが原則だ。手術では予期せぬことが起こる。だから、前方の展開だけで終えようとするな。それに、直腸側腔を開けておけば、外科も先の手術がやりやすかろう」

つまり三枝は、腹腔鏡《ふくくうきょう》手術で広汎子宮全摘術に近いことをやれと指示しているのだ。術野を一目みただけでかつての教え子の技術の高さを認めたということに他ならない。

「了解です」

海崎の鉗子が再び動き出す。三枝の指示を受けたことで、水を得た魚のように鉗子が生き生きと躍る。想定していた術式よりもさらに難度の高い手術になったにもかかわらず、手術は淀《よど》みなく進む。三枝は、黙ったままその様子を見ていた。

あの三枝が、腹腔鏡手術を見学していることに不思議な感情を覚える。しかしそれよりも、衛の興味はモニターの中にあった。

これまで見てきた、どんな手術指導動画よりも上質な画像が、目の前にある。次に海崎がいつ腹腔鏡をやるのかは分からない。一瞬たりとも見逃してはならなかった。

モニターに吸い寄せられるように近づくと、肩に軽い衝撃を覚えた。顔を上げると、白髪の痩身が目の前にあった。手術に引き込まれすぎて、三枝の背中にぶつかってしまったのだ。

「す、すみません」

慌てて下がろうとしたところで、三枝に身を引かれた。

「遠慮しないでいい。俺は後ろから見る」

三枝に譲ってもらったスペースにおずおずと体を寄せる。

海崎の背中越しに術野が見える、そこはまさに特等席だった。


大きなトラブルもなく手術は進み、1時間もかからずに、子宮が膣から外された。

「これで婦人科の処置は終わりです。あとはお任せしていいですか？」

野口が恐縮したように深く頭を下げる。

「助かりました」

野口の言葉には明らかな敬意が込められていた。

「また何かありましたら、ご教授頂いてもよろしいでしょうか？」

その言葉を受け流し、海崎は三枝に顔を向けた。

「まあ、そりゃあ僕はいいですけど……」そして、意味ありげな視線を向ける。既成事実を作った海崎は、今更になって三枝の許可を仰ごうとしているのだ。

三枝と海崎の視線が交錯する。お互い、腹の内はわかっている。そんなように思えた。

しばらくすると、三枝が静かに口を開いた。

「外科から直接依頼されたことに、俺がとやかくいう権利はない」

全身に電気が走ったような衝撃を受けた。海崎は、本当に風穴を開けたのだ。自らの技術で難攻不落の絶対君主を頷かせた。

驚きの眼差しで海崎を見ていると視界がすっと遮られた。三枝が目の前に立ち、改めて海崎と対峙《たいじ》したのだ。

「お前が、この13年間でどれだけの鍛錬を積んできたのかはよく分かった」

白髪の先にある表情はわかりようもない。「だが」と、三枝は一喝するように声を張った。

「婦人科での腹腔鏡手術を認めることは、まだできない」

はっきりと示された否定の意に衛は思わず肩を落とした。三枝が許可したのは、他科の腹腔鏡手術への関与についてだけだったのだ。

その言葉が、はたして予想通りだったのか、それとも違ったのか、海崎の様子からは読みとれない。

押し黙っていた海崎がおもむろに口を開いた。

「それは、城ヶ崎がいるからですか?」

あまりにも直球の問いに心臓が口から飛び出そうになる。この師弟の間に、どれだけの信頼の積み重ねがあるのかは分からないが、塔子と三枝には重い鎖が巻き付いている。

三枝は黙っていた。いつもと寸分変わらぬ背中のはずなのに、わずかに萎縮《いしゅく》しているようにも見えたのは気のせいかもしれない。だが、常のような、威風堂々とした、一つの揺らぎもない姿には、不思議と見えなかった。

海崎の眉がわずかに歪《ゆが》む。三枝の表情を見ているのは海崎だけだ。三枝の顔を見て、何を感じているのだろうか?

海崎の左肩に三枝がそっと手を置いた。

「理解してくれ」

海崎は答えなかった。

「では失礼する」

足音も立てずに手術室を後にする。普段よりもわずかに前傾姿勢の強い背中を見つめていると、滅菌手袋を外した海崎が隣に立った。

「お疲れ様でした」

「まあ、疲れたってほどの手術じゃなかったけどね。でも楽しかったよ。久しぶりにラパロをできたしね」

「それにしても残念でしたね。これだけやってもやはり腹腔鏡への道は難しそうですね」

しかし海崎はきょとんとした顔をしている。

「そう見えた？」

落胆している様子は微塵もない。

「まあ、何度でも挑戦するよ。あれだけ頑固な善ちゃんがすぐに考えを変えるとは思ってなかったし」

「もしかして、強がってます？」

要は振り出しに戻っただけだ。

しかし海崎は屈託なく笑った。

「僕は3年間、しつこく善ちゃんを説得し続けた男だよ。まずは色々なアプローチをするのが肝心だ。でも、しっかり種は蒔けた」

「そうでしょうか？」

海崎の手術は完璧《かんぺき》だった。あれだけの実力を見せてもなお、塔子をおもんぱかった教授ルールが変更されることはないのか――。

　すると突然、海崎に胸をトンと突かれた。

「情熱は裏切れない。理想も、夢も、挑戦し続ければ、いつか道が見えてくる。君も、僕も、城ヶ崎も、善ちゃんも」

　どうにも捉えようのない人物である。

　やがて、海崎に突かれた胸が疼《うず》き出した。

　心拍数が上がっていく。ついさきほど見た至高の手術画像が脳裏にフラッシュバックする。

　衛は、海崎の行動の意図を理解した。

　やはり自分は、腹腔鏡の高みに登りたいのだと再認識させられた。術者としてそこに立ち、ひりついた手術に立ち向かいたい。

　三枝と二人きりで酒を酌み交わした日に心の奥に押し込んだはずの欲望が、再び顔を出した。久しぶりに湧《わ》き出たその欲望は心の中であっという間に大きくなっていき、もはや制御することすら難しくなっていた。

　まさにそれこそが、海崎が自分の心に植え付けた種に違いなかった。

第四話　一歩前に踏み出すためのマグロ丼《どん》

海崎が赴任してきてから、1ヶ月が経《た》とうとしている。10月も下旬だというのに、温暖な気候の伊豆長岡は、まだまだ過ごしやすい。

衛はこの日、田川の指導のもと、腹式子宮筋腫核《きんしゅ》出術という手術に入っていた。子宮を温存しつつ、子宮筋腫という硬いコブを摘出するものだ。

「なかなか手術しがいのある筋腫だな」と、神里の隣に立った田川が楽しそうに言った。

眼下にある子宮には、最大径10センチをはじめとして、小さいものまで合わせると10個に届きそうな筋腫がひしめき合い、子宮の本体がどこかわからないほど、凸凹《でこぼこ》としている。子宮に切開を入れ、筋腫を引っ張り出し、さらに筋層を縫合する操作を、ひたすら繰り返すのだ。

筋腫は良性腫瘍《しゅよう》であり、子宮周囲の血管の処理も必要ないことから、婦人科手術の中では難易度は低い部類に入る。そのため、衛も伊豆中に来てから10例以上はこの手術の術者を担《にな》ってきた。

しかし驚くべきは、今回の前立ち、つまり第一助手が神里だということだった。二人とも上級医から手ほどきを受けながら術者を務めることこそあったものの、こうやって術者と前立ちとして顔を突き合わせたのは初めてだ。

「ひよっこ1号、2号が立派になったものだな」

感慨をごまかすためか、少し揶揄《からか》うような口調で田川が言った。

たしかに、赴任当初を思えば、考えられないようなペアで手術に臨んでいる。

「そろそろ摘出を始めよう」田川からの丁寧な指導が始まった。

「子宮筋層に垂直にメスを入れて。ここがズレると、後の縫合が難しくなるからね。まあ、どんなこともそうだが、一番大切なのは案外初手なんだ。一年の計は元旦《がんたん》にありなんて言うだろう」

筋腫は子宮の漿膜《しょうまく》と筋層に包まれている。その表面に切開を入れると、薄くなった子宮壁が筋腫に押し出されるように上下に離開していく。硬いゴムボールのような筋腫表面があらわになった。

「神里、マルチン鉗子《かんし》をかけて筋腫を牽引《けんいん》するんだ」

両側が針のように尖《とが》った単鈎鉗子《たんこうかんし》で神里が筋腫をつかみ、上方に牽引する。日頃、同じ指導者たちから技術を習ってきただけあって、はじめて一緒に手術をするにもかかわらず、互いの呼吸は驚くほど合っている。

先端が曲がったクーパーで、筋腫に張り付いた組織を丁寧に剝離《はくり》していくと、ほどなく筋腫が摘出される。滑らかな硬い球体を子宮から綺麗《きれい》に引き抜く感触は、ある種爽快《そうかい》だ。

続けて子宮筋層の縫合に移る。切開を入れて離開した分厚い筋層を、一針ずつ丁寧に合わせていく。せっせと縫合してゆくと、田川が感心したように口を開いた。

「北条の縫合は、いつ見ても基礎がしっかりしているな。流石《さすが》ラパロチームだけあると感心するよ。神里もよく見ておくといい。闇雲《やみくも》に針をかけて、目一杯縛るだけじゃ、本当に大変な状況になったときに対応できなくなる」

「はい」と返事をする神里の目は、真剣そのものだ。

「じゃあ、次の筋腫は術者と助手を入れ替えよう」

田川の指示に従い、立ち位置を変えぬまま神里が筋腫を摘出する側に回る。神里は切開も剝離も無難にこなし、すぐに筋腫を取った。縫合についてはさすがに一日《いちじつ》の長《ちょう》があるものの、結紮《けっさつ》するスピードなどは、目をみはるものがある。

神里は、衛よりも三つも下の学年なのである。

それを考慮すればかなり出来る医者の部類に入る。入局2年目にして、帝王切開はもちろん、婦人科手術の助手でも過不足なく力を発揮するし、最近では術者まで務めている。

衛が神里と同じ学年だった頃は、本院のラパロチームに所属し、カメラ持ちに奔走する日々を送っており、帝王切開も婦人科手術もあまり経験していなかった。そう思うと、神里の産婦人科医としての総合的な完成度は、相当に高いのである。

それは、伊豆中《いずなか》で鍛え上げられたからに他ならない。神里を見ているうちに、三枝がかつて海崎に求めたことを思い出した。まず、基礎を磨くこと。いまでこそ先進医療の道は閉ざされたものの、若い医者を育てるという三枝の方針は一貫しているのだ。

その後も、筋腫を一つ取るごとに役目を代わり、40分ほどであらかたの筋腫を取り終えた。

原型を留めていないようにさえ見えた子宮が綺麗な逆三角形に戻っている。

田川が、縫い上げた子宮に触れて最終確認をする。

「上出来だ、大きな取り残しもない。じゃあ閉腹するとしよう」

「ありがとうございます。では、2《ニー》-0《ゼロ》バイクリル下さい」

腹膜の連続縫合を始める。

20分ほどで終わる閉腹作業は、手術の主目的を無事に終えた後ということもあり、和やかな談笑の場になることがままある。

第二助手で手持ち無沙汰《ぶさた》なのか、田川が話題を切り出した。

「そういえば北条、医局に洋梨《ようなし》が届いてたぞ」

一瞬手が止まりそうになるが、運針を続ける。

「言われると思いました。俺も、あんなに沢山届くとは思ってもいませんでしたので」

綺麗に梱包《こんぽう》された黄緑色の洋梨が6個で一箱、それが三箱も医局のデスクに積み上げられた光景は、圧巻だった。

自らの母親を体裁を気にするひとだと評した沙耶の言葉を思い出す。それにしても、程度というものがある。

「送ってくれたのは彼女のお母さんか？」

差出人をすでにチェック済みのようだ。狭い医局だ。そのあたりはすぐバレてしまうのだ。

「そのとおりです」

「いかにも高級そうな品物だったな。折原沙耶さんは、もしかして相当なお嬢様なのか？」

どう答えるか迷っていたところで、口を開いたのは神里である。

「お父さんが、東北の有名な病院の院長じゃなかったでしたっけ？」

「なんで神里が知ってるんだよ」

「すみません、うちの親父《おやじ》から聞いたことがあって」

神里も沙耶に負けない大きな病院の御曹司《おんぞうし》なのである。諦《あきら》めた衛は、さっさと口を割ることにする。

「山形にある、折原総合病院の箱入り娘です」

田川が口笛を鳴らした。

「北条の彼女は、高貴な洋梨の姫君ってわけだ」

「変な呼び名をつけないで下さいよ」

「しかし、大病院の経営者の娘となると付き合うのも大変そうだよな。娘と結婚して跡を継ぎなさいとか言われかねないぞ」

「お兄さんが医者らしいので、その辺りは大丈夫そうです」

「それは助かったな」

「でもまあ、色々強烈な人でした」

沙耶の父親とは一度だけ会ったが、終始気圧《けお》されっぱなしだった。あまりに衛が頼りなく感じたのか、それ以来、沙耶とも少しギクシャクしてしまった感じは否《いな》めない。

「大きな組織を維持するには、それくらいの個性は必要だよな」

田川が、まじまじとこちらを見つめている。

「まあ、そんな親の娘だからこそ、実直で穏やかな北条に惹《ひ》かれたのかもしれないな」

沙耶の笑顔が脳裏に浮かぶ。

それを打ち消すように、衛は首を振った。今は手術の真っただ中である。

「あの洋梨は、しばらく室温に置いて、熟したら冷やして食べるといいみたいですよ。遠慮なく召し上がってください」

田川が「ほう」と感心したように声を上げる。

「洋梨ってのは、あまり馴染《なじ》みがないから、楽しみだ」

「海崎先生曰《いわ》く、かなり美味《おい》しいみたいです」

箱が届いた瞬間、海崎が興奮していた。追熟が必要だが、食べる時期を間違わなければ、極上の味わいなのだと語っていた。

海崎の名前が出たところで、田川の表情が引き締まった。

「先日のラパロ、相当凄《すご》かったらしいな」

海崎が外科のヘルプに入ったという話は瞬《また》く間に広まった。というか、ゆめが率先して広めたのだ。

「まさに神技というより他なかったです」

「本職の北条が言うのなら間違いないんだろう。それにしても、とんでもない医者が来たもんだ」

神里が結紮した糸を切ると、田川がため息をついた。

「まあ、塔子さんも複雑だろうな」

ふと漏れ出た言葉に針を持つ手が止まった。

手術室での塔子と海崎のやりとりを思い出したからだ。

「二人を比べるものではないし、ここでの塔子さんの貢献は計り知れないですよ」

「もちろんだ。だがいくら他人がそう評しても、当の本人の気持ちは誰にも分からない。同期ってのはときに厄介だ。同じ年月を過ごしているだけに、歩んできた道の違いを意識せざるを得ない」

田川の指摘に反論できなかった。突然の異動でここにきた頃の衛だって、そうだったからだ。

「それとなあ」と田川が続けた。

「一番難しい立場にあるのは、三枝教授なのかもしれないな」

先日の反応を見れば、田川の見立ては正しいのかもしれない。海崎が来てからというもの、これまでの伊豆中の強固なスタイルが揺らぎつつあるのは、確かだ。

「海崎先生は、これからも腹腔鏡《ふくくうきょう》をやる道を模索すると思います」

そう言うと、田川が神妙な表情で頷《うなず》いた。

「だろうな。それこそが専門家たる矜持《きょうじ》だ」

「三枝教授は認めるんでしょうか？」

田川が首を振った。

「あの人がどこまでなにを考えているのかは分からないな。我々凡人からは想像できないほど頭が切れる人だから、きっと気の遠くなるほど先の手まで読んで、動いているんだろう」

たしかに、三枝なら将棋ＡＩとも対等に張り合えそうである。

「教授が、リスクをも孕《はら》んだ今回の異動を受け入れたということは、伊豆中が変革を差し迫られていることのあらわれなんだろう。新病棟完成も待ったなしだしね」

そうだ。三枝は、自身の最後の仕事として新病棟の建設を主導しようとしている。その目的は、先進的な施設を維持するための医者を本院から引っ張ってくることにあると語っていた。となると、海崎が語っていた理想像と筋は一致している気がする。三枝は、かつての理想に繋《つな》がる道をずっと模索しているのかもしれない。

では、足りないピースとはなんだろう？

脳裏にすらりとしたシルエットが浮かんだ瞬間、田川がパンと手を叩《たた》いた。

「さあ、無駄話はやめて集中しよう。あまり遅くなると、塔子さんに叱《しか》られるからな」

冗談まじりにそう言ったのと同時に、手術室の扉が開いた。やってきたのは塔子その人だった。

すたすたと近寄ってきて術野を覗《のぞ》く。

「もう閉腹だね。このあと忙しい？」

緊張を孕んだ硬い声である。

「なにかあったのかい？　塔子さん」

「三島から、妊娠28週の深部静脈血栓症疑いの妊婦さんが運ばれてくるんです。おそらく、1時間もかからないと思います」

血栓症とは血液の塊が大血管内に形成されてしまう病態だ。妊娠中は出血に対応するために血液が凝固しやすい状況におかれているため、血栓症のリスクが高いのだ。

「血栓は飛んでないんですか？」衛は訊《き》いた。血栓が血管から剝《は》がれて血流に乗ってしまうと、肺や脳の血管に詰まってしまう。血栓塞栓症《そくせんしょう》と呼ばれる病態で、発症した場合の院内死亡率は15％とかなり高い。

塔子が首を振り、ウェーブがかかった髪がふわりと揺れた。

「それが、あまり情報がないの。右足が突然腫《は》れ上がって、午前にかかりつけの産院を受診したみたい。そこで血栓症を疑われて、こっちに搬送依頼がきたの」

「すぐに全身精査が必要ですし、しばらく絶対安静になるかもしれませんね」

「うん。人手が必要になるのは間違いないから、手伝ってもらえる？　お昼ご飯を食べてからでいいからさ」

「わかりました。食堂に行ってから、すぐに病棟に向かいます」

「助かる。じゃあよろしくね」

緊張した面持ちのまま、塔子は手術室を後にした。

早々に昼食を済ませた衛は田川と共に救命センターへと向かった。塔子とゆめが先にスタンバイしており、救急隊に引かれたストレッチャーが、ちょうど搬入されるところだった。

ストレッチャーには大柄な女性が乗っている。

患者の名前は外浦麻衣子《とのうらまいこ》。39歳の初産婦で、妊娠28週0《ゼロ》日である。恰幅《かっぷく》のよい女性で、幅50センチのストレッチャーにぎりぎり収まるくらいの体格だった。右足は膝《ひざ》から下が真っ赤に腫れ上がっていて、見るからに痛々しい。額には脂汗《あぶらあせ》が浮かび、ふくよかな頬は苦しみに歪《ゆが》んでいた。

ストレッチャーを引き継いだ塔子が麻衣子に話しかける。

「産婦人科の城ヶ崎と申します。大変でしたね」

麻衣子の眉《まゆ》が下がった。

「救急車に揺られたおかげで、腰が痛くて」

言いながら、悶《もだ》えるように背筋を歪めた。

「体勢、お辛《つら》いと思うのですが、あまり動いてしまうと血栓……、血の塊が飛んでしまう危険性もあるので、落ち着くまではなるべく動かないようにお願いします」

塔子が念を押すように言った。肺塞栓を起こしてしまえば、お腹《なか》の中の子だけでなく、麻衣子の命すら危うくなる。

麻衣子が、困ったように口を開く。

「普段からかかりつけの先生にもっと運動しろって言われてたけど、全然聞かなかったのに、いざこうして動くなって言われると結構辛いものね」

体勢を変えたことで痛みが和らいだのか、朗らかに笑う。奥二重の瞳《ひとみ》には、おおらかな優しさが浮かんでいた。

「これから、CTという全身を調べる検査をさせてもらいます。同意書なども頂きたいんですけど、ご主人はこちらに向かわれているところですか？」

「ええ。職場から来てくれるので、あと1時間はかかると思います。夫は多分、急に連絡を受けてオロオロしていると思うので、同意書は私がサインしちゃいます」

「助かります」

塔子から差し出された同意書を確認して、はじめて麻衣子の顔に不安が浮かんだ。

「この検査は、赤ちゃんに影響はありませんか？」

「放射線を利用した検査ですので、全く影響ないとは言えませんが、現状を考えると必要な検査なんです。なるべく、お腹のお子さんの安全に配慮致しますので、同意して頂ければと思います」

「納得しました」

麻衣子が、すらすらとサインをする。

「それじゃあ、後は煮るなり焼くなり好きにして下さい」

冗談めいたことを言いながら、塔子に書類を返す。

明るい性格ゆえだろうか、緊急事態にもかかわらず、彼女からの質問は唯一《ゆいいつ》それだけだった。


大きなトンネル状の機械の中央から伸びる寝台に麻衣子が寝かされ、まさにCT検査が行われようとしていた。

衛たちは、ガラス板で隔てられたパソコンの並ぶ室内で、その様子を見つめていた。このモニターに、リアルタイムで画像が映し出される。

CTとは、コンピュータ断層撮影の略語である。X線を利用した検査で、全身の臓器や血管の異常を一括で把握することができる。さらに今回は、血栓の位置を正確に描出するために、造影剤という血管を染める薬剤を併用することになった。

『造影剤入ります』

麻衣子の横についた放射線科医の声が、スピーカーから聞こえてくる。造影剤投与を終えると、大きな体がCTのトンネルに吸い込まれるように入っていった。

機械音は小さい。静かな時間が流れていくなか、やがて画像が映し出された。４人で食い入るようにモニターを見つめる。最初に足の先の水平断面画像が映り、紙芝居のように頭側《とうそく》方向に画像が切り替わっていく。

膝の辺りの画像を凝視した塔子が呟《つぶや》いた。

「血栓あった。右の膝窩《しっか》静脈だ」

指摘のとおり、膝蓋《しつがい》のやや上方の静脈が黒く抜けている。

「あとは、血栓が飛んでないかどうかだ」と田川が言い、塔子が同意するように頷いた。

息苦しさのなか、検査が進められていく。

やがて、骨盤内の画像が表示された。子宮や卵巣《らんそう》、膀胱《ぼうこう》や直腸などが映る。婦人科ではよく目にする画像であるが、麻衣子は妊婦である。骨盤内を占拠する子宮の中に胎児がいて、頭部のスライス画像が映り込んでいる。胎児の眼球や脳の水平断面画像というのは、日常診療ではあまり見ないものであった。

もの珍しそうに画像を見ていたゆめが、ふと疑問を口にした。

「なんですか？　これ」

指差したのは、骨盤の背面側に映っている腫瘤《しゅりゅう》だった。直径15センチほどのそれは、胎児を収めた子宮に押し潰《つぶ》されて、窮屈そうに歪んでいる。

「子宮筋腫かな……、でも見え方が少し変な気もするけど」

答えたのは衛だけだった。塔子と田川は睨《にら》むように画面を見つめている。あまりに真剣な表情に、背筋を嫌な汗が伝った。

検査部位が胸腔内に移る。肺や心臓、さらに全身を巡る大血管が集まる場所で、塞栓症の好発部位である。

注意深く画像に目を凝らすが、血栓は認められなかった。

「よかった。明らかな塞栓はなさそうですね」

二人から言葉は返ってこず、まだ骨盤内の画像に釘付《くぎづ》けになっていた。やがて頭部まで画像が描出され、CT検査が終わった。

すると、沈黙を貫いていた田川が、ようやく口を開いた。

「塔子さん。矢状断《しじょうだん》を見せて。……造影の」

田川の口調は硬い。塔子もまた、同じような口調で「わかりました」とだけ答えて、マウスを操作する。ほどなく切り替わった画像は、体を正面で真っ二つに切ったようなものだ。

長径30センチ強の子宮の中に、1000グラムにまで育った胎児が映っている。その後方に腫瘤があり、狭い腹腔内で子宮とひしめき合っている。その様子は、どこか異様なものだった。

堅苦しい空気に耐えきれなくなったのか、ゆめが苛立《いらだ》ちのこもった声を上げた。

「さっきから黙り込んじゃって、どうかしたんですか？」

塔子がキュッと唇を噛《か》む。

「最悪だ」ただそれだけの言葉を、苦々しく口にした。

田川が、その短い一言の後を受け継いだ。

「この腫瘤なんだけど……」太い指が、子宮後方の歪んだ円形を指差す。中は、造影剤で不均等に染められている。それを見て衛も腫瘤の異質性に気づいた。

「悪性のものだ。完全に造影剤に染まっているから間違いない」

ゆめが、まじまじと画像を見返して、震える声で訊いた。

「これ……、どうにかできるんですか？」

塔子が眉根を歪める。

「どうにもならない」

「どうにもならないって……、そんな」

非難するような口調で言ったゆめを田川の手が制する。そのまま、ゆっくりと塔子に顔を向けた。

「方針はどうなるにしろ、まずはきちんと告知した方がいい。この症例は、いつ、なにが起こるか分からない」

塔子が覚悟を決めたように頷いた。

「これから病状説明をします。わるいけど北条、同席して記録をして貰《もら》えないかな？」

「もちろんです」

塔子がゆめに顔を向ける。

「ゆめちゃんはどうする？」

「どうするって、なにを……ですか？」

「相当シビアな話になると思うけど、説明に同席する？」

ゆめが、ムッとしたように頬を膨らませた。

「行きますよ。私だって医者なんだから」

塔子の長い指がエメラルドグリーンのスクラブへと伸びる。

「だったら、それを着替えて貰ってもいい？　院内共用のやつでいいから」

「な、なんでですか？」

肩を怒らせるとガシャリと音が鳴った。派手な色のスクラブと、ポケットに収められた数々の医療道具は、研修医のゆめのアイデンティティーでもある。

塔子が冷静な目を向けた。

「お願い。着替えないなら、同席は許可できない」

真っ向から見つめられ、ゆめの視線が逃げた。

「……わかりましたよ」渋々といった態度で頷いた。


重症患者である麻衣子は、ナースステーションから最も近い個室に入室することになり、そこで病状説明を行うことになった。

麻衣子はベッドに仰臥《ぎょうが》したままで、横に置かれた丸椅子《まるいす》に男性がひとり座っている。夫の外浦亮一《りょういち》だ。45歳の亮一は、大柄の麻衣子とは対照的に、体が細く、丸まった背もどこか頼りない。

夫妻と向かい合うようなかたちで、塔子が椅子に座る。その横に、キャスターに載せられた電子カルテを開いた衛が立ち、えんじ色の地味なスクラブに着替えたゆめは、塔子の後ろに座っている。

亮一が頬骨の浮かんだ顔を上げて、身を乗り出した。

「麻衣子は大丈夫なんですよね？」

長い鼻に乗った華奢《きゃしゃ》なデザインのメガネは、彼の弱々しさを強調しているように思えた。度が強いのだろう、レンズの奥の目は窪《くぼ》んで見える。

「亮一さん、落ち着いて。まだ検査してきたばっかりなんだから」

ベッドに寝かされたままの麻衣子が、困ったような笑みを浮かべる。再び背中を丸めた亮一を見てから、塔子に顔を向けた。

「CT検査の結果はどうだったんですか？」

塔子から目配せされ、衛は、PCの電子カルテの画像を麻衣子に向けた。

画像を指し示しながら、塔子が説明を始めた。

「血栓は右膝の裏にありました。幸い、それが剝がれて、肺や脳の血管に詰まっているような状況ではなさそうです」

「よかった」と麻衣子から安堵《あんど》の声が漏れ、亮一が深いため息をつく。

「ですが」1オクターブ低い塔子の声に二人の体が強張《こわば》る。

「……なんでしょうか？」

牽制するような次の言葉を拒絶するような硬い声が、亮一から発せられた。

塔子があの腫瘍を指で示した。衛は、二人から目を逸《そ》らしたくなる衝動に駆られるが、堪える。告知する塔子の方が辛いし、告知を受ける本人たちはもっと辛いからだ。

覚悟を決めるように小さく息を吐き、塔子が診断を告げた。

「ここに腫瘍があります。おそらく悪性のものです」

二人が同時に息を呑《の》む音がした。四つの目は見開かれたまま動かない。衝撃を受けたのは間違いないが、未《いま》だ脳が理解するに至らない。そんな反応に思えた。

塔子はたった一言ではっきりと言い切った。

告知には絶対の正解がない。個々の症例に合わせた的確な伝え方で告知をしなければならないからこその難しさがある。特に悪性腫瘍という大病については、病名を告げた瞬間に患者の人生が変わる。とりわけ麻衣子はあと3ヶ月もすれば自らの子宮に宿った子に会えるという幸せの中にいたわけだから、突然崖《がけ》から突き落とされたようなものだ。

だが、告知をしなければ前に進めない。治療方針も決められない。だからこそ塔子は、迷わず病名を告げたのだ。

感情を窺《うかが》わせないような淡々とした口調で、塔子が続ける。

「子宮の後ろ、後腹膜という所から発生した腫瘍が、子宮と胎児に押しつぶされている状況なんです」

相槌《あいづち》はない。それどころか、麻衣子と亮一は呼吸をすることすら忘れているようだった。

塔子が腰椎《ようつい》の画像をなぞった。

「しかも、腫瘍が脊椎《せきつい》にまで浸潤しています。外浦さんの腰痛の原因は、妊娠子宮の圧迫によるものではなかったんです」

腫瘍と脊椎の境がはっきりしない。腫瘍が脊椎に食い込み、一部の骨が融解しているからだった。

「極めて厳しい状況です。でも、今後の治療方針を決めなくてはなりません」

そこまで言うと、麻衣子たちの反応を待つように口を閉ざした。個室に満ちる空気はどんよりと重い。

勢いよく立ち上がったのは亮一だった。

「ちょっと待ってくださいよ！」

塔子につっかかるように、前のめりになる。

「その診断は間違いないんですか？　だって、前の病院では何も言われていなかったんですよ。悪性のって、がんってことですよね？　麻衣子は妊婦ですよ。こんなに若い女性にがんが見つかるなんてこと、本当にあるんですか？」

大病を告知された際、多くの患者とその家族はまずその診断を疑い、怒り、否定する。悪い知らせを受けとめきれぬが故《ゆえ》の防御反応なのだろう。本来、そんな心に寄り添い、病気を受け入れてもらうために対話を重ねることが重要なのだが、麻衣子の状況は、あまりに特殊だった。

「残念ですが、良性のものである可能性は極めて低いです」

さっきよりも強く、きっぱりと塔子が言った。

麻衣子の妊娠は現在進行形であり、腫瘍もまたそうなのだ。迷っている時間はなく、一刻も早く治療方針を決めなくてはならない。そのことを、ここにいる誰よりもよく知っている彼女の言葉は重かった。

衣擦《きぬず》れの音がする。そちらに目をやると、ゆめが両拳《りょうこぶし》を膝に押しつけたまま、小さく震えていた。見開かれた瞳は麻衣子たちを直視できずにいる。

亮一は丸椅子に腰を落とし、がっくりと項垂《うなだ》れた。

麻衣子はベッドに寝たまま、そんな亮一を悲しげに見つめる。やがて、浮腫《むく》んだ両手を自らの腹に伸ばし、上下にゆっくりとさすり始めた。何回かその動作を繰り返してから、麻衣子は塔子に尋ねた。

「私は……、助かるんでしょうか？」

塔子の唇がわずかに歪む。だが、すぐに冷静な表情に戻り、小さく首を振った。

「腫瘍の種類にもよるので、今はまだなんとも言えません。ただ、脊椎にも浸潤しているとなると……」

「先行きは厳しいと？」

重ねるように言った麻衣子に向かって、塔子が頷いた。

「余命はどれくらいなんですか？」

自分自身を奮い立たせるような力を帯びた声だった。

「申し訳ありません。それはまだ、なんとも言えないです。ただ、早く治療を開始した方が、一般的に予後は長くなると思います」

そうですか、と言った麻衣子は顔を天井に向けた。気丈に振舞ってはいるが、その目は潤《うる》んでいる。

「もしも早く治療するとしたら、子供は大丈夫なんでしょうか？」

麻衣子の視線は天井から片時も離れない。その手は、大きな腹をさすり続けている。

「いまのところ、お腹の赤ちゃんの成長は順調です。それに、腫瘍細胞が胎児の体内に入ったとしても、胎児の免疫《めんえき》システムによって破壊されますので、胎児に転移するケースは極めて稀《まれ》です」

麻衣子は安堵したように大きく息を吐く。

「ですが、いますぐ分娩《ぶんべん》にするというのは、胎児にとってはまだリスクが高い時期です。外浦さんの身体《からだ》のことを考えれば、いますぐにでも分娩をした方がいい。でも、赤ちゃんのことを考えれば、できるだけ長く子宮の中で育てた方がいい。そういう難しい状況です」

ときに医療においては、どちらの治療方法を選択しても正解に至らないことがある。まさに麻衣子がその状況だった。

「ですので、外浦さんの希望を教えて欲しいんです」

麻衣子の瞳がようやく塔子を捉《とら》える。

「つまり、私の治療を優先するか、それともお腹の子供の成長を優先するか、どちらかを選ばなくてはいけないということですか？」

「そういうことになります」

「それは……、いつまでに？」

「早ければ、早いほど」

ずっと鼻を啜《すす》っていた亮一が、吐き捨てるように言い放った。

「そんなの……、そんなこと、すぐに決められるわけないじゃないですか！」

亮一は麻衣子の顔を直視できないようだった。床に視線を落とすと、塩化ビニルの床材に次々と涙の粒が落ちた。塔子の後ろには、戸惑いながらそれを見つめているゆめの姿があった。

亮一の嗚咽《おえつ》が個室に響く。麻衣子は瞳に涙を溢《あふ》れさせながら、じっと天井を見つめていた。

「どうしてこんなことになっちゃったのかな」

天井に向かって投げかけた声は湿っていた。

「私たち、ずっと子供が出来なかったんです。ようやく授かった子供なんですよ。まだ名前も決めてあげられていないんです。それなのに……」

麻衣子が言葉に詰まっている。塔子はベッド脇《わき》に屈《かが》み、麻衣子と目を合わせた。

「こちらでもカンファレンスを行って、最善の方法を話し合います。いつでも何度でも相談に乗りますから、なるべく早い段階で、外浦さんの希望を教えて欲しいんです」

麻衣子は「わかりました」と小さく答え、亮一は怒りをぶつけるかのように、床を睨みつけていた。

麻衣子は、最後まで自身の腹を撫《な》で続けていた。

その日のうちに、新生児科との緊急合同カンファレンスが開催されることになった。定期カンファレンスは毎週行われているので、異例の事態である。

午後5時30分、産婦人科のカンファレンスルームに関係者が集められた。産婦人科は、ゆめを含めた8人。新生児科は明日香の夫である下水流《しもつる》圭一《けいいち》を長とした5人。伊豆半島の周産期医療を担うメンバーが一堂に会したことになる。

塔子が前に立ち、大きなプロジェクタースクリーンにCT画像を提示すると、室内の誰もが絶句した。そこに映るおどろおどろしい腫瘍に息を呑んでいる。

しばらく続いた沈黙のあと、腕組みをした田川が口を開いた。

「非上皮性の悪性腫瘍、いわゆる肉腫ってやつだな。遠隔転移もしているだろうから、相当厳しい症例だ」

がんというのは上皮発生の悪性腫瘍で、肉腫はそれ以外を指す。主に、神経や骨、脂肪などから発生することが多いが、いずれも悪性腫瘍であることに変わりない。

塔子が説明を引き継ぐ。

「第二腰椎から第四腰椎までの直接浸潤、それに尿管もやられています」

尿管とは腎臓《じんぞう》で産生された尿を膀胱まで繋ぐ管で、麻衣子の右側尿管は大きく腫れていた。採血の結果、そこに感染を来《きた》していることもわかった。

田川が問いかける。

「その腫瘍は、いつからあったのかわかるかい？」

「妊娠前からあったのか、それとも妊娠後に急速に大きくなったのかはわかりません。ただ、これだけ大きな腫瘍を見逃すとは考えにくいので、短期間で大きくなっている可能性も十分あると思います」

最前列の右端に座った三枝は、画像の隅から隅までスキャンするかのように、眼球だけを上下左右に動かしていた。詰将棋を解くが如《ごと》く、頭の中では様々な戦術を巡らせているのだろう。三枝は、どんな難症例に対しても瞬く間に方針を決定する。だが流石に、今回ばかりはすぐに結論を出せないようだった。

田川が唸《うな》った。

「妊娠中に見つかった悪性腫瘍に対して、抗がん剤が使えないわけじゃない。だけど、組織型もわからないとなると奏功率もわからないから、方針の決めようがないのが辛いところだ」

婦人科腫瘍を専門としてきた田川ですら苦悩している。悪性腫瘍の治療方針は、手術、抗がん剤、放射線など多岐に渡るが、それぞれに得手不得手がある。悪性腫瘍にも発生母体によって様々な組織型があり、それによって治療方針も予後も変わるのだ。

「敵を知らないとこちらも動けない」

明日香が唇を尖らせた。

「でもこの腫瘍の位置だと、生検は無理ですよ」

腫瘍の正体を知るためには、ごくわずかでもサンプルが取れればいい。一般的には、長い針を腫瘍に刺して、採取した組織を使って病理診断をする。しかし麻衣子の腫瘍は子宮の裏にあり、それすらも難しいのだ。

「これだけ大きな腫瘍に針を刺してしまうと、大出血を起こしてしまうかもしれない。生検するのも一苦労だ」

日頃は穏やかな田川の目は鋭く、専門領域の議論をしていることに対するプライドが滲《にじ》む。

画像を見ていた三枝がついに発言した。

「だったらカイザーをするときに生検するしかない。だが問題は、いつそれをするかだ」

機械のように精巧な瞳が向けられた先は、下水流だった。カイザー時期について、新生児科の意向を述べよと促したのだ。下水流は塔子と同期であるが、なり手の少ない新生児の専門家ですでに部長としてチームを牽引する立場にある。

熊《くま》のように大きな体軀《たいく》を丸めた下水流が、静かに答える。

「胎児に異常はないので、新生児科としては可能な限りカイザー時期を延ばしてもらった方が、本音を言えば助かります」

「できるだけ具体的な目標を教えてくれ」

低い声には迫力があった。太い眉を寄せた下水流は少し考えてから答えた。

「あと2週間、30週以降であれば我々がなんとかします。それに、できたらステロイドの投与もしたい。この症例に対してそれは可能ですか？」

早産症例に対して、副腎皮質ホルモン、ステロイドには胎児の肺成熟を促す働きがある。しかし……

「感染を助長するだろうね」

これまで黙っていた海崎が言った。尿路感染が悪化してしまえば、胎児の命すら危険に晒《さら》される。

「だったらすぐにカイザー？」

明日香の言葉に、夫である下水流が渋い顔を見せる。

「胎児適応もないのに早産カイザーをするのは、賛成しかねる」

「でもしょうがないじゃん。カイザーをしないと何も始まらない。このまま赤ちゃんが大きくなるのを待つだけだと、外浦さんは急変して、最悪どっちも助からなくなるよ」

「それもわかってる」

まさに産婦人科医と新生児科医の意見の相違だった。胎児の成熟を優先すれば麻衣子の症状が悪化する。逆に麻衣子の治療を優先するのであれば、胎児の医学適応がないにもかかわらず、未熟な状態でこの世に迎えなくてはならない。まさにシーソーのような関係だ。

恐る恐るといった様子で手を挙げたのは、神里だった。

「ちなみに、すぐにカイザーをして治療を始めたら、外浦さんが助かる見込みはどれくらいあるんですか？」

その指摘にカンファレンスルームがまた沈黙に包まれた。

全身転移した悪性腫瘍《しゅよう》の予後は総じて悪い。そして、画像の限りでは、彼女の病気はおそらく希少性が高い。

悪性腫瘍の専門家として、田川が代表するように答えた。

「厳しいだろうね。半年どころか、数ヶ月ももたない可能性すらある。それに……」

大きくため息をついてから続けた。

「術後に腫瘍がラッシュで進行するケースがある。私も原発不明がんで経験したことがあるが、術後の回復もままならないまま患者が亡《な》くなってしまったことがあって、手術したこと自体を後悔した。この症例は想像以上に難しいよ」

八方塞《ふさ》がりである。このまま経過を見てゆくなら、近い未来に麻衣子が急変し、母児共に命の危機に晒されてしまう。だからと言って、急いで帝王切開をしたとしても、術後の麻衣子の未来が明るいというわけではない。

まるで、選択肢全《すべ》てが不正解といった不適切問題だ。しかし、その中でもどれかを選ばなくてはならない。

静寂を破ったのは三枝の鋭い一声だった。

「一刻も早くカイザーだ」

決定事項を告げるかのような物言いだった。

だが、外浦夫妻はまだ混乱の中にいる。彼女たちの希望を聞かずに方針を決定していいのだろうか？

塔子の表情はプロジェクターの光から外れていて、窺《うかが》い知れなかった。

すると、海崎の手が上がった。

「カイザー自体は安全なんですか？」事実上の異義申し立てだ。

三枝の決定は絶対だ。海崎の挑戦が医師たちに動揺をもたらした。

だが海崎に臆《おく》するところはない。

「血栓があるんですよね？　そもそもカイザーそのものの血栓症リスクが他の手術と比べて高い。だから、手術自体が相当ハイリスクです。術中に血栓が飛んだり、腫瘍から大出血したら、最悪、術中死も起こり得るんじゃないですか？」

術中死という単語に全員が水を打ったように静まり返った。

そうなってしまっては、麻衣子は子を見ることすら叶《かな》わずに生涯を終えてしまう。

少し間を空けてから、三枝が前を向いた。

「この手術は俺がやる」

力強い声が場の重苦しい空気を吹き飛ばした。同時に、三枝は自身が全ての責任と重圧を背負うと宣言したのだと理解する。

これが三枝のやり方だ。

厳格な教授ルールを敷くことにより、全ての責任をトップである三枝が負う。さらに麻衣子のような非常にリスクが高い症例に対しては、自らがメスを持つ。

「城ヶ崎、患者に対する説明はどこまでした？」

話を振られた塔子の眉が歪む。

「まだ、悪性腫瘍と思われる所見があるということまでしか話していません。いまは、家族のご希望を伺っているところです。ですが、ご本人はもちろん、ご主人のメンタルケアに難儀しそうな印象があります」

「だったら、なおさら早い方がいい」

三枝がピシャリと言い放ち、塔子はびくりと肩を上げた。

瞬《まばた》きすらせず、三枝が続ける。

「可及的速やかにカイザーを行い、病理診断と治療を始める。それしかない。患者には、明日にでもそう説明しておいてくれ」

どう転んでも幸せな結末などあり得ない。ならば、リスクがあっても早期分娩を決断すべきだ。それが三枝の弾《はじ》き出した答えだった。

「説明は、明日、俺がする。それでいいか？」

有無を言わせぬ重みがあった。

塔子は黙り込んでいる。なにか言いたそうな雰囲気ではあったが、結果的に、三枝の威圧感が上回った。

「……わかりました」塔子が力なく頷《うなず》いて、緊急合同カンファレンスの幕は下りた。

メンバーが部屋を出ていき、衛は部屋の撤収作業を手伝った。

塔子とゆめと衛の３人が残ったカンファレンスルームは、敗戦後のような虚無感に包まれていた。

ふと顔を上げると、壁掛け時計が午後６時30分を指していた。ゆめの勤務時間を大幅に過ぎてしまっている。

「あとは俺たちで片付けるから、今日は上がっていいよ」

その声が聞こえないかのようにゆめは撤収作業を続けている。普段、こういうことによく気がつく塔子も、どこか上の空のまま机を移動させている。

ガタガタという音だけが虚《むな》しく響く。

あらかたの机を戻したところで、ゆめが呟いた。

「本当にこれでいいんですか？」

彼女は、机に手をついたまま震えている。衛が問いかける。

「どういうこと？」

「外浦さんの治療方針についてですよ」

当たり前じゃないですかと言わんばかりに、ゆめが顔をさっと上げた。

「でもさ……」

すかさず引き継いだのは塔子だった。

「たしかに私だって、すぐにカイザーするのがベストだとは思ってない」

「だったら……」反抗的な目線を投げかけたゆめを、塔子は正面から見つめて言葉を返した。

「でも、カイザーをしなかったら状況がもっと悪くなるかもしれない。教授の決定には仕方がないところもあるの」

諭すような口ぶりだが、塔子自身を納得させようとしているようにも感じられた。ゆめが毅然《きぜん》とした態度で反論する。

「外浦さんの気持ちはどうなるんですか？」

病状説明に立ち会った3人の心にわだかまっている想《おも》いを、ゆめは指摘した。

「もちろんそれはわかるよ。……でも」と言って塔子が黙り込んだ。常に迷いなくリーダーシップを発揮してきた塔子のそんな姿を初めて見る。

たまらず、衛は口を開いた。

「あのね、ゆめちゃん。どうやっても上手《うま》くいかない症例ってのはあるんだよ」

例えば、伊織の子宮摘出がそうだった。思えば、塔子本人も同じような経験をしている。

「そんなときでも、誰かがその方針を決めなきゃならないんだよ」

「そういうことじゃないんですよ！」

続けようとした言葉はゆめの声に遮られた。彼女の鼻先に不快感が現れている。

ゆめが、塔子に向かって問いを発する。

「いくら難しい症例だからといって、こんなトップダウンのやり方で決めていいんですか？　大体、外浦さんにどう説明するんですか？　上がそう決めたからって言うんですか？　告知だけでもあんなに辛そうだったのに、すぐに帝王切開をするなんて一方的に伝えて、あの夫婦は納得するんですか？」

矢継ぎ早に飛んでくる質問に塔子はなにも反応しない。……答えられなかっただけかもしれない。

ゆめが荒く息を吐きながら、ボソリと言った。

「海崎先生だったら、結果は違ったんじゃないですか？」

塔子が下唇を噛んだ。

『まあ、塔子さんも複雑だろうな』田川の言葉が脳裏によぎり、衛は咄嗟《とっさ》に声を上げた。

「ちょっと！　ゆめちゃん」

ゆめがハッとしたような表情を見せる。

塔子は黙り込んでいる。ゆめが一歩後ろに下がった。二歩、三歩と、逃げるように足が動く。

バツが悪そうに右手を胸に当て、ゆめもまた苦しそうな顔で口を開いた。

「ごめんなさい。気を悪くしてしまったのなら、謝ります。でも、我慢できなかったんです」

小さく頭を下げてから、踵《きびす》を返して走り去っていった。

衛は、その背中を無言で見つめることしかできなかった。隣を見ると、塔子もまた同じ方をじっと見つめていた。

壁掛け時計の秒針が一定のリズムを刻む。その音を打ち消すかのように、この日一番の深いため息が、どんよりと耳に届いた。

「北条。今日、一緒に当直だったよね」

「……はい」

「控え室に戻ろうか」

それだけ言って、ため息の主は部屋を後にした。

午後7時半を迎えようとしている。衛は、ナースステーション横の医師控え室のソファーで塔子と向かい合っていた。

安物の生地に、体を押しつけられているような錯覚を覚える。

鬱々《うつうつ》とした雰囲気の主たる原因は、目の前の塔子にあった。

いつもは長い脚を膝《ひざ》が触れてしまいそうなほど目一杯伸ばしてくる彼女が、体育座りで縮こまっている。蝶《ちょう》が羽ばたくように忙《せわ》しなくはためかせている長いまつ毛も、斜め下を向いたままピクリとも動かない。

耐えきれずにテレビをつけたはいいが、バラエティー番組の大仰な笑い声が場違いなほど明るく響くだけで、逆効果だった。

塔子が落ち込んでいる。だが衛は、彼女にかける言葉を見つけられずにいた。

そもそもコミュニケーションに長《た》けてはいないし、上級医が落ち込んでいる状況に遭遇した経験もない。医者は技術職であり、離れた学年との間には圧倒的な能力と経験の差がある。だから、落ち込むのはたいてい下の人間なのである。

こんなとき、田川だったら洒落《しゃれ》た言葉の一つでもかけるだろう。明日香はいるだけで周囲の者を元気にするし、神里は心の隙間《すきま》を見つけることに関しては並外れた能力があり、ピタリと嵌《はま》るセリフを苦もなく口にする。海崎は――やはりTPOなど考えず自分が興味あることを喋《しゃべ》り続けるに違いない。だが、漫然と沈黙に付き合うよりは、そのほうがマシだろう。

自分の気の利《き》かなさがほとほと嫌になる。散々世話になってきた上司を励ますことすら出来ないなんて。

何度目かわからない空々しい笑い声が耳を触ったとき、テレビ横の棚に刺さっている分厚いクリアファイルが目に留まった。

当直飯リストだ。膨大な店の出前表がファイリングされていて、それぞれの店には伊豆中産婦人科専用の裏メニューが設定されている。塔子が方々の飯屋に足を運んで、作り上げたものだ。

これだと思い、衛は立ち上がり、ファイルを手に取った。

「お腹《なか》すいたなあ」

思った以上に棒読みになってしまう。

塔子が視線だけを上げた。緩くカールした前髪から覗《のぞ》く瞳《ひとみ》には、いつもの潑剌《はつらつ》とした色が感じられない。

「当直飯、頼みましょうよ」

塔子の前にリストを差し出すが、そっぽを向かれる。

「食欲ないから、適当に頼んで食べてていいよ」

お金は私が払うから、と言い足して、テレビに目を移した。

ご飯の話にも反応しないなんて、相当な重症だ。衛は再びリストを手に取り、置き物みたいに固まっている塔子の目の前で、パラパラとめくりはじめた。

「そんなこと言わないで。ほら、どうします？　梅ちゃんの鰻丼《うなどん》もいいし、ポメラのパスタも久しぶりに食べたいですね。それに河津庵《かわづあん》の稚鮎《ちあゆ》天ぷらは……、もう時期が終わっちゃいましたか。あとは……」

「だから、いらないってば」どこか投げやりに言う塔子を、衛は真《ま》っ直《す》ぐに見据えた。

「ちゃんと食べなきゃしっかりした仕事はできないって、以前、誰かさんに教わりましたよ」

塔子の細い眉《まゆ》がピクリと上がった。

「落ち込んでた俺に無理矢理カップ麺《めん》を食べさせたのは、どこのどなたですか？」

他ならぬ塔子だ。二人で伊織の子宮を摘出した夜、衛は伸び切ったカップ麺を啜って当直を乗り越えた。そのことを覚えていないはずはない。しばらくすると塔子は、小さくため息をついた。

「生意気なことを言うようになったね」

「教わったことを実践しているだけです。なにがいいですか?」

塔子が、頬を膨らませて顔を背けた。

「北条が適当に選んでいいよ」

「了解です。じゃあ任せてください」

リストをパラパラとめくり、メニューを吟味する。

こんな時は、なにを選ぶかが大切だ。

塔子の暗い気分を吹き飛ばすような華やかなものがいい。重たい胃でも箸《はし》が進むように、口当たりも重要だ。

悩んだ結果、小牧寿司《こまきずし》の三色丼を選んだ。三種類のマグロを使った海鮮丼は、もちろん産婦人科御用達《ごようたし》の裏メニューだ。

さっそく電話をすると30分ほどで届くとのことだった。

出前を頼んだだけとはいえ、少しだけ空気が緩んだ。

頬杖《ほおづえ》をついてテレビをぼんやりと見ている塔子に、意を決して訊《き》いてみることにした。

「やっぱり、ゆめちゃんに言われたことを気にしてるんですか?」

頬杖した顔を塔子はさらに深く傾けた。

「まあ……、痛いところを突かれちゃったよね」

テレビ画面に向けた目は虚《うつ》ろだ。

「でも、ここは忙しいのに人手が少ない状況がずっと続いているんだから、こういうやり方だって仕方がないじゃないですか」

言ってから、しまったと思う。現在の伊豆中は、三枝が目指していたような集約化施設にはなり得ていない。あの事故こそがその主たる原因であり、いまの言葉は、塔子を慰めるものにはならない。

塔子がポツリと呟《つぶや》いた。

「ゆめちゃんは島根大出身って言ってたよね。あそこにはね、隠岐《おき》の島《しま》って離島があるのよ」

突然の話題転換に戸惑う。

「行ったことはないので詳しく知らないですが、そこがどうしたんですか?」

「隠岐の島は産科医の中では有名なところなんだよ」

「島が産科で有名?」

そう、と頷いてから、塔子が続ける。

「あそこは15年くらい前に産婦人科医の派遣が切られて、島内出産が出来なくなった場所なの。でも、島民たちの努力で、翌年、院内助産院を作って分娩を再開させた歴史があるの」

「驚きました。そんなことが可能なんですか？」

分娩を取り扱うのには、とてつもなく高いハードルがある。だからこそ、それが維持出来なくなり、近年、産院を閉じるニュースが後を絶たない。いったん分娩を閉じた離島で再開を成し遂げるには、相当の苦難があったに違いない。

「やろうと思えばできるってことなんだよ。環境やスタッフの少なさは言い訳にならない。要は、一歩を踏み出せるかどうかなの」

嚙《か》み締めるような口調は、自分自身に言っているようにも感じられた。殻を突き破れという海崎のメッセージは、やはり塔子の心にのしかかっているのだ。

ふと、先日の外科での腹腔鏡《ふくくうきょう》手術のことが頭をよぎった。

「海崎先生の腹腔鏡手術、教授を呼んだのは塔子さんですよね？」

頰杖をついたまま、塔子がこくりと頷いた。やはり思った通りだった。

「あれは、どういう意図だったんですか？」

問いかけたものの、その理由にはすでに見当がついている。

いまだ返答のない塔子に向かって、さらに問いを重ねる。

「塔子さんも、心の中では、新たな一歩目を踏み出したいと思ってるんじゃないですか？」

だから海崎の腹腔鏡手術を三枝に見せたのだ。伊豆中が停滞から抜け出すためのピースを、目に焼き付けさせた。

塔子は、そうだとも違うとも言わなかった。

「現状維持だけじゃジリ貧だってことは、ずっとここで過ごしてきた私自身が一番わかってるの」

塔子は大きなため息を一つ挟んだ。

「私は、海崎くんを利用しようとしていたのかもしれない。彼に伊豆中の未来を押し付けた」

塔子が苦しげに告白する。

「海崎くんが昔、私に腹腔鏡を押し付けたのと変わらないよね。あれから13年経《た》って、私は約束を果たせなかったというのに」

「でもそれは、あんなことがあったんだから……」

塔子が緩いウェーブを掻《か》きむしった。

「本当は、私の役目なんだよ」

苦しそうな声は、聞き逃してしまいそうなほど小さかった。

「三枝教授が、ここのシステムを変えた原因は私にある。だから、それを終わらせることができるのは私しかいない。もう大丈夫ですから前に進みましょうって、私が言わなきゃいけないはずなの」

塔子が唇を噛みしめた。

「でも、教授がどれだけの覚悟をして、自分の理想を捻《ね》じ曲げてまで、今の伊豆中を築き上げてきたのかを知っているからこそ、気軽にそんなことは言えない。だから、先送りにしてきた。あと5年経ったら、もう1年すれば、教授が定年になるころには、特任教授の期限を終えるまでには……絶対に言おう。でも、その一言が言えないままだから、教授はいつまでも降りることができない。教授を縛ってるのは結局、私なんだよ」

苦悩を一気に吐露する姿に気圧された。

返す言葉を見つけられずにいると、「お待たせしました！」という元気な声が響いた。

思ったよりも早く出前が届いたのだ。店員が、赤漆に花柄が入った蓋《ふた》付きの寿司桶《おけ》を二つ、テーブルに軽快に置いていく。

塔子が７０００円を支払うと、「毎度ありがとうございます！」と頭を下げて、控え室を颯爽《さっそう》と後にした。

静けさが戻った。さっきまでと違うのは、目の前に当直飯が置かれていることだ。美しく輝く三色丼を想像すると腹が鳴った。こんな大事な話をしている最中なのに、自身の体の正直さに腹が立つ。

「先に食べちゃいなよ」と塔子が勧めてくる。

だが、そんな気には到底なれなかった。

「あの……」衛は塔子に体を向けて姿勢を正した。狭い控え室で互いの膝がつきそうになる。

意を決して、衛は顔を上げた。

「一人で抱えこまなくてもいいんじゃないでしょうか？」

——この病院の停滞に至った原因を。

無言のまま見つめられる。

「こんな若造がなにを言ってるんだと思うかもしれませんが、もしも伊豆中が新しい道を進むなら、俺はそれを支えますよ。きっと、みんなだって同じです」

塔子が自嘲《じちょう》めいた笑みを浮かべた。

「ありがとう。気持ちは嬉《うれ》しいよ。でもここは、医者の異動が激しいところだから、そんなに上手いこといかないんだよ。今のメンバーは凄《すご》く心地がいいけれど、来年にはどうなるかも分からない。だからこれは、ずっとここにいるって決めた私が、覚悟を持って向き合わなきゃならない問題なの」

優しく、だが突き放すように答えた。あなたは当事者ではない。そう告げられた気がして、衛は思わず身を乗り出した。

「俺はしばらくここにいますよ。教授にもそう言ったので」

三枝の名が出てきて、塔子の瞳がわずかに揺れた。

「教授にって、なにがあったの？」と訝《いぶか》しむ。

このことは隠しておくつもりだったが、もう話してもいいかと思った。

「本院に戻してくれるという話を断ったんです。教授に誘われていおりで酒を交わしたときに直々に頂いたお話です」

塔子の眉根が寄った。

「詳しく教えて」

「伊織ちゃんのことで大変な思いをしただろうから、本院のラパログループに戻れるように進言してやると、提案して頂いたんです」

破格の提案だった。受ければ、もともと思い描いていた腹腔鏡専門家へのキャリアパスに戻ることが出来たのだ。

「でも、その話はお断りしました」

「なんでそんなこと言っちゃったのよ？」

困惑したように言った。

「だって、北条は腹腔鏡をやりたいんでしょ？　ここじゃ明らかに不利になるじゃん。そもそも、異動の話なんて次にいつくるかわからないんだよ。どうしてそんなチャンスを蹴《け》ってしまったの」

矢継ぎ早に質問が投げかけられる。だが、その迷いはとっくに断ち切っている。

「それがいいと思ったからです。遠回りなのかもしれないけれど、本院で腹腔鏡の症例を一つ増やすよりも、ここで経験を積む方が将来のためになると判断したんです」

塔子は目を見開いたまま身じろぎもしない。

「この病院には大きな可能性がある。違いますか？　どんな症例も経験できるから、全ての分野の基礎力を養えるし、その上で、専門性を追うことだってできる。三枝教授が理想としている産婦人科医になるための素地があるのが、伊豆中なんじゃないですか？」

反射炉を見つめながら海崎が語った、かつて三枝が描いた夢を、塔子に投げる。3人の根底には、伊豆中が目指すべき未来の姿が等しく抱かれているはずだ。

しばらくすると、塔子の長いまつ毛がはためいた。

「驚いた。北条って、意外と不器用なところがあるんだね」

思いの丈をぶつけたことが気恥ずかしくなり、頬が熱くなる。

「それは……、お互いさまだと思いますけど」

「やっぱり生意気なことを言うようになった」

ようやく塔子が口角を上げた。普段のように、潑剌とした満面の笑みではないはずなのに、久しぶりに見た笑顔に言葉を失ってしまい、妙な間が生じた。

なにか言わなければと思えば思うほど、言葉が浮かばない。

すっかり固まってしまっていると、医師控え室の入り口に、1本に縛り上げた長い髪が、ピョコリとあらわれた。

「ご飯の匂《にお》いがする。酢飯だ」

明日香だった。午後8時をすっかり回っているのに、えんじのスクラブ姿のままだ。

思わぬ人物の登場に、金縛りが解けた。

「ちょっと……。いつからそこにいたんですか？」

先ほどのやり取りを聞かれていたのであれば、絶対に話のネタにされる。明日香は斜め上を見て、「さあ」と、とぼけたようにうそぶいた。

「こんな遅い時間までなにしてたの？」

塔子の問いかけに、明日香が長い髪を摑《つか》んで、先っぽを左に向けた。その先にあるのは、ＮＩＣＵ（新生児集中治療管理室）だ。

「旦那《だんな》と話してました」

「もしかして、外浦さんのことを相談してくれたの？」

明日香が少女のように頷いた。

「カイザー時期について、もう少し話を詰めておこうかと思って。あの人、わりと融通が利かないところがあるので」

ずけずけとした物言いに驚く。だが、たしかに明日香は感覚派で、夫の圭一は実直な理論派なので、性格は正反対である。そのせいで、ふたりの生活は正直、想像しにくい。

「それで、どうだったの？」

明日香が長い髪をピンと立てて、先を二つに分けた。

「やっぱり、本音で言えば2週間はもたしてほしいって。それ以降は、母体適応でも胎児適応でも、いつでも対応するって」

「やっぱり、新生児科としてはそういう意見になるよね」

明日香が不敵に笑った。

「でも、なにかあったら私たちは躊躇《ちゅうちょ》せずに切るよ、とも言っておきました」

緊急時の手術決定権は基本的には産科側にある。一瞬の判断の遅れが、母体や胎児の予後に大きく関わるからだ。だが、施設によっては麻酔科や新生児科との風通しの悪さから、理想的な対応がかなわないケースもままある。

その点、明日香と下水流は夫婦だから特殊な関係である。

「下水流くんは、なんて?」

「もう慣れてるから大丈夫だって」

下水流には、全てを受け入れてくれるような懐《ふところ》の深さがある。実際に、幾度となく産科の無茶な申し出に対応して貰《もら》ってきた。

「ありがとう、明日香」

はーい、と言った明日香が、今度は髪先をテーブルに向けた。蓋を開けていない寿司桶が二つ並んでいる。出前の存在をすっかり忘れていたのだ。

「お腹ペコペコなんで、食べないなら私が食べちゃいますね」

すかさず伸ばしたその手は、しかし見事に空振りした。すんでのところで寿司桶をするりと取り上げたのは、塔子だった。

「駄目。私が食べるから」

驚いて顔を上げると、塔子と目が合った。いつもの強い光が戻っている。

「北条がここまで気を遣ってくれたんだから、食べないわけにはいかないでしょ」

テーブルの上に寿司桶を置き、すらりと長い指で赤漆の蓋を摑んで持ち上げる。姿を見せたのは、蓋の花柄に負けないような鮮やかな彩《いろど》りだった。

蓋を開けた塔子の表情もまた、パッと華やいだ。

小牧寿司の三色丼は、その名の通り見事に三つの色に分かれた海鮮丼である。ミナミマグロの赤身と大トロ、それにカジキマグロのトロが扇状に均等に並べられていて、各ネタには細かい仕事がされている。

赤身は醬油《しょうゆ》漬けにされていて、真紅のルビーのような深い色合いを見せ、立派なサシが入った大トロは、上質な脂《あぶら》が蛍光灯の光をキラリと反射している。カジキは表面が炙《あぶ》られ、真っ白な身にまばらに散った焦《こ》げ目が、彩りのアクセントになっている。

見た目も芸術的なこの丼《どんぶり》は、伊豆中のバリエーション豊かな当直飯の中でも、衛一推しの逸品だ。

明日香が涎《よだれ》を垂らさんばかりに器を覗き込んでいる。お預けを食らった犬そのものだ。その姿を見た塔子が、笑いをかみ殺しながら、言った。

「半分あげるから、お皿持ってきなよ」

「やった!」

目を輝かせた明日香は流しの棚から皿を取り出すと、衛の隣に小さな体をねじ込んできた。この部屋にはローテーブル1台とそれを囲うように二人掛けと一人用のソファーが配されているが、3人で座るとぎゅうぎゅうなのである。

明日香が箸をかまえ、「じゃあ、遠慮なく」と、塔子の三色丼をごっそりと掬《すく》い取った。

悪戯《いたずら》っぽい視線はこちらにも向く。嫌な予感がした。

「まさか、俺のもですか?」

当たり前のように頷かれ、仕方なしに寿司桶を突き出した。

「赤身は取らないでくださいね。好物なんで」

「じゃあ代わりに、大トロを1枚多くもらうね」

彼女の皿に、お手製の三色丼が出来上がった。急ごしらえの明日香の丼が一番豪勢な気がしなくもない。

「いただきます」

明日香の声を合図に、衛も箸を手に取った。肋骨《ろっこつ》が浮き出しそうなほど腹が減っていたので、一刻も早くマグロを口に入れたい。衛の箸は迷わず大トロに向かう。

海鮮丼は魚介の宝石箱であるが、それだけに、どこから食べるかに個々の個性があらわれる。この丼を食すときのルーティンが衛にはある。

最初に食べるのは大トロだ。これぞマグロの王道と言わんばかりの圧倒的な味わいがあるからだ。

さっそく酢飯と共に口へと運ぶと、口一杯に脂の風味が広がる。臭みもしつこさもなく、あっという間に身がとろけていく。この店は酢飯の味加減も抜群で、カドを立たせず、魚介の味を底から支えてくれる。

脂の余韻と酢飯をしっかりと味わってから、続けて箸をつけるのは赤身の漬《づ》けだ。

衛はこの漬けの味付けが絶品だと思っている。まず、身にまとわれた漬け汁が舌を触る。醬油と味醂《みりん》のバランスはよく、塩気が強すぎない。いよいよ分厚く切られた赤身を咀嚼《そしゃく》すると、ねっとりとした食感と共にマグロ本来の旨《うま》みが溢《あふ》れ出てくる。嚙めば嚙むほど味が濃さを増し、漬け汁とマグロの味はいつしか逆転し、気づけば口の中は赤身の濃厚な旨みに支配される。

そして、後からやってくるのが、ほのかな柑橘《かんきつ》の香りだ。実は漬けの下に柚子《ゆず》の皮が一欠片《かけら》忍ばされているのだ。そんな心憎い演出により、舌に残った風味がリセットされる。

最後に頬張るのが、変わり種のカジキの炙りである。

炙りを邪道とする者もいるが、もちろんこの店の仕事は丁寧だ。切り身に水平に入れられた隠し包丁が炙られることによって華開き、表面に振った塩が溢れてくる脂と混ざり身を柔らかくコーティングしている。身を噛み締めると、口の中で全てが融和するのだ。カジキは淡白だと言われがちだが、こちらで使われているのはマカジキで、脂もしっかりのっている。

香ばしさのあるカジキを食べ終えると、舌が再び大トロの芳醇《ほうじゅん》な脂を欲するようになる。

これは、実によく出来た三色丼なのである。

「美味《うま》いですね」と、しみじみこぼすと、塔子に笑われた。

「北条は本当に食べるのが好きだね。毎度、奢《おご》り甲斐《がい》があるよ」

しかし、塔子の箸はまだ動かない。

「食べないんですか？」

するとは塔子は、半分になった三色丼を持ち上げて、中を見つめた。

「いただきます」

右手が伸びる。カジキの炙りを酢飯と共にすくい上げ、そのまま口に運んだ。しっかりと咀嚼し、「うん、うん」と満足そうに頷きながら、また次のカジキに箸を伸ばす。

塔子がご飯を食べる。いつも当たり前のように見ていたその行為が、やけに美しく感じられた。

これまでの鬱屈を晴らさんばかりに、黙々と食べ進めてゆく。塔子は、好きなネタからどんどん食べていくスタイルだ。つまり、三色の中で一番好きなのはカジキなのである。

カジキマグロはマグロと名がついているものの、実は全く違う魚だ。だが、その異端が混じっている丼をマグロの三色丼というのが面白いのだと塔子は言う。そして、王道のトロでも対局にある赤身でもなく、カジキを一番好むところに個性の異なるメンバーで構成されたチームをまとめ続けてきた塔子の『らしさ』が現れていると、衛は思っている。

「美味しい！」

一口食べるごとに、虚ろだった塔子の瞳に光が戻る。頬張って、咀嚼して、嚥下《えんげ》して、また頬張る。ただその繰り返しで、彼女の全身に力がみなぎっていく。

ひたすら箸を進める姿に見入っていると、瞬《また》く間に半人前の丼が空になった。

とっくに食べ終えてテレビを見ていた明日香が、大きく伸びをして、言った。

「衛くんも言ってたように、塔子さんもまあまあ生き方が不器用なんで、あまり考えすぎない方がいいと思いますよ」

ぎくり、と背中が強張《こわば》る。寿司桶を置いた塔子が、呆《あき》れたように口を開いた。

「やっぱり、さっきの話を聞いてたんじゃん」

「はい。衛くんが想像以上に熱い人でびっくりしました」

あっけらかんと言われて、最後の一口に残しておいた赤身を思わず誤嚥しそうになった。やはり明日香は油断ならない。

「でもまあ、衛くんは結構いいこと言いましたよ」

こちらを見て、にんまりと笑う。

「私も塔子さんについていきますよ。面白そうだし。だから、一人で背負い込む必要はないです」

明日香は、覗き込むようにして塔子を見上げた。

「三枝教授みたいに」

その言葉に、塔子がハッとしたように眉を上げた。

「塔子さんが突拍子もないことをいきなり始めるわけないとみんなが思ってるので、心配はしてません」

大きな目が塔子を見据える。

「三枝教授にならなくてもいいし、海崎先生になる必要もない。ていうか、海崎先生みたいなのが二人になったら面倒くさすぎるので、それだけは勘弁です。塔子さんは、塔子さんがやりたいことをやればいいと思いますよ」

言いたいことを言い切ったのだろうか、「さてと」と言いながら、明日香がソファーから立ち上がった。長い髪が左右に揺れる。流しで皿を洗い、控え室の入り口にちょこんと立つ。

「じゃあ、お腹も満たされたので私は帰ります」

滞在時間は10分に満たない。

「もう帰っちゃうんですか？」

「急患が来たりすると、捕まっちゃうからね」

「食べた分くらい、働いていってくださいよ」

衛から逃げるように、明日香がそそくさと背を向けた。塔子が「ありがとう」と声をかける。

長い1本髪があっという間に扉から消えた。

「本当に動物っぽいですよね」

塔子を見ると、つきものでも落ちたような顔で明日香が去った方向を眺めていた。

明日香のアドバイスで吹っ切れたようだ。

敵《かな》わないな、と思った。それと同時に、やはり自分は人を励ますのに向いていないのだと改めて自覚する。衛は、空の寿司桶二つを手に取って、流しの蛇口をひねった。

「ご馳走様《ちそうさま》でした。洗っておくので、先に休んでいて下さい」

背後で立ち上がった音がした。

「北条もありがとね。元気出たよ」

背中をポンと叩《たた》かれる。

たったそれだけのことで、胸にわだかまっていたものがすっと落ちた気がした。

翌朝7時、病棟にやってきた塔子は清々《すがすが》しさを身にまとっていた。対照的に、ゆめの表情は暗い。昨日に続いて地味なえんじ色のスクラブを着ているのも、その一因かもしれない。

塔子に気づいたゆめが、おずおずと近づいた。

「あの、城ヶ崎先生。昨日は……すみませんでした」

バツの悪そうな顔で小さく頭を下げた。謝罪しつつも納得はしていない様子が見て取れる。

「いいよ。あなたの言っていることは間違ってはないから」

ゆめが驚いたように顔を上げた。塔子は、ナースステーション横の扉にチラリと視線を送る。麻衣子の病室だ。

「これから外浦さんに会いに行くけど、一緒にくる？」

神妙な表情を見せたゆめは姿勢を正してから頷《うなず》いた。

個室には電子音が響いている。ベッドに仰向《あおむ》けになった麻衣子に24時間付けられている心拍モニターの音と、1日に2回測定される胎児の心音だ。二つは異なる音に変換されていて、互いの心拍数には差があった。付き添いで泊まり込んだ亮一は昨日と同じような体勢で丸椅子《まるいす》に座っていた。

室内の空気は変わらず重々しい。夫婦で想像を絶するような辛《つら》い夜を過ごしたに違いなかった。

「おはようございます」

塔子が挨拶《あいさつ》する。

ゆめは、未《いま》だ麻衣子たちを直視できないのだろうか、塔子の後ろに隠れるように立っていた。

「少しは眠れましたか?」ベッドに近づきながら、塔子が気遣うように言った。

亮一はみるからにやつれている。麻衣子の目は赤くぼってりとしていて、幾度も涙を流したのであろうことが見てとれた。

困ったような笑みを浮かべて、麻衣子が首を振った。

「いいえ。さすがにほとんど眠れませんでした」

いつもは1分もかからず寝付けるのにね、と自嘲まじりに続ける。控えめな笑顔を返してから、塔子が話題を切り出した。

「昨日のお話ですが……」

亮一が顔を上げた。顔面蒼白で、その表情は強張っている。

少し間を空けて、塔子が続けた。

「たしかに方針は早く決定した方がいいのですが、結論は急ぎません。じっくり話し合われて下さい」

ゆめがハッとしたように眉を上げる。予想外の提案だったのだろう、瞳が揺らいでいる。

亮一は一転、怪訝《けげん》な表情を見せた。

「どういうことですか？　だって昨日は急げとおっしゃってたじゃないですか」

塔子が亮一に向き合う。

「お二人が納得できる方針を決めていただくことが大事なんです。選択いただくことの難しさは理解しています。それに合わせてベストな方法を取れるように、私たちは準備を整えておきます」

言葉の一つ一つが、昨日よりも力強かった。

「そんなことを言われたって、一晩経っても、混乱が増すばかりなんですよ」

訴えかけるように亮一が吐き出した。彼はまだ、告知を受け止めきれていないのだ。

「大切なことですので、お二人でとことん話し合って下さい。わからないことがあればいつでもお答えしますから、なんでも相談して下さって結構です」

そう言って深々と頭を下げる。ゆめが呼吸を忘れたように、その姿を見つめていた。

「城ヶ崎先生」

やがて口を開いたのは、麻衣子だった。

「仮に私がすぐに治療を受けても、助かる見込みは限りなく低いんですよね？」

芯《しん》を感じさせる声からは、どんな答えでも受け止めるという覚悟が垣間見《かいまみ》えた。

塔子は前を向く。

「残念ながら、そう思います」

肩を落としたのは亮一だ。俯《うつむ》いて、再び瞳を濡《ぬ》らす。

麻衣子が昨日と同じように腹を撫《な》ではじめた。しばらくその動作を続けたあと、大きく息を吐いた。

「お腹の中の子の成長を、最優先にして下さい」

塔子と目を合わせて、はっきりと告げた。

「……外浦さん」

お腹をさすりながら、麻衣子が訴えるように語りかける。

「できるだけ長く……、この子が外の世界に出ても不自由なく生きていけるまでは、私はこのまま頑張りたい。お願いします」

命を賭《と》した訴えだった。麻衣子がたった一晩で自らの意思を固めたことに、驚愕《きょうがく》した。

ゆっくりと頷いた塔子は亮一に問いかける。

「ご主人のお気持ちは？」

亮一が弱々しく首を振った。

「昨日から、なにを言ってもきかないんです。でも、麻衣子の決意がこれだけ固いのなら、私も……」

塔子がベッドの前で膝を折り、麻衣子と目線を合わせる。

萎《しぼ》むように声が小さくなり、やがて嗚咽《おえつ》に変わった。

「他にご希望はありますか？　全《すべ》てを叶《かな》えられるわけではありませんが、最大限善処します。だから、どんなことでもいいので、私に教えて下さい」

麻衣子の目が潤《うる》む。

唇を噛み、祈るように言った。

「産声《うぶごえ》が聞きたい」

堰《せき》を切ったように涙が溢れて、ベッドシーツを濡らす。塔子は麻衣子の手を優しく握った。

「約束します」

慈悲深く、そして相手を勇気づける声だった。

麻衣子の鼓動が速くなり、やがて胎児心拍のそれと重なる。二つの電子音は、いつまでも共鳴していた。


病室を出て、塔子に追随する。彼女の歩みからは迷いが消えている。

ゆめが歩を速めて塔子の横についた。戸惑った表情で話しかける。

「……あの」

「いいんですか？　あんなに言い切っちゃって。だって昨日、カンファレンスで教授が決めた方針と……」

ナースステーションに入ると塔子の足が止まった。視線の先にいた人物を見て、衛もまた足を止め、体を強張らせた。

三枝が静かに佇《たたず》んでいた。中央のテーブルに置かれた電子カルテのデータに目を走らせている。無言で画面を見つめながら一切の妥協を許さぬ気配を放っている。

三枝がこんなに早い時間に病棟を訪れているのは、やはり麻衣子の病状がそれだけ重く、逼迫《ひっぱく》しているからに他ならなかった。

塔子にくっついていたゆめは、三枝の迫力に押し出されるように下がり、衛の横の位置に戻った。

塔子が一歩、歩みを進めた。

「外浦さんの回診に行っていました」

「どうだった？」

たったそれだけの質問が、まるで鞘《さや》から抜かれた真剣のように感じられた。だが、塔子に動じる気配はなかった。

「横ばいです。炎症の数値も、良くも悪くもなっていません」

「抑えきれないだろうな」

三枝がすぐさま言葉を返した。

「近いうちに、感染が進むだろう」

「抗菌薬を選択する余地は、まだあると思われます」

これは議論なのだろうか？　一つ一つのやりとりに、麻衣子の未来を決定づけるような重みと鋭さがある。衛のような若手が口を挟む余地など、どこにもない。

「痛みはどうだ？」

「アセトアミノフェンで対応していますが、やはり突出痛は抑えられていません。これから田川先生と相談して、今後は麻薬の使用も検討しようと思います」

淀《よど》みなく塔子が返答する。

鍔迫《つばぜ》り合いのような会話に耳をそばだてながら、衛の頭にはある疑念が浮かんでいた。

三枝は、塔子が治療方針を変えようとしていることに、すでに気づいているのではないだろうか？

三枝がさらに言葉を重ねた。

「オピオイドの使用は、胎盤早期剥離《はくり》や、死産のリスクを上げるという報告がある。あまり長く使えるものではない」

「はい。そのあたりは田川先生とよく協議を重ねます。また、いつ緊急帝王切開になってもいいように、新生児科と麻酔科とも密に連携をとります」

もはや疑いようもない。三枝は察している。

それからもしばらく、議論が交わされた。これまで見てきた学会の質疑応答が生やさしく思えるほど鋭い質問と指摘を三枝が浴びせ、塔子が毅然《きぜん》と返答する。

あらかたのやりとりを終えたのか。やがて、沈黙が訪れた。

10秒ほどの沈黙であったはずなのに、三枝の次の言葉を待つ時間は永遠のように感じられた。

三枝が静かに問うた。

「家族の希望は？」

背中しか見えない衛には塔子の表情はわかり得ない。

僅《わず》かな間を空けてから、はっきりとした口調で彼女は応答した。

「胎児の成長を最優先にしたいとのことでした。母体にリスクがあることは理解しているが、児の成長をできる限り待ってからカイザーに臨みたい。それが、外浦さんご夫婦の希望です」

三枝は彼女の覚悟を問うようにじっと見つめたのち、ゆっくりと口を開いた。

「その道は相当困難だぞ。一つの迷いが即座に最悪の結果に繋《つな》がりかねない。どんな可能性に鑑《かんが》みても、本来であれば、早期カイザーが最適解のはずだ」

「承知しています。ですが、本人たっての願いなのです」

塔子に動じる様子はない。それどころか、さらにもう一歩、足を踏み出した。

「三枝教授」

「なんだ」

塔子が右手を自身の胸に当てた。

「外浦さんのこと、私に一任して下さいませんか？」

三枝の大きな背がわずかに後傾する。驚きをはらんだ表情は、衛がはじめて目にしたものだった。

「だがな、この症例はなにが起こるかわからない。一つもミスがなくても、望む結果が得られないことだってある。そんな責任を君に負わせるわけには……」

「大丈夫です」

塔子がすかさず言った台詞《せりふ》に、三枝が言葉を失っている。いつもはピタッと揃《そろ》った眉《まゆ》は、左右非対称に上がったまま動かない。

前傾姿勢になった塔子がさらに訴えかける。

「お願いします。無理はしません。私にやらせてください」

その背中を衛は固唾《かたず》を呑《の》んで見守った。

また、無言の時間が流れる。

どれくらい経っただろう、三枝がゆっくりと頷いた。

「だったら、この件は城ケ崎に任せた」

三枝が決定した方針が覆《くつがえ》った。目を疑うような光景だった。

「だがその代わり、約束しろ」

塔子が改めて背すじを伸ばす。

「迷ったら、必ず俺に相談しろ。いいな」

鋭い眼光はそのままに、わずかに口角が上がっているように見えた。塔子の肩が小さく震えている。その表情は窺《うかが》い知れない。

「ありがとうございます」

塔子が深々と頭を下げた。

「頼んだぞ」短く答えて、三枝が場を去ってゆく。

すれ違いざまの三枝はいつもの仏頂面《ぶっちょうづら》ではあるものの、不思議と真剣勝負を終えた武士のような、充実した表情にも感じられた。一定のテンポで鳴る革靴の音が小さくなってゆく。ナースステーションに、一陣の風が吹いた気がした。

最終話　執刀医・城ヶ崎塔子

暦は11月に入った。暖かかった伊豆半島もようやく秋本番である。夏の繁忙が嘘《うそ》だったかのように静かになった伊豆長岡は、この季節が一年で最も観光客が少ない時期なのだという。なるほど、観光地では繁忙期にいかに多く稼いで、閑散期を乗り切るのかが死活問題なのだと、肌で感じる衛である。

一方、産婦人科には閑散期など存在せず、365日が繁忙期なのである。

午前7時30分、もうすぐ朝のカンファレンスが始まる。衛はナースステーション中央に配されたテーブルで、神里と二人で入院患者たちの採血結果を確認していた。

「相変わらず忙しいですね」と、神里がぼやく。昨日は当直がなかったせいか、いくらか血色がよい。

「ここの宿命だからどうしようもないよね」と、衛は返した。

産婦人科は多忙で知られる診療科だが、その中でもやはり伊豆中は別格である。連日のようにホットラインが鳴り、半島中から患者が運び込まれてくる。母体搬送を主として、卵巣《らんそう》のう腫《しゅ》の破裂や捻転《ねんてん》、長年放置していた過多月経がたたって凄《すさ》まじい貧血で倒れた女性など、ありとあらゆる症例の対応に追われる。

海崎が加わったにもかかわらず、皆、そこかしこを走り回る状況に変化はなく、全員が一堂に会することすらままならない。朝のカンファレンスも、手が空いている人員があらかた集合すると、流動的に始まる。

「もうすぐ生まれますかね」

神里がちらりと目をやった壁に配されたモニターには、子宮収縮と胎児心拍が映し出されている。収縮は頻回《ひんかい》で、心拍も上下に大きく揺れている。まさに分娩《ぶんべん》のクライマックスを示す所見だ。この病院では多い時には日に10件もの分娩があり、子が生まれるのは日常風景である。

赴任当初はそんな日々に右往左往したものだが、今ではすっかり落ちついたものである。鉗子《かんし》分娩や吸引分娩、それに帝王切開も散々経験してきて、緊急事態にもそれなりに対応する素地が出来たからこそ、状況を冷静に見られるようになった。

子宮収縮に遅れて胎児心拍が少し落ちた。

「お産、見に行った方がいいかな」

腰を上げようとしたところ、左隣からの声に制された。

「必要ないと思いますよ。だって、対応しているのは塔子さんですから」

八重である。右にいる神里がハッとする。

「じゃあ、ゆめちゃんを呼ばないと」

ゆめの指導医は塔子だ。朝のカンファレンスは勤務時間外とはいえ、ゆめは分娩があれば、その都度、見学している。神里が院内携帯電話を取ろうとしたところで、八重が「大丈夫です」と、その手を止めた。

「とっくに連絡して、もう中にいますから」

先手を打ってくれていたのだ。ゆめが来た当初の二人の険悪な雰囲気を思えば、大きな変化である。

「わざわざありがとう、八重ちゃん」

両手を合わせて拝むように言うと、ため息が返ってきた。

「別に私は、意地悪をしたいわけじゃないです。本当にやる気がある人にはいくらでも協力しますよ」

その言葉を受けて、神里が感慨深げに頷《うなず》いた。

「ゆめちゃんも、変わりましたからね」

それである。産婦人科に来た当初こそ海崎の後ろをついて回り、なにかにつけては胸の前で手を組んで少女のように目を輝かせていたゆめであったが、近頃は表情が変わってきた。採血や点滴を率先して行うだけでなく、手術やお産、それに外来も時間が許す限り見学するようになった。それにつれて、彼女から受ける質問が日に日に鋭くなっている。いまやゆめは、研修医とは思えぬほどチームに馴染《なじ》んでいる。

「ほんと、一時はどうなるかと思ったけど、よかったよ」

ゆめと八重が目の前で言い合いを始めたときには、胃が引きちぎれるかと思ったよという言葉は、そっと胸に秘める。しかしその気持が伝わったかのように、八重は冷たく返してきた。

「先生たちは、彼女の心を変えるような指導を、一つでもやってあげたんですか？」

「……う」くぐもった声が漏れる。日がな一日バタバタしていて、そこまで手が回らないというのが正直なところだ。本来、研修医の指導は衛たち若手の仕事であろうが、結局対応は上級医に任せっきりである。

八重がため息を重ねた。

「北条先生は、海崎先生と仲良くなるだけで一杯一杯ですもんね」

「仲良くって、語弊があるよ。こっちはこっちで大変なんだよ」

海崎は相変わらず自由気ままに己の道を突き進んでいる。だが、好きではないと言い張る産科の仕事もきっちりとこなすだけに、なにを言えるわけでもない。

「ああそうですか」と呟《つぶや》いた八重が、頰杖《ほおづえ》をついて分娩室を見つめる。扉の先にいるのは、ゆめと塔子だ。

「生まれたみたいですね」神里が言った。

モニターが取り外されたのだろう、子宮収縮と胎児心拍の線が平坦になった。頷いた八重がボソリと言った。

「塔子先生と一緒に働いた人なら、誰でもついていきたいって思いますよね。あの人のカリスマ性は凄《すご》いですから」

その眼差《まなざ》しには羨望《せんぼう》が浮かんでいる。

ゆめが変わったのは、麻衣子に対する病状説明を目《ま》の当たりにしてからだ。あまりに重い現実に向き合わざるを得なかった麻衣子の辛《つら》さに触れ、そして彼女の思いを逃げずに受け止め、共に治療方針を導き出した塔子の姿を見て、深く感じるものがあったのだろう。

「なんにせよ良かったよ」と胸を撫《な》で下ろしていると、八重から半眼で見つめられているのに気づいた。

「まだ何かあるの？」

「阿佐ヶ谷先生のことをちゃんとフォローしてます？」

責めるような視線に、衛は慌《あわ》てて両手を振った。

「そりゃあ、出来る範囲でやってるよ。採血手技のこととか、質問にも答えてる。もちろん、塔子さんみたいに背中で引っ張っていくことは難しいけど……」

しどろもどろに返すが、猫のような大きな瞳《ひとみ》は、半眼のまま変わらない。すっと顔を寄せた八重に囁《ささや》かれた。

「じゃあ、あの先生が毎朝トイレで泣いてるのを知ってますか？」

唐突な質問に、思わず声が裏返ってしまう。

「なんで？　俺たち、なにかした？」

衛の口を押さえた八重が、周囲を気にする様子を見せながら、声量を一段階落とした。

「毎朝早くに外浦さんの様子を見に行って、笑顔で話をしてから、トイレで泣いてるんですよ。私は何度か、その声を聞いてます」

ゆめは毎日潑剌《はつらつ》とした姿を見せているから寝耳に水だった。その反応を見た八重がため息を吐《つ》く。

「やっぱり知らなかったんだ」

「すみません。全く気づきませんでした」

ゆめは本気で麻衣子と向き合っているのだ。あんなにも辛い背景を負った患者は、産婦人科でも滅多に出会わない。麻衣子に毎日接するだけでも相当の胆力が必要なのである。

「あの先生、結構、根性あるかもしれないです。意外と産婦人科向きかもしれません。ちょっと危なっかしいところはありますけど」

分娩室に向けられる視線には以前のような刺々《とげとげ》しさはない。八重はゆめを認めたのだ。どうりで最近、彼女がゆめに分娩の指導を行っているのをよく目にするわけだ。

「ご飯くらい連れてって、彼女をフォローしてあげて下さいね」

神里と共に頷いたものの、「本当に頼みますよ」と念を押されてしまう。すっかりたじろいでいると、二人の間にぴょこりと尻尾《しっぽ》が跳ねた。

「その辺の機微を衛くんに求めるのは、まだ早い早い」

明日香である。

「当直お疲れ様でした」衛が挨拶《あいさつ》すると、ぼってりと腫《は》れた瞼《まぶた》を向けられた。普段はくりっとした丸い瞳は半開きで、やや不機嫌そうだ。

「衛くんは、自分の恋愛すらままならない状況だから、ゆめちゃんの心の内なんてとても分からないもんね。まずは、自分の身の回りのことからどうにかしていかないと。何事も、アクションしないことには経験値は上がらないよ」

「なんで俺の恋愛事情まで知っているんですか？」

神里をジロリと覗《のぞ》き見ると、「違いますよ」と首を振られる。明日香がニタリと笑った。

「こんな調子で海崎先生の弟子を続けてていいの？　だって、あの先生、女っ気ゼロでしょ？　海崎先生の辞書には女心なんて文字はないだろうから、その辺りの学びはないよ。あと、協調性もだけど」

明日香の毒舌はいつにも増して鋭いのだが、妙に的を射ているから反論も出来ない。八重もじゃあ仕方ないかと言わんばかりの表情でこちらを見ている。完全に形勢不利である。

神里が労《ねぎら》うように明日香に話しかける。

「夜中は大変だったみたいですね」

「うん。全部やりきった。日勤に負担をかけない私に感謝して」

そり返らんばかりに胸を張って、指を折っていく。

「お産が5件、いや6件だったかな？　もう記憶があやふやだよ。それに新規入院3件、緊急流産手術1件もやったかな。頑張った私を褒めてよ、八重ちゃん」

明日香が八重に抱きつくと、八重がポンポンと背中を叩《たた》いた。

「お疲れ様です。やっぱり、下水流先生は引く人ですね」

確率論として差異はないはずだが、当直中に信じられないほど忙しくなる人はいるものである。そういう人間は、『引く人』と呼ばれて周囲から畏怖《いふ》される。明日香はその代表格で、実力があるが故《ゆえ》に全《すべ》て一人で対応し、完結させてゆく。きっと、昨夜は一睡もしていないのだろう。

「八重ちゃんが夜勤だったらもうちょっと楽なんだけどなあ」と明日香がボヤいた。ちなみに八重も『引く人』である。それが意識されているわけでもあるまいが、二人が一緒に当直する機会は極めて少ない。

明日香がくるりとこちらに顔を向ける。

「ゆめちゃんをご飯に連れて行くなら、八重ちゃんも一緒に行ったほうがいいと思うよ」

衛と神里に交互に目をやった八重が渋い顔で、明日香を見た。

「明日香先生も一緒ならいいですけど」

「私じゃなくて、来てほしいのは塔子さんじゃないの？」

図星をつかれたのだろう、八重の頰が染まった。

「誘ったら来るんじゃない？　この二人だけじゃ盛り上がらないし、塔子さんはゆめちゃんのことを気にかけてるし」

おい、とツッコミたくなるのを、なんとか堪《こら》える。

「いいなあ」分娩室を見つめる八重がしみじみと言った。大きな瞳には、憂《うれ》いが浮かんでいる。

「私も阿佐ヶ谷先生みたいに、塔子先生から単なる同業者以上の関係として扱われたいなあ」

その言葉はわずかな嫉妬《しっと》を孕《はら》んでいるように思えた。塔子に心酔する八重は、時折思考を暴走させる。また八重とゆめの間で一悶着《もんちゃく》あっては敵《かな》わないと思った衛は、フォローするつもりで口をはさんだ。

「なに言ってるの。八重ちゃんは、塔子さんから一番信頼されている助産師じゃないか」

しかし八重からは呆れたような視線が返ってくる。隣の明日香がいかにも悪そうな笑みを浮かべた。

「ね。衛くんの女性の心への理解度って、絶望的に低いでしょ？」

「本当ですね」

八重と明日香が顔を見合わせている。たじろいでいると、後ろから大らかな笑い声が響いた。ふくよかな腹を揺らしながら現れたのは、田川である。八重に優しく語りかける。

「言いたいことはわかるよ。産科医と助産師は互いにプロフェッショナル同士だから、あえて線を引いて接するところがあるんだよね。それぞれの領域を侵すべきではないという尊重があるからこそ、医者の先輩後輩同士の絡《から》みかたとは、ちょっと違うものになる。そこが少しドライに感じてしまうものなのかもね」

八重の顔がパッと明るくなり、チャームポイントの八重歯がようやく姿を見せた。衛と神里に見せていた表情とはえらい違いである。

「さすが田川先生、分かってくださってる」

「この二人とは違ってね」と、明日香が余計な一言を付け加えた。

田川がきらりと輝くスキンヘッドをピシャリと叩いた。

「まあ、助産師の気持ちは、ある程度は理解しているつもりだよ。なんと言っても、私の妻が助産師だからね」

「そうだったんですか！」

　思わぬ事実に、またも大きな声が出てしまう。

「言ってなかったっけ？」

　田川が平然と返す。

「ええ、一度も」

　男会で、こちらの情報は全て暴《あば》かれてしまったのに、田川はまだ情報を隠し持っていたのだ。そのことに言及しようとするも、八重がずいと前に出た。

「どうしたら、塔子先生ともっと親密になれるでしょうか？」

　その視界に衛と神里は入っていないのであろう。すっかり戦力外扱いだ。どっしりと構え、顎《あご》に手を添えた田川は、結婚相談所のベテランプランナーのようである。

　たっぷりと間を取ってから口を開いた。

「全く新しいことに挑戦してみるのがいいんじゃないのかな？」

「新しいこと……ですか？」

　訊《き》き返した八重に向かって、田川が頷く。

「たとえば妻の妊娠中なんていうのは、まさにそうだったよ。お互いに知識こそあったものの、実際に妊娠出産に向き合うとなると全てが手探りだったから、まさに共闘関係だった。いま思い出しても新鮮な感覚だったし、いい経験になったよ」

「そうなんですね。やっぱり今までのままじゃ駄目なんだ」

アドバイスに真剣に聞き入っていた八重は、しばらく考えこんだあとに、おずおずと訊いた。

「田川先生」

「なんだい？」

「ウチって、無痛分娩が出来ると思いますか？」

意外な質問だった。海崎に指摘されたことがずっと心に引っかかっていたのだろうか。

田川が柔らかな笑顔を返した。

「それこそ、塔子さんに訊いてみたらどうだ？」

「でも塔子先生、ずうっと忙しそうだし……」

再び俯《うつむ》いた八重の隣で、明日香が耳をそばだてた。

「産後の処置が終わったみたいだね」

分娩室の扉が開いて塔子とゆめが退出してきた。二人の服装は、いずれもえんじ色の院内スクラブである。麻衣子の病状説明以来、ゆめがあの派手なエメラルドグリーンを着ることはなくなった。

テーブルにやってきた塔子が明日香に話しかける。

「当直、大変だったみたいだね。お疲れ様」

「いえいえ、衛くんをからかってたら、ちょっと疲れが取れました」

にんまりとした笑顔を向けられて、衛はくぐもった声を出す。

「へえ、八重ちゃんまで一緒じゃない。どんな話をしてたの？」

「え、えっと……」どこか喉《のど》につっかえたような物言いの八重に変わって答えたのは、明日香だ。

「女心の機微とその対応方法についてです」

「ちょっと、なに言ってるんですか？」

否定しようとするも、塔子がさも当然といった様子で口を開く。

「そういうのを北条に求めるのは、まだ早いでしょう」

「……塔子さんまで、そんな」

塔子が両腰に手を当てる。

「だって、こっちに来てから、まだ一回も彼女と会ってないんでしょ」

「お互い忙しいんですよ」

ずいと首を突っ込んできたのは、ゆめである。

「忙しいって言い訳ですよ。自分のために如何《いか》に時間を作ってくれたかって、女の人はよく見てますからね」

いかにも知ったようなことを言う。塔子が、長い人差し指をピンと立てた。

「そうだよ。自立した女性ほど、その辺シビアだからね。時間を作らなくても大丈夫だと思ってるのは男だけだから、気をつけた方がいいよ」

言い切られると不安が押し寄せてくる。確かに沙耶は、あまり不平不満を表に出す女性ではない。だからこそ、それに甘えていた側面はあるかもしれない。しかし……

「なんで人の恋愛事情がそこまで気になるんですか？」

田舎に話題が少ないのは事実ではある。すでに衛の人間関係は丸裸にされている。

塔子が、口元をゆるませた。

「あんな美味《おい》しい洋梨《ようなし》を頂いたんだから、当然でしょ」

田川が同調するように頷いた。

「一飯《いっぱん》の徳も必ず報ゆという諺《ことわざ》もあるしな」

先日届いた洋梨の話題である。あの大量の洋梨は、ようやく追熟が終わり、医局員たちがこぞって胃の腑《ふ》に収めている。伊豆中はいま、空前の洋梨ブームなのである。

衛も食したが、想像以上の甘さに驚いた。追熟の手間こそかかるものの、それを遥《はる》かに上回る美味《うま》さだった。

「送ってきたのは彼女のお母さんですけどね」

塔子は洋梨を思いだしているのだろう。すでにこちらの話など耳に入っていない。

「美味しかったよ。見事にはまっちゃった。洋梨があんなに甘い果物だなんて知らなかった。それに、少し酸味もあって、なにより実はしっとり滑らかで、ラ・フランスって名前は伊達《だて》じゃないなって感動した」

整った顔立ちの口元だけがだらしなく緩んでいる。

「伊豆でも作ってくれないかなあ」とうっとりとした表情で続ける。彼女は、自身の愛する食べ物を全て伊豆に集めようとしているのかもしれない。

「洋梨のほとんどは東北地方で生産されているみたいです。ちなみにあれは、山形県のオリジナル品種なんですって」

説明すると、明日香が悪そうな笑みを浮かべて、こちらを見た。

「さすが、彼女のことは詳しいんだね。安心した」

「そういうわけじゃないですよ」

伊豆に住んでからというもの、目にする食材の産地に興味が湧《わ》くようになった。自らの口に入る食材が、どこでどんな風に作られているのかを想像すると、味わいが増すことを知ったのだ。塔子がこの半島の食にとりわけ詳しく、誇りさえ持っているのも分かる気がする。

「北条の彼女さんは東北美人なんだね」

明日香の言葉に反応したのは田川である。

「大病院の箱入り娘みたいだからな。まさに洋梨の姫君だ」

このままだと個人情報が洗いざらい晒《さら》されてしまいそうである。

「ちょっと」と止めようとしたところで、神里の言葉に出鼻を挫《くじ》かれる。

「すごい綺麗《きれい》な人ですよ。クールで少し怖い印象もありますけど」

沙耶は本院のＩＣＵ看護師なので、神里は面識があるのである。

塔子が、満面の笑みを浮かべた。

「じゃあ姫君ってより、ラ・フランスのプリンセスだね。あんな果物をくれるくらいだから、目鼻立ちのくっきりした美人さんなんだろうね」

「なんで洋梨と彼女が、いつの間にかリンクしてるんですか？」

だが言われてみれば、あの洋梨の、甘さの中にもしっかりとした酸味を感じさせる味わいは、沙耶の冷静沈着さと重なる部分もあると、変に納得してしまう。

塔子は衛の訴えを聞いていない。

「また食べたいな。あの瑞々《みずみず》しくて、繊細で、真っ白で滑らかな果肉……」

やけにリアルな表現に、いやでも沙耶の白い肌が脳裏に浮かんでしまう。

「やめてください」

不埒《ふらち》な想像をかき消すかのように頭を振って、衛は塔子に釘《くぎ》を刺した。

「ちなみに、正確に言うと、ラ・フランスじゃなく、メロウリッチって品種ですよ。だから塔子さんのラ・フランスのプリンセスっていうフレーズは、そもそも間違ってます」

塔子が頬を膨らませた。

「やっぱり、ちょっと生意気な事を言うようになったね」

「人の彼女の話で勝手に盛り上がらないで下さい」

「だったら早くこっちに連れてきてあげなさいよ。あんなに美味しい洋梨を頂いたわけだし、徹底的におもてなししてあげるから」

地元の食を徹底的に振る舞おうとしている。これでは、すっかり田舎のおっかさんである。

「こっちに来た時には紹介しますよ」

……沙耶がうんと言えば、という言葉はそっと胸に秘める。

「衛くんに任せたら、いつになるか分からないね」

明日香が的確に嫌なことを言う。

「来てもらいたいとは思ってるんです。でも、今はそれどころじゃないですから」

そう言って、衛はナースステーション横の個室に目を移した。視線の先を追った面々が途端に無駄話をやめた。

あそこは麻衣子の病室である。

「外浦さんのことが落ち着くまでは、少なくとも無理です。俺だっていつ呼び出されるかわかりませんから」

この２週間は気が抜けない日々だった。皆と食事こそ共にしたものの、酒はほとんど飲んでいない。麻衣子がいつ急変するかわからないからだ。当直が当てられていない日でも、いつでも駆けつける心構えは出来ている。

「そうだね。そう言ってもらえると助かるよ」と、塔子が表情を引き締めて言った。

彼女も連日遅くまで医局に残っている。麻衣子の治療方針を決定してからというもの、すっかり明るさを取り戻したが、塔子が負った責任の重さについてはここにいるメンバーの誰もが知ることなのだ。

塔子が両手を叩いた。小気味の良い音がテーブルの上で鳴る。

「世間話は終わりにして、カンファレンスしよっか」

その一言で、空気が引き締まった。

他の面々も、先ほどまでの軽口はどこへやら、すっかり真面目《まじめ》な表情になっている。

塔子の一言は、三枝の喝に通ずるものがある。麻衣子の治療方針を巡る一件があってから、これまで以上に強いリーダーシップを発揮するようになった。

「神里、今朝の外浦さんの採血データ、どうだった？」

神里が電子カルテに目を走らせると、さらに空気がひりついた。

麻衣子の病状は、感染と痛みの制御が日に日に困難になっていき、近く限界を迎えようとしているのが現状だった。もはや、いつ帝王切開になってもおかしくない。

神里が神妙な表情を浮かべて言った。

「今朝のデータでは、白血球とCRPがさらに上昇していました」

電子カルテの画面を塔子に向けると眉《まゆ》が歪《ゆが》む。いよいよ腹の中の感染が抑えきれなくなっているのだ。これ以上悪化すれば子宮内にも感染が及び、胎児の命すらも危うくなる。

「もう、使える抗菌薬もないか……」

原因菌により薬の種類も変わってくる。しかし適切な抗菌薬を使ったとしても、やがて菌は耐性を獲得してしまうから、効果が薄れていく。麻衣子の入院から今日《こんにち》まで、イタチごっこのように薬剤を変更してきたが、いよいよ抗菌薬の選択肢すらなくなってきた。

「たがっさん。痛みのコントロールはどうですか？」

田川が首を振った。

「こちらも厳しい。そもそも腰椎《ようつい》転移の痛みが相当な上に、子宮そのものが大きくなってきた影響で、麻薬でも抑えられない状況だ。脊椎《せきつい》に放射線を当てれば、腫瘍が縮小して痛みが若干やわらぐかもしれんが、妊娠中じゃ放射線治療も難しい」

塔子が唇を噛《か》んで電子カルテを見つめている。

訴えかけるように身を乗り出したのは、ゆめだった。

「外浦さん、あまり辛そうなところを見せないんですけど、ここ数日は身の置きどころにも苦労していそうな感じがします。あくまで個人的な感想なんですけど……」

徐々に言葉尻《じり》を弱くしてゆくゆめに向かって、塔子が柔らかな笑顔を向けた。

「教えてくれてありがとう、ゆめちゃん」

ゆめの表情に活力が戻った。二人の間には、すっかり信頼関係が構築されているのだ。

塔子は、電子カルテを見つめて、黙り込んだ。

帝王切開の決断を下すべきか否《いな》か。それを考えているのだ。

彼女の心中の葛藤《かっとう》は図り知れない。

「オペ室と新生児科の状況を確認しておきたいかな」

塔子が言うと、重苦しい空気を打ち破るかのような軽やかな声が、エレベーターの方から聞こえてきた。

「オペ室は空いてるってよ」

海崎である。隣に背の低い男を連れている。強引に肩を組まれて迷惑そうな表情を見せているのは麻酔科の笠原《かさはら》だ。四角いメガネの奥にはもっさりとした一重瞼が潜む。パーマがかかった長めの髪は一見おしゃれ風ではあるが、似合っていない。衛の一つ年下で、性格がいいとは言えないが、腕は確かである。

海崎の長い腕を雑にほどいた笠原が不満気に口を開いた。

「朝のクソ忙しい時間帯に無理やり連れてきて、なんなんですか？」

「やだなあ。こっちに参加した方がいいっていう、僕の親切心だよ」海崎があっけらかんと返す。

　産婦人科の面々が神妙な表情で顔を突き合わせている様子をみた笠原が、ゴクリと唾《つば》を飲み込んだ。

「もしかして……、緊急カイザーですか？」

　察しの良さは流石《さすが》である。答えたのは塔子だ。

「そうなの。ちょうど連絡しようかと思っていたから助かったよ、笠原くん。前から相談していた、悪性腫瘍合併の妊婦さんなんだけど……」

　塔子に歩み寄られて笠原が頬を赤らめた。伊豆中の研修医あがりの彼もまた塔子に心酔する者の一人だ。

「まさか、あの外浦麻衣子さんですか？」

「うん、そのとおり」

「今日、カイザー決行なんですか？」

「状況次第なんだけど。麻酔科はどうかな？」

　帝王切開の決定権は産科にあるが、手術室は麻酔科の許可がないと使えない。忙しいとぼやいていたはずの笠原だが、そのままカンファレンスに加わった。麻衣子の手術はそれだけ重要度が高いのだ。

「オペ室はなんとかなりますけど」と前置きして、笠原が念を押すように訊く。

「マジで、局所麻酔でやるんですか？」

塔子は迷いなく頷いた。

「通常のカイザーと同じように、硬膜外麻酔と脊椎麻酔で、本人の意識がある状態でやってもらいたいの」

笠原は明らかに困惑している。

「でも……、膝《ひざ》に血栓もあるし、悪性腫瘍の生検までするんですよね？　肥満だって強い上に感染もある。正直、リスクだらけですよ。意識下だと血圧も上下するから、どう考えても最初から全身麻酔で管理した方がいいですよ」

血圧の変動は血栓が飛ぶリスク要因である。そうなれば、術中死の可能性が跳ね上がる。笠原の主張はもっともなのである。

塔子が潤《うる》んだ瞳を向けて、切実に訴えかける。

「外浦さんの一番の希望は、お子さんの産声を聞くことなの。手術で命を落としてしまう危険があることも知ってるし、妊娠を長引かせれば長引かせるほど悪性腫瘍が進行することもわかった上で、お子さんができるだけ成熟してから生まれてこられるようにって、ずっと頑張ってきたの。だから、私は彼女の願いを叶《かな》えたい」

塔子にそこまで言われて断れる笠原ではなかった。視線を逸《そ》らして、ぶっきらぼうに言い放つ。

「わかりましたよ。でも、専門家として全身麻酔が必要になったと判断したら、躊躇《ちゅうちょ》せずに挿管しますからね」

塔子がまつ毛をはためかせた。

「もちろん、その判断は笠原くんに任せるよ。ありがとう。頼りにしてる」

笠原が照れたように頭をかく。そのやりとりを見ていた明日香が、あくびまじりに言った。

「オペ室は大丈夫ってことだね。あとは新生児科ですね。さっき呼んでおいたので、もうじき来ると思います」

言い終えると同時に左手の廊下の先にあるNICUの扉が開き、熊《くま》のような大男が姿を見せた。新生児科部長の下水流だ。

こちらに歩いてくるなり、太い眉を引き締めて口を開いた。

「うちは大丈夫だ。産科がベストなタイミングで決めてもらって構わない」

低く太い声に誠実さがこもっている。

「ありがとう。いつも助かる」塔子の言葉に、下水流がゆっくりと頷いた。二人の間には、同期だからこその信頼がある。

すると、下水流の大きな背中を、海崎が無遠慮に叩いた。

「まだ何も情報を言ってないけど、本当にいいの？」

あまりに馴れ馴れしい物言いにギョッとする。対する下水流は、表情ひとつ変えずに質問に応じた。

「データは毎日チェックしている。妊娠29週６日、推定体重１１５０ｇの女児。感染兆候は今のところない。そもそも、ちゃらんぽらんなお前と違って、城ヶ崎の判断に間違いはないだろう」

海崎がおどけたように両手を広げる。

「流石に、学生時代からの筋金入りの優等生は言うことが違うね」

やりとりを聞きながら、海崎もまた大学の同期なのだと気づく。まさに三者三様である。

下水流が小さく鼻を鳴らした。

「俺には城ヶ崎みたいな器用さもないし、お前みたいに偏《かたよ》った嗜好に対する異常な集中力もないから、何ごとも実直にやるしかないだけだよ」

謙遜《けんそん》したように言うが、下水流は新生児科の替えが利かないリーダーである。

塔子、海崎、下水流。同じ大学で学び、医師としてそれぞれの道を歩んだ３人が、いまやこの土地の周産期医療を支えている。テーブルを囲んでいる彼らを見て、胸が熱くなる。

自分も将来、このように頼もしい存在になれるだろうか？

「新生児科のオッケーも出たね」明日香が言った。

あとはもう、産科の決断次第である。

全員の視線が塔子に注がれた。それぞれと視線を合わせるかのように全体を見回したあと、塔子は前を向いた。

「決まりだね。今日やろう」

落ち着いた声色の宣言に強い決意が滲《にじ》んでいた。テーブルを囲んだ一同が次々と頷く。

三枝不在の状況でとうとう麻衣子の帝王切開の決断が下された。その光景は、この5ヶ月を伊豆中で過ごしてきた衛にとって、新鮮に映った。

日頃、高いレベルのリーダーシップを発揮している塔子ではあるが、治療方針は基本的に教授ルールに沿ったものであったし、麻衣子のような難しい症例の治療方針の決定は、それこそ三枝の一存だった。

教授ルールは極めて合理性に基づいた仕組みだったからだ。

三枝が定めたルールに従うことで、医局員の入れ替わりが激しい伊豆中でも治療の平均化を測ることができる。それと同時にマニュアル化した治療には、責任の所在を集約する目的もある。三枝はすべての責任を背負ってきたのだ。一見理不尽とも思えるルールは、過疎《かそ》地域の総合病院において、若い医局員を守るための苦肉の策でもあった。

しかし、その欠点として、三枝自身が存在しないと成立しない点がある。教授ルールを強いる代償として、自身が第一線から退くことができなかった。だが、人は老いてゆく。だからこそ、チームは変革を迫られていた。

新たな風を吹き込んだのは海崎だ。先進性と専門性、それに利己性。海崎の帰還により、皆の意識に変化が芽生えつつある。一度は心の底に押し込めた腹腔鏡《ふくくうきょう》手術への欲求を再燃させた衛、それに、無痛分娩に興味を示している八重だってそうだ。

もしかしたら、一番変わったのは塔子なのかもしれない。

教授ルールからの脱却。

塔子の事件を発端に生まれたこのルールは、三枝と塔子を互いに縛る鎖でもあった。麻衣子の治療方針を巡る葛藤の中で、塔子はついにその鎖を解き放った。そして、苦しみもがきつつも、いま、麻衣子の帝王切開を決断するに至った。

三枝が求めていた理想のチームとはこのようなものだったのではないかと、塔子の変化を見て思う。積み上げてきた確かな基礎の上に、個々が専門性を貪欲《どんよく》に追求し、トップはその意志を尊重する。

うっすらとではあるが、その道が見えつつあるのだ。

しかしその一方で、陰でひっそりと変わったのもまた、三枝なのかもしれない。

朝のカンファレンスには必ず顔を出していた三枝だが、麻衣子の一件以降、姿を見せていない。塔子と海崎が牽引《けんいん》していく新たなチームの行く末を、あえて一歩退いた立場から見守っているように思えて仕方がない。

先日、麻衣子の方針を巡って塔子と議論を交わした後のどこか穏やかな表情を思い出し、衛は思わず小さく手を挙げた。

「塔子さん、教授に連絡しましょうか？」

首を横に振った塔子から、清々《すがすが》しい笑顔が返ってきた。

「大丈夫。私が連絡するから」

その表情からはなんの迷いも感じられない。すると、海崎がナースステーションの外に視線を向けた。

「噂《うわさ》の善ちゃんが来たみたいだよ」

一同が揃《そろ》って振り向く。

開いたエレベーターの扉から姿を現したのは、三枝善次郎その人だった。塔子が決断を下すのを待っていたかのようなタイミングで現れた教授を見て、衛は思わず息を呑《の》む。白髪はピタリと両側に撫で付けられ、スッと伸びた背筋はどこまでもまっすぐで、首から上だけを僅《わず》かに前傾させている。

体の軸をぶらすことなく、三枝が歩いてきた。塔子もまた美しい立ち姿で迎える。

三枝に正対した塔子は穏やかな口調で報告した。

「外浦麻衣子さん、29週6日、本日カイザー決定しました」

三枝の首が音もなく落ちた。

「わかった」

発したのはその一言だけだ。機械のように感じられる精巧な瞳はどこか穏やかで、塔子に対する信頼を浮かべているようにすら見えた。

「教授、オペに入って頂けませんか？」

「他に誰が入るんだ？」

塔子の顔が明日香に向けられた。

「明日香にお願いしようかと思います」

長い尻尾髪が大きく跳ねた。

「はーい。じゃあ、オペ出し決まったら教えてください。それまで私は当直室で寝てまーす。起こさないでね」

塔子の隣で遠慮がちに手を挙げたのは、ゆめである。

「私も手術に入ってもいいですか？」

通常であれば、帝王切開に4人も入る必要はない。手を動かすのは術者と第一助手くらいで、4人目に入っても、事の成り行きを見るだけである。

塔子がゆめの瞳を見つめる。やがて、答えが決まる。

「わかった。ゆめちゃんにも手を洗ってもらおうか」

ゆめが目を輝かせた。その心情は衛にも理解できるものだった。ただ見学するのと、手を洗って手術に入るのとでは雲泥《うんでい》の差があるからだ。術野は、清潔な術衣をまとった者しか入れない聖域なのである。そこに足を踏み入れるに足る資格があると、塔子に認められたのだ。

「僕も暇なので、手術室に顔を出そうと思います」

いつも通りの飄々《ひょうひょう》とした声の主は海崎だ。三枝の眼光が突き刺さる。

「当然だ、馬鹿《ばか》もん。この手術はなにが起こるか分からない。手があいてる人間は、全員手術室に来い」

　空気が震えるほどの三枝の喝の威力である。反応したのは、田川だ。

「そしたら私は、ＩＣＵを押さえてから手術室に行きます。術後管理は任せてもらおうか」

　麻衣子の病状は術後も予断を許さないであろう。悪性腫瘍《しゅよう》の大手術を専門としてきた田川は、その管理にも長《た》けているので適任だった。

「よろしく頼む」三枝が頷《うなず》くと、神里が続いた。

「僕は外来に降ります。なにかあったらすぐに相談します」

　神里はチームのフォローに回ることを即決した。衛も自分自身が成すべきことを考える。

「俺は、病棟業務を終えてから手術室に向かいます」

　個々がやるべきことを自発的に申告する。これまでのカンファレンスでは見られなかった光景だ。

　だれもが麻衣子の帝王切開を完遂させるために、ベストを尽くそうとしているのだ。

　伊豆中というチームがこれまで以上に一枚岩になりつつあることを実感して、胸が熱くなる。

三枝が下水流と笠原に向かって頭を下げた。

「そういうことだ。難しい手術になると思うが、よろしく頼む」

相手が若かろうとも三枝が礼節を失することはない。だからこそ、その姿勢に一切のブレはない。

丁寧な一礼に、驚愕《きょうがく》したように笠原のメガネがズレ落ちる。下水流はどっしりと構えたまま、三枝より深く頭を下げた。

頭を上げた三枝が再び塔子に話しかける。

「オペ出しの時間が決まったら、連絡をくれ」

「わかりました。これから、ご本人たちに説明をします」

交わされたのは、たったそれだけの短いやりとりだった。

三枝が颯爽《さっそう》とナースステーションを後にした。

久しぶりに三枝が顔を見せた朝のカンファレンスは、こうして幕を下ろした。

より強固なチームに成長しようとしている。そう実感した衛の胸には期待が膨らんでいた。それは緊張と適度に混じり合い、麻衣子の帝王切開という困難に立ち向かう中で、これまでにないほどに精錬された心理状態をかたちづくった。

個室の引き戸を塔子が二度ノックした。

「外浦さん、城ヶ崎です」

麻衣子への説明には衛も同席することになった。告知に立ち会った者としての責任がある。隣には強張《こわば》った表情のゆめもいる。

「どうぞ」

戸を開いた先には、ベッドに横たわる麻衣子と、丸椅子《まるいす》でそれを見守る亮一の姿があった。胎児心拍モニターの検査中だ。感染による麻衣子の高熱のためか、胎児心拍はやや速いが、その他の所見は良好である。

入院生活も2週間近く経《た》ち、精神的な疲労が溜《た》まっているのだろう、麻衣子は笑みを浮かべてみせたものの、陰は拭《ぬぐ》えない。血栓はいまだ溶けることはなく、24時間心拍モニターをつけられたままでのベッド上安静が続いているので、無理もない。さらに、四六時中点滴が投与されている彼女の手足は浮腫《むく》み、採血や点滴刺入を繰り返した腕には、数えきれないほどの痣《あざ》がある。衛も何度か麻衣子の点滴や採血を行ったが、血管はボロボロになり、穿刺《せんし》は日に日に難しくなっている。

隣に座る亮一は変わらず弱々しい印象はあるが、麻衣子の入院に寄り添う生活にも慣れてきたのか、初日のようなパニック状態には陥らず、地に足をつけているように見える。

塔子の姿を見た二人の顔が強張った。

麻衣子たちには塔子が連日のように病状説明を行っている。それだけに、入室してきた際の塔子の顔を見て、状況を察したようだった。麻衣子から笑みが消え、亮一は膝の上で両拳《りょうこぶし》を握りしめる。

一礼した塔子がベッド際《ぎわ》まで歩み寄る。そして、もう一度小さく頭を下げてから、小さく息を吐いた。

「今朝の採血で、感染の状況が悪化していました」

俯《うつむ》いた亮一が、唇を嚙む。少し間を開けてから、塔子がついに決定事項を告げた。

「本日、帝王切開をすることにしました。さらに感染が進むとお腹《なか》のお子さんにも危険が及んでしまいます。今日まで頑張ってこられましたが、これ以上の妊娠継続は難しいと判断しました」

麻衣子は、達観したような表情で、塔子の説明を聞いている。口を開いたのは亮一だった。

「いま、29週と6日でしたっけ?」

細い声ではあるがしっかりしている。華奢《きゃしゃ》なメガネの奥の瞳《ひとみ》はまっすぐに塔子を見据えていた。

「はい」

「目標の30週までもたなかったですが、問題はありませんか？」

早産児の救命率は在胎週数に大きく左右される。

しかし……

「もちろん、理想を言えば一日でも長く子宮内で育ってくれた方が良いですが、感染がお子さんに及んでしまえば話は別です。でも、ここまでよく頑張って頂けたのは凄《すご》く大きいです。うちの新生児科の腕は確かですので、この週数であれば、新生児科に任せるのが良いと思います」

亮一の視線は一時も外れることはなかった。説明を聞き終えると、納得したように頷いた。

あとは麻衣子次第だ。困難な治療に臨むにはやはり本人の覚悟が大切なのである。

麻衣子の返答を待つ。

すると彼女は、柔らかな笑みを浮かべて天井を見つめた。

胎児心拍と、麻衣子の心拍を告げる音が部屋に響く。まるで子をあやすかのように、更に大きくなった腹を優しく撫《な》でた。ゆめが潤んだ瞳を麻衣子に向けている。

しばらくして、麻衣子が語りはじめた。

「ありがとうございました。この2週間は、かけがえのない時間でした」

慈《いつく》しむように、その手は大きな腹をさすり続けている。

「ようやく出来た子供でしたけど、ここに入院してからは、これまで以上に大切な存在になりました。毎日お腹の中で動いてくれるのが、嬉《うれ》しかった。これから辛《つら》い治療が始まるとしても、この子がいれば頑張っていけるって思えるくらい、私が生きるための糧《かて》になっていたんです。本当は、このままずっとお腹にいて欲しいくらい」

想《おも》いが溢《あふ》れ出ているのだろう、矢継ぎ早に言葉を重ねる。ゆめがそんな麻衣子の姿をじっと見つめている。握りしめた拳は細かく震えていて、決して視線を逸らすまいと必死にこらえているように見えた。

大きく息をついた麻衣子が塔子に顔を向けた。

「名前が決まったんです」

塔子が膝を折って、麻衣子と視線を合わせた。

「なかなか決められないとおっしゃっていましたよね。どんなお名前に？」

「愛衣《めい》です。あなたは、私たちの愛情が一杯詰まった女の子なんだよって意味を、名前に込めました」

「愛衣ちゃんですか。素敵な名前ですね」

穏やかに言った塔子の横で亮一が頭を下げた。

「これからの家族のことを考えるための、よい時間になりました。私からも是非、礼を言わせて下さい」

その顔にも覚悟が浮かんでいた。帝王切開を乗り越えたとしても、麻衣子の予後はかなり厳しいものになる。これからの家族を背負うのは、亮一に他ならないのだ。我が子を命を賭《と》してまで望んだ母親のことを成長していく愛衣に伝えるのも、父親である彼の役目である。

運命を受け入れた亮一から精悍《せいかん》さを感じる。

塔子が麻衣子の手を握った。

「まだ、終わりじゃないです。これからが始まりなんですよ。愛衣ちゃんの産声《うぶごえ》を必ず外浦さんの耳に届けますから」

麻衣子の瞳が潤んだ。

「よろしくお願いします」

隣からゆめが飛び出した。塔子の横にしゃがみこみ、感極まったように麻衣子に声をかける。

「頑張って下さい。外浦さんなら、絶対大丈夫ですから！」

麻衣子が痣だらけの手でゆめの手を握った。

「ありがとう、阿佐ヶ谷先生。採血も、点滴だって、何回もしてくれて感謝してるわ。私は太ってるし腕もぱんぱんに浮腫んでるから、大変だったでしょう」

ゆめは唇を噛み締めたまま、小さく首を振った。

「阿佐ヶ谷先生はきっと立派な産婦人科の先生になるわ。応援してる」

頷いたゆめの目から、光るものが溢れて落ちた。


午前10時、帝王切開が始まる。

モニター音が響くのは、伊豆中で最も広い1番手術室である。脳神経外科や整形外科の大手術で使われるような、大型医療機器を余裕をもって搬入できる部屋であるが、この日は人で埋めつくされている。

中央の手術台に横向きに寝かされているのは麻衣子だ。笠原が、今まさに背硬膜外麻酔用の太い針を背中に刺そうとしている。隣で後期研修医が笠原の補助につく。病室から麻衣子を移送してきた八重は枕元《まくらもと》に寄り添い、緊張を和らげるように話しかけている。

その後ろには、大きな透明の箱型の新生児用保育器であるクベースが置かれていた。温度や酸素濃度を細かく管理できるこの機器は、いわば新生児の移動式集中治療室である。さらに隣には、新生児処置台のインファントウォーマーが並ぶ。上部に赤子の体温を保持するためのハロゲンランプが取り付けられていて、赤子は、生後この台の上で処置を受けるのだ。

下水流が、中堅の女性医師とNICU看護師と共に、酸素ボンベや吸引チューブなどの準備を黙々と行っている。

手術台を挟んだ反対側には器械台が配されており、滅菌ドレープの上に、クーパーやペアンなどの手術器械や、針や糸が揃《そろ》えられている。用意されている物品は、通常の帝王切開よりも遥かに多い。

入室に先立って、滅菌術衣に身を包んだ器械出し看護師が器械に不備がないかを何度も確認している。その周囲では、出血量やガーゼのカウントをする外回り看護師が忙《せわ》しく駆け回っている。

手術に入る4人は外の手洗い場におり、バックアップ要員の海崎、田川と衛は、手術台を遠巻きに見つめていた。

実に15名もの医療従事者がこの帝王切開に臨むのだ。それほどまでに、この手術のリスクは高い。

「麻酔、入りました」笠原が声を張った。

外回り看護師に補助されながら、麻衣子がゆっくりと仰向《あおむ》けになる。麻衣子の心音を告げる電子音が一層早まった。

「赤ちゃんの心拍をチェックしますね」

小型のラジカセに似た機械を持った八重が、プローブを麻衣子の腹に当てた。ドッドッと、バイクのエンジンのような音が聞こえる。大人のおよそ2倍のスピードで脈打つ鼓動は、愛衣の心拍だ。己の生命力を主張しているような力強い音である。

「赤ちゃん、元気そうですよ」励ますように言った八重が、プローブを離す。それと入れ違いで下水流がやってきた。小さく頭を下げてから、インファントウォーマーを手で示す。

「新生児科の下水流です。赤ちゃんはまだ小さいので、生まれたらすぐあちらの台で処置を行いますね。赤ちゃんが落ち着いたら会えますので、一緒に頑張りましょう」

麻衣子の瞳が不安に揺れた。

「お腹の子は……、愛衣は、大丈夫でしょうか？」

下水流が大きく頷き、手術室の扉に目をやった。

「この土地で一番優秀な、産科のエキスパートたちがついています。彼らが最善を尽くしてくれます」

その言葉に応《こた》えるかのように手術室の扉が開き、塔子たちが姿を見せた。術者たちの姿は堂々たるもので、見ている衛の心までもが奮い立つ。

麻衣子が塔子の姿を祈るように見つめている。

外回り看護師が掲げた術衣に塔子が袖《そで》を通す。腰紐《こしひも》を看護師に委ね、くるりと一回転してから再度受け取った紐を腰の高い位置で縛る。その所作は美しく、これから儀式に臨むような荘厳《そうごん》さを感じさせた。

気持ちを整えるかのように深呼吸をした後、塔子が麻衣子の右側、術者の位置に立った。続けて三枝が塔子の正面の第一助手の位置に立つ。大きな腹を挟んで立つ二人の身長はスラリと高く、一本芯が通った背筋は美しい。明日香とゆめが三枝の左に並んだ。

塔子が消毒液が浸された脱脂綿をペアンで摑《つか》み、大きな腹に満遍なく塗り始める。作業を続けながら、麻衣子に話しかけた。

「いよいよですね。気分はどうですか？」

麻衣子の眉が困ったように下がる。表情は未《いま》だに硬かった。

「やっぱり、怖いです」

塔子が慈しむように微笑《ほほえ》みかけた。

「開腹手術ですから、仕方がないですよね。でも、今日まで本当によく頑張りましたね。もうすぐ愛衣ちゃんに会えるんですよ」

消毒を続けながら、塔子が言葉を重ねた。

「手術が始まると、赤ちゃんが出てくるまであっという間なので、しっかり耳を澄ませておいてくださいね」

「そうですね。せっかくここまできたんだから、愛衣が生まれてくる瞬間をしっかりと記憶に焼きつけてあげないといけませんね」

麻衣子の心拍が、ようやく少し落ち着いた。

消毒を終え、麻衣子の腹に滅菌ドレープが被《かぶ》せられた。彼女の視線を遮るかのように、縦にドレープが垂らされる。

いよいよ準備が整った。あとは開始の宣言を待つのみである。

張り詰めた空気の中、三枝が塔子に語りかける。

「始めたら後戻りはできない。自分のタイミングで手術を開始するんだ」

「はい」と短く答えた塔子は目を閉じて、深い呼吸を数回繰り返した。

三枝は、目深《まぶか》に被った手術帽から覗《のぞ》く鋭い視線を塔子から片時も逸らさない。隣の明日香は普段どおりの自然体であり、ゆめの瞳には見たことがないくらいの緊張が浮かんでいた。第三助手のゆめは麻衣子の太腿《ふともも》の位置に立っていて、彼女を、もしくは自分自身を安心させるかのように、麻酔がかかった脚をドレープ越しにさすり続けている。

塔子が無影灯を仰ぐ。

そして、長いまつ毛をはためかせた。

「外浦麻衣子さん。妊娠29週6日。悪性腫瘍に伴う腹腔内感染のため、緊急帝王切開及び腫瘍生検《せいけん》を行います。よろしくお願いします」

力強い宣言にスタッフたちから、「お願いします」の声が一斉に返ってきた。皆の意志を、願いを、期待を、執刀する塔子の手に託すような声だった。その凄《すさ》まじい重圧をものともせずに、塔子の右手がスッと上がり、メスが手渡される。

「城ヶ崎の本気のカイザーが見られるね」

海崎が衛の隣でそっと囁《ささや》いた。

伊豆中の産科手術におけるベストメンバーが全身全霊で帝王切開に臨むのだ。児《じ》が娩出《べんしゅつ》されるまでは、ものの1、2分であろう。

一瞬たりとも目を逸らしてはならない。

帝王切開はいわば真剣勝負である。適切に手を進めれば勝負は瞬《また》く間につく。しかし一つでも判断を違《たが》えれば児に致命的な影響を与えかねない。他の分野のそれとは一線を画す、刹那《せつな》の手術なのだ。

無影灯に照らされたメスが光り、臍《へそ》の下にあてがわれる。

田川が顎《あご》を撫でた。

「下腹部縦《じゅう》切開だ。悪性腫瘍の生検も考えると、正しい判断だな」

麻衣子の皮下脂肪はかなり厚い。普段行うような下腹部横《おう》切開だと、腹腔内の視野を保つのが難しく、緊急事態が起こったときの対応が困難になるのだ。

メスが一閃《いっせん》されると、分厚い脂肪層が両側に開き、さらに次のメスが脂肪を切り開いていく。あまりの速さに血は数秒遅れて流れ出る。その出血を、三枝が素早くガーゼで拭《ふ》き取り、脇《わき》から手を出した明日香がさらに介助の手を伸ばす。言葉を交わさずとも3人の息はピタリと合っている。

塔子の大胆なメス捌《さば》きに目を奪われる。まるで三枝が憑依《ひょうい》しているかのように、速くて鋭い。瞬《まばた》きをする間もなく真っ白な筋層が展開され、縦に走る赤い腹直筋《ふくちょくきん》が姿を見せた。

長い指が腹直筋と腹膜の間の結合組織を剝《は》がしていく。正確無比な指の動きが次々と解剖を顕《あらわ》にしてゆく。三枝の筋鉤《きんこう》が、塔子の動きを読んでいるかのように、腹直筋を牽引する。

海崎が感嘆の声を上げた。

「速いし、息もぴったりだ。基本術式を徹底して体に染《し》み込ませているからこそ、思考がシンプルになる」

教授ルールをまさに体現してきたのが塔子なのである。だからこそ、言葉がいらないのだ。6本の腕は、末端にまで塔子の神経が通っているかのように淀《よど》みなく動いている。

明日香の隣から術野を見ているゆめは、息をするのを忘れたかのように、その動きに見入っていた。もはや研修医が手を出せる領域ではないのを自覚しているのだろう。

薄い腹膜が展開されるといよいよ子宮が姿を見せた。真っ赤な筋層に多量の血液が流入している。30週に満たない麻衣子の子宮は、未《ま》だ小さい。腫瘍は子宮に隠れて見えなかった。

早産帝王切開が難しいのは、ここからなのである。

満期のそれとは異なり、進展しきっていない子宮壁が分厚いからだ。深く、広く筋層に切開を入れなければならないのだが、メスを一太刀いれるたびに大量の血液が溢れ出てきては術野を塞《ふさ》ぐ。かといって、無闇矢鱈《むやみやたら》と深く切るわけにもいかない。筋層の先にある羊膜に少しでも刃が触れてしまえば、膜が容易に破けて、羊水が流出してしまうからだ。

羊水は胎児をストレスから守る役割を担《にな》っているため、それを失ってしまえば、収縮した子宮の圧に胎児がさらされる。早産児の皮膚や骨は脆《もろ》く、過度なストレスは出生後の障がいに繋《つな》がってしまうのだ。

塔子の視線がはじめて術野から外れた。前を向いた先にいるのは三枝である。

「自信を持ってメスを入れろ。積み重ねてきた経験は、決して己の手を裏切らない」

その声は側で聞く衛の腹にまでズシリと響いた。

塔子の瞳に覚悟の光が宿った。

「メスを下さい」

真っ赤に膨れ上がった筋層に塔子はついにメスを当てた。

「これから、子宮壁に切開を入れます」

枕元についていた八重が「もうすぐですよ」と声をかけると、麻衣子は無言で頷いた。

塔子の手が動き、子宮の下部に横切開が入った。それと同時に大量の血液が溢れ出てくる。筋層が伸展していないだけに血管の密度も高いのだ。三枝がすぐさまガーゼで血液を拭い、明日香が吸引管を差し当てて流れ出る血液を吸いとり、視野を保つ。

出血の勢いが強いために創部が完全に明らかにはならないまま、塔子のメスが、さらに深く入った。ここからはもう、術者の手の感覚が全《すべ》てである。

ふと、術野を覗く衛の耳に届く音が小さくなる。その代わりに、術野がより鮮明に目に映るような錯覚を覚えた。塔子の高い集中が衛に伝播《でんぱ》してきたかのような、不思議な感覚だった。分厚い筋層の手触り、流れ出てくる血液の生温かさ、右手に握るメスの重みすらもが伝わってくる。

さらに深くにメスが到達すると、いよいよ出血量が増えてきた。筋層の切開面には、太い血管の断面がいくつも顕になっている。

血液に満ちた創部の中で、やがて塔子の手が止まった。

「開いた」

メスを看護師に返した塔子がすぐさまペアンを受け取って、羊膜に被るように残存する筋層を慎重に剝離《はくり》する。そして、わずかに見えた隙間《すきま》に指を挿入し、そのまま子宮内腔に差し入れた指を慎重に一回転させると、羊膜を筋層から剝がしていく。その様子を見た田川が硬い声で言った。

「幸帽児《こうぼうじ》で出すつもりか」

赤子を羊膜に包まれたまま子宮から娩出させる手法を、幸帽児分娩と呼ぶ。狭い切開創から赤子を引き出す際には、どうしても頭部にストレスが掛かってしまい、脳の障がいを引き起こしてしまうリスクが上がる。幸帽児分娩であれば、羊水と羊膜に守られたまま赤子を娩出するので、その負担が軽減できるのだ。

しかし、言うは容易《たやす》いが、非常に高い技術を要する。羊水で満たされた羊膜はパンパンに張った水風船のようなもので、その周りに蜜柑《みかん》の皮のように、薄い結合組織を介して子宮筋層が張り付いている。幸帽児分娩を成功させるためには、突けば容易に破裂してしまう水風船を傷つけることなく、蜜柑の皮だけを剝ぎ取っていくような繊細さが求められるのだ。

塔子の指が滑らかに動く。

人差し指と中指を羊膜と筋層の間に滑り込ませ、薄い結合組織を手指のみで剝離していく。そこに出来たわずかなスペースに先の曲がったクーパーをあてがい、分厚い子宮筋層に垂直に切開を入れて、創部を少しずつ広げる。指の剝離が少しでも強引になれば、もしくはクーパーを差し入れる方向を一つ間違えれば、羊膜は簡単に破れる。

そんな中で、塔子は確実に創部を展開していった。

数秒が永遠にも感じられるような状況下で、子宮筋層が大きなUの字に切り開かれる。その隙間から今にも破裂しそうなほどに羊膜が大きく張り出している。黒々とした頭髪がその内部に見えた。

「きれい……。赤ちゃんが、水の中に浮いてる」

緊張した面持ちで術野を見つめていたゆめが、はじめて感嘆の声を出した。衛もまた、愛衣の頭が羊膜の中で動いている光景に魅入られていた。子宮内で育まれる胎児の神秘的な光景が薄皮一枚介した先に在るのだ。

「胎児を娩出します」

塔子の手が子宮の奥に優しく差し込まれた。それに押し出されるかのように羊膜が張り出してゆくと、愛衣の頭部が導かれるかのようにせり出してきた。

袋の中に愛衣の顔が見える。目は閉じていて、鼻の作りはまだ小さく、薄い皮膚は、血液の色を反映して真っ赤に染まっていた。

塔子が子宮を優しく押した。その収縮により、いよいよ上半身が姿を現した。羊膜に包まれた頭部が完全に子宮の外に出た。

塔子が安堵《あんど》を含ませて、小さく息を吐いた。

「ここまでくれば大丈夫。破膜します」

いよいよ、愛衣が産まれる。待ちかねた瞬間であり、わずか1150グラムしかない赤子の運命が決まる時でもある。

全員がその時に備え、身構える。

枕元で麻衣子を励ましていた八重が立ち上がり、両手に滅菌ドレープを抱える。下水流はインファントウォーマーの前に佇《たたず》み、赤子がこの世に誕生する瞬間を、静かに待っている。

「破膜します」

ペアンの先が羊膜を摑むと表面が破れ、あっという間に羊水が漏れ出てきた。塔子はその中に両手を差し入れ、愛衣の身体《からだ》を優しく抱えて、するりと引き抜く。

無影灯に照らされた小さな姿は神々《こうごう》しい。

麻衣子の腹部に愛衣を仰向けに置いて、ガーゼで優しく羊水を拭き取る。

片方の手のひらで十分に覆《おお》えるほどの小さな頭部の下には、まだ開かぬ瞼《まぶた》と眉間《みけん》が、不機嫌そうに寄っている。小さな手は人形よりも遥《はる》かに緻密で、確かに5本ある指を握りしめ、なにかに抗《あらが》うかのように両腕をばたつかせている。薄すぎる皮膚は血色が良すぎるほどに赤い。

第一声は、未だない。娩出から大分時間が経っているように思えるが、実際には数秒しか経過していないのだ。

麻衣子が、不安気に我が子に語りかける。

「め……い？」

震える声に呼応して、愛衣の小さな胸が持ち上がった。

——ふぎゃあ。

気を抜けば聞き漏らしてしまうほどの小さな音は、愛衣の産声に間違いなかった。

麻衣子が瞳を潤《うる》ませる。

「……泣いた」

その言葉を肯定するかのように、愛衣が二度、三度と声を返す。生まれてわずかな時しかたっていないのにすっかり泣き方を覚えたのか、啼泣《ていきゅう》は回数を増すごとに強くなった。

麻衣子の瞳に大粒の涙が溢れては、頰を伝い落ちてゆく。

手術室に柔らかな空気が満ちていくのが分かった。麻衣子はもちろん、手術室にいるスタッフ全員が安堵しているのだ。

泣き声が響く。

麻衣子がやってきてからの2週間、張り詰めていた緊張を、暗澹《あんたん》たる空気を吹き飛ばす、愛《いと》おしい声だった。

親娘《おやこ》の初めてのやり取りを穏やかに見つめていた塔子が、気持ちを切り替えるように声を張った。

「赤ちゃんの処置をお願いします」

愛衣の救命処置はこれからなのだ。塔子が、小さな体を細心の注意を払って持ち上げ、八重に渡した。滅菌ドレープで包み込むように愛衣を抱きかかえて、下水流たちが待つインファントウォーマーへと運ぶ。仰向けに寝かされると処置が始まった。

「羊水を吸引します」

太い指にはいささか不釣り合いな、外径わずか2〜3ミリの吸引管を、下水流は小さな口に差し入れる。嫌がっているのだろうか、愛衣はさらに強く啼泣する。その様子を、麻衣子が安堵と不安が入り混じったような表情で見つめていた。

産声を上げた愛衣であったが、空気を十分に取り込めないようで、胸の上がりはあまりよくはない。

看護師がモニター類を付け、吸引を終えた下水流が聴診器を小さな胸に当てた。淡々とした口調で所見を口にする。

「自発呼吸あり、心拍は１００以上。チアノーゼは軽度。ネーザルシーパップ（ＮＣＰＡＰ）を始めよう」

女性医師がシリコン製のマスクで愛衣の鼻を覆った。

「ＰＥＥＰ５、酸素30％で開始します」

下水流が頷く。ＮＣＰＡＰとは、鼻腔《びこう》から酸素を送り込んで新生児の呼吸と肺胞が開くのを助けるための機械だ。

出生後のタイマーを確認した八重が数値を読み上げる。

「生後１分。ＳｐＯ２75％、心拍１０２です」

悪くない所見である。だが、まだ予断を許さない。

「胎盤を娩出しました。出血量カウントをお願いします」

後ろから塔子の指示が飛び、衛は振り向いた。子宮の創部からの出血は止まっていない。母体もまだ気を許せる状況ではないのだ。母と娘が並行して治療を受けている。

外回り看護師が、血液が溜まったボトルを確認する。

「出血量、羊水込みで１２００ミリリットルです」

塔子が子宮を揉《も》み込む。その間に30秒が経ち、八重がまた経過を報告した。

「１分30秒。ＳｐＯ２ 82％、心拍１１０に上がりました」

「酸素濃度25％に下げて」

愛衣の呼吸は安定しつつある。その間に、下水流たちは小さな腕に点滴のルートを取ろうと試みる。

母子のモニター音、愛衣の啼泣と麻衣子が啜《すす》り泣く声が共鳴している。

「出血落ち着きました。創部を縫合します」

塔子が持針器《じしんき》を手に取り、子宮を閉じはじめる。切開した筋層は分厚く、広範囲なため、通常の帝王切開よりも縫合に苦労する。塔子の運針は見事であっという間に創部が閉じられていった。

そして、一層目の筋層を縫い上げた頃、愛衣がついに枕元へとやってきた。下水流がタオルに包まれた小さな赤子の顔を麻衣子に見せる。

「赤ちゃん、無事に生まれましたよ。小さいので、これからＮＩＣＵに入院して経過を診ますね」

鼻にはマスクが装着されたままであるが、泣き疲れたのか、すやすやと眠っている。タオルの脇からは小さな手を覗かせている。

麻衣子の顔がゆがむ。

「愛衣……。こんなに小さく産んでしまってごめんなさい」

下水流がゆっくりと首を振った。

「産声は聞こえましたか？」

「……はい」

下水流の眉《まゆ》が下がった。

「小さいけど、すごく頑張ってますよ。触ってみますか？」

「触れても……いいんですか？」

「もちろんです」

麻衣子の腕を手術台に固定していたテープが外される。麻衣子の人差し指が愛衣の頬におそるおそる触れた。

「温かい」

すると、紅葉の葉のように小さな手が母の指を握った。麻衣子の頬をボロボロと涙が伝い落ちる。

「しっかりしてるんですね。愛衣……、愛衣ちゃん」

ドレープ越しに、ゆめが泣きそうな顔を向けている。麻衣子は、何度も娘に呼びかけていた。

母娘がしばらく触れ合ったあと、下水流が麻衣子に近づいた。

「では、お子さんは先にＮＩＣＵで預からせて頂きます。残りの手術も頑張ってください
ね」

「よろしくおねがいします」

愛衣がキャスター付きのクベースに寝かされ、新生児科の面々と共に手術室を後にする。その様子を、麻衣子は愛おしそうに見つめていた。

「手術はもう少し続くので、これから全身麻酔をかけますね」

麻衣子が、真っ赤に腫《は》れた目を塔子に向けた。

「ありがとうございました」

「まだ終わりじゃないですよ。手術が終わったら、愛衣ちゃんに会いにいかないと」

「そうですね」と頷《うなず》いた麻衣子が天井に目を移した。

「私、愛衣を無事にこの世に送り出せたらいいんだって、ずっと思っていました。その役目さえ全うできれば、あとはどうなってもいい……。そう、覚悟していました」

麻衣子が唇をキュッと結んだ。

「でも、やっぱり生きたい。一日でも長く生きて、愛衣との時間を過ごしたい」

力強い言葉だった。ゆめは、潤《うる》んだ眼差《まなざ》しを麻衣子に向けていた。

頷いた塔子が、麻衣子をまっすぐに見る。

「じゃあ、絶対に手術を乗り越えないと」

「よろしくお願いします」

麻衣子は、手術を終えたあとも辛い治療が続くのである。そんな彼女から託された願いは、側《そば》で聞いている衛の心にもずしりとのしかかった。

笠原が麻衣子に話しかける。

「これから麻酔がかかります。ゆっくり深呼吸して下さい」

「はい」

静脈から全身麻酔薬が投与されるとほどなく目を閉じた。笠原が麻衣子の口にマスクを密着させ、人工換気を開始した。

手術室に静寂が訪れる。笠原が顔を上げた。

「挿管します。手術を続けて問題ないです」

頷いた塔子が再び手を動かし始めた。持針器が手渡される音、三枝の結ぶ糸が擦れる微《かす》かな音、さらにクーパーで糸を切る音が、淡々と耳に届く。

分厚い子宮壁は瞬く間に縫い上げられていった。

笠原が手慣れた操作で挿管チューブを挿入する。人工呼吸器に繋がれ、麻衣子の呼吸は機械のコントロール下に置かれた。

「創部の縫合が終わり次第、悪性腫瘍《しゅよう》の生検を行います」

塔子の説明に三枝が無言で頷く。子宮筋層の最後の層が縫合されようとしていた。ここまで20分とかかっていない。早産帝王切開にもかかわらず、凄まじい速さである。あとは腫瘍の生検を行うだけだ。衛がホッと胸を撫で下ろしたとき、笠原から怪訝《けげん》そうな声が上がった。

「子宮からの出血は止まってますか？」

創部を見るも、すでに最後の一針を結び終えたところである。塔子が眉根を寄せた。

「順調に進んでるけど、どうかしたの？」

「バイタルが崩れてるんです。心拍数が上がってきました」

言い終えるのと、心拍モニターの警告音がけたたましく鳴ったのは同時だった。笠原が困惑している。

「アレルギーではないと思います。モニターのパターンからしたら、どこかからの出血しかないんですけど」

即座に反応したのは三枝だった。

「すぐに子宮の裏を確認しろ！」

緩んだ空気が一変する。塔子が、縫い上げた子宮を慎重に前傾させる。子宮の背面は爛《ただ》れたように赤く、びまん性に出血していた。

三枝が子宮の後ろに無影灯の光を当てると、そこには血の海が広がっていた。

塔子が拳を握りしめた。

「子宮が収縮して、腫瘍との癒着面が剝がれたんだ」

三枝が即座に指示を出す。

「腫瘍表面がまだ見えていない。まずはそこの確認だ。城ヶ崎は子宮後壁の圧迫を続けろ」

塔子がガーゼで子宮背面を圧迫する。三枝が明日香に顔を向けた。

「下水流、血液を吸引しろ。吸引管は無闇に突っ込むんじゃないぞ。腫瘍を傷つけたら、組織が崩壊して出血が止まらなくなる」

「ラジャーです」

明日香がダグラス窩《か》の血液を慎重に吸引すると、徐々に全容が明らかになってきた。

術野を見たゆめが悲鳴を上げる。

「な……、なにこれ？」

その悍《おぞ》ましい光景を見て、衛もまた嫌悪感《けんおかん》に苛《さいな》まれる。

入院時にCTで見たときよりもさらに大きな腫瘍が姿を見せていた。径20センチの黄赤色のぶよぶよしたもので、表面には無尽蔵に血管が張り巡らされている。一つ一つの細胞に統制はなく、人体の造形美とは対極にあるような、無秩序な塊であった。子宮筋層に浸潤していた腫瘍が分娩後の子宮の急速な収縮により剝がれてしまい、裂けた表面から出血していたのだ。

一刻も早く止血しなければ、血液の勢いでさらに血管が裂けてしまい、対応できなくなる。しかも、バイタルが乱れれば血栓が飛ぶかもしれず、そうなると救命すら困難になる。

三枝がガーゼで腫瘍を圧迫した。

「止血剤を頼む。なんでもいい。使えそうなものを片っ端からここに持ってくるんだ」

外回り看護師の反応が一瞬遅れる。動いたのは海崎だった。

「僕が見繕《みつくろ》ってきます。他科が使う薬もありますけど、善さんが後で話をつけて下さいね」

舌打ちが返ってくる。

「そんなことはどうでもいい。さっさと薬を持ってこい、馬鹿《ばか》たれ」

海崎がバックヤードに消えた。院内携帯電話を手にした田川が続けて口を開く。

「検査室に輸血の連絡をします」

「頼んだ。余分になってもいいから、沢山オーダーしてくれ」

腫瘍を抑えているガーゼが赤く染まる。麻衣子は愛衣の娩出時にすでに1リットル以上の出血を来《きた》している。

笠原が焦燥感を帯びた声で叫んだ。

「結構、ギリギリの状態ですよ。これ以上出血したら血圧が下がっちゃいます。あとどれくらいで止まるんですか？」

塔子が苦々しい表情で首を振った。

「わからない」

「わからないって、どういうことですか？」

「腫瘍からの出血だと電気メスで焼いても止まらないし、血管が脆くなってるから結んで止血することもできないの」

三枝がその言葉の後に重ねた。

「圧迫と止血剤投与でなんとかするしかない」

「圧迫止血って……、そんなんでどうにかなるんですか？」

「わからん。だが、止まるまでやるしかない。それまで、なんとか全身状態を維持してくれ」

強い語気に、笠原のメガネが傾いた。

「わ、わかりました」

手術室が騒然となった。外回り看護師が出血量のチェックに追われ、笠原は点滴チューブから様々な薬剤を投与する。しかし、モニターの警告音は鳴り止《や》まない。

そんな中、ゆめが震える指で腫瘍を差した。

「それ、取れないんですか？　だって、手で摑めるくらいの大きさじゃないですか。いっそ取っちゃえば、外浦さんは助かるんじゃないですか？」

たしかに見えている腫瘍は決して大きくない。しかし……。

子宮後壁を押さえた塔子が首を振った。

「この腫瘍は、脊椎《せきつい》も、尿管も、それに周りの臓器まで食い荒らしている。下手に摘出しようとしてしまうとありえないくらいに出血するの。それに、目に見えている部分を取ったとしても、きっとあっという間に再発するから、正直、意味がない」

「そんな……」

ゆめの瞳《ひとみ》が絶望に揺れた。

「だって、外浦さんはあの狭い病室で寝たきりのままで、２週間も頑張ってきたんですよ。愛衣ちゃんと一秒でも長く過ごしたいって言ってたのに……。なのに、こんなの、ひどすぎるじゃないですか」

　感極まったようにゆめの瞳からボロボロと涙が溢《こぼ》れ落ちる。それを見た明日香が、彼女の胸元をそっと押した。

「ごめんね、ゆめちゃん。不潔になるから、術野から出てもらえるかな」

　嗚咽《おえつ》しながら後ろに下がったゆめが、血の一滴すらついていない滅菌手袋で涙を拭《ぬぐ》った。

「産婦人科って、こんなに辛《つら》いところなんですか？」

　漏れ出てきたのは悲痛な叫びだった。

「……ゆめちゃん」

　衛は、宥《なだ》めようと声をかけるものの、それ以上の言葉は出てこなかった。入院以来、麻衣子に真摯《しんし》に寄り添ってきたゆめだからこそ、その辛さに共感しているのだ。

　塔子が子宮を見つめたまま静かに口を開いた。

「産婦人科は、人生が集約されているところなの」

　充血したゆめの瞳を塔子は真《ま》っ直《す》ぐに見据えた。

「毎日、新しい命が当たり前のように産まれる。でもその一方で、同じ病棟で、同じ日に、がんで命を落とす人だっている。産婦人科病棟はそういう場所なんだよ」

ゆめがしゃくり上げながら言う。

「そんなの……、辛くないですか？」

「辛いよ」と、塔子が即答した。その姿を見て衛の胸が疼《うず》いた。新たな命を迎えることができず子宮までも失うという耐えがたい経験をしたのが、塔子に他ならないからだ。

「それでも私は、患者さんたちに、赤ちゃんたちに、いつまでも寄り添い続けたいと思っている。関わる人たちには、少しでもよかったと思える人生を送って欲しい」

塔子の覚悟は強い。その姿を見て、ゆめが再び頰を濡《ぬ》らした。

そこへ、バックヤードから飄々《ひょうひょう》とした声が聞こえてきた。

「お待たせ」

海崎だ。手には何種類もの薬剤を抱えている。

「セルロース膜にコラーゲンシート、トロンビン製剤に液状フィブリン接着剤。これだけあれば、どれかで出血は止まるだろう」

目を爛々《らんらん》と輝かせ、興奮気味に語る。どれも、傷口を塞ぐ瘡蓋《そうがい》形成の作用を助けるための、高価な薬である。

三枝が眉根を寄せた。

「能書を垂れてないで、使えそうなやつからとっとと開けろ」

そう言って、薬剤の選択を海崎に委《ゆだ》ねた。それもそのはずで、これらの薬剤は予想外の出血を来す腹腔鏡《ふくくうきょう》手術でよく使用されるものだからだ。海崎が薬剤を選ぶ中、検査室から輸血も届いた。笠原と田川がそちらに対応する。

海崎が術野に目をやった。

「出し惜しみしても仕方がないから、もう、フルコースで薬を使っちゃおう。まずは、液状フィブリン接着剤だ」

箱を開けて外回り看護師に手渡す。海崎は別の箱を次々と開封する。

塔子が創部にスプレー剤を吹きかけ、さらに止血成分が含有されたシート剤を何重にも重ねて貼《は》った。その上からガーゼを押し当てて圧迫する。

しかし、これだけ多様な止血剤を使ってもなお、ガーゼはじわりじわりと赤に染まっていく。まだ、出血が収まらないのだ。

塔子が祈るように言った。

「お願い、止まって。外浦さんを愛衣ちゃんに会わせてあげて」

もはや、ペアンも、鑷子《せっし》も、持針器すら持たず、己の手のみで腫瘍を圧迫して、止血を願う。これだけ進化を遂げた現代の手術であるにもかかわらず、その光景はなんとも原始的であった。

術野を見つめていたゆめが、嘆くように問う。

「他に手はないんですか？　こんな……、こんな憎らしい腫瘍が、自分自身で血を止めてくれるのを願うしか、方法はないんですか？」

ゆめが腫瘍を睨《にら》みつけた。衛も同じような憎悪を抱く。この肉塊さえなければ、麻衣子はごく普通に初めての子を迎え、家族3人で幸せな人生を過ごせたに違いないのだ。その腫瘍はいま、ここにいる者たちを嘲笑《あざわら》うかのように血を垂れ流している。

血が止まるも止まらぬも腫瘍次第だ。なんの意思もない、無秩序に増殖を繰り返す細胞の塊のはずなのに、まるでそいつの掌《てのひら》の上で踊らされているような、耐えがたい敗北感を味わっている。

「悔しい」ゆめが、声を震わせる。

「だって、こんなになんでも出来る先生たちが揃《そろ》ってるんですよ。29週の赤ちゃんだって救えるのに……。それなのに、こんな腫瘍ひとつに手も足も出ないなんて。そんなことって……」

言葉に詰まったゆめが、堪《こら》えきれなくなったように腫瘍から目を逸《そ》らした。唇を噛《か》み締めて、嗚咽する。

気迫を帯びた声が手術室を貫いた。

「目を背けるんじゃない」

声の主は三枝だ。その一喝に、ゆめの嗚咽が止まった。

術野に視線を落とした三枝はゆっくりと言葉を続けた。

「今日のことをよく目に焼き付けておくんだ」

厳かな声は、決して大きくはないものの、はっきりと耳に届く。

「医学とは、常に負けから這《は》い上がる学問だ」

三枝は腫瘍から片時も目を逸らさない。その眼光は、まるで腫瘍を切り刻まんばかりだ。

「困難な症例に遭遇し、救えなかった命を悔やむ。そこから逃げずに、経験をあきらかにし、皆で知恵を振り絞って、壁を乗り越える。それが新しい知見となり、次の治療に繋がるのだ」

伊織の超緊急帝王切開の助手を務めた夜を思い出した。彼女はかつての塔子と同じような危機に陥ったが、塔子は間一髪の判断で親子の命を救った。自らの悔しさを乗り越えて、塔子は、伊織に同じ悲しみを背負わせなかったのだ。

三枝が続けた。

「この道に終わりはない。一つの壁を乗り越えた先には、新たに途方もなく高い壁が立ちはだかっていて、その度に我々は打ちのめされる。そんな、辛く険しい道だ」

ここに来てからの自らの不甲斐《ふがい》なさを感じた場面が走馬灯のように脳裏に浮かぶ。体の芯《しん》に響いてくるかのような三枝の声は、衛が味わってきた悔しさを肯定し、前に向かって歩み出すための活力を与えてくれた。

ゆめもまた三枝の言葉に突き動かされたのだろうか、再び腫瘍を真っ向から見据えている。

「技術革新とは人類が這い上がってきた歴史でもある。何度打ちのめされても立ち上がってきた先人たちの積み重ねを、我々はこの時代に享受《きょうじゅ》しているのだ。だからこそ、医学は歩みを止めてはならない。今日の悔しさを必ず明日に繋げるんだ」

一人一人が医学の担い手である。三枝はそう語っているのだ。

心が激《たぎ》った。

若かろうとも、今は未熟であろうとも、自分は間違いなく医療に携わる一員なのだ。今日の悔しさが、明日の医療を発展させる糧《かて》になる。未来に、二度と麻衣子のような悲しい患者を生み出さないために、この現実から逃げるわけにはいかないのだ。

ゆめが、気丈に告げた。

「私は、外浦さんのことを絶対に忘れない」

ゆめの瞳に覚悟の光が宿った。術野を見つめる彼女の立ち姿はすでに一人前の医師のように堂々としていた。

心拍モニターの警告音がふっと消える。

「バイタル、落ち着きました」

笠原の報告に三枝が頷いた。

「出血を確認してみよう」

「わかりました」

塔子がガーゼを丁寧に腫瘍から剝がすと、真っ赤に染まった止血シート剤がミルフイーユのように重なっていた。

全員の視線が表面に注がれる。しばらくその時間が続いた。

やがて、塔子の後ろから術野を覗《のぞ》いていた海崎が呟《つぶや》いた。

「血、止まったんじゃない？」

塔子が、両肩を下げた。

「……よかった。止まった」

「まだ表面に無理やり血餅《けっぺい》を作っただけだから、慎重にね」

「分かってる」

そう答えて、丁寧に子宮を元の位置に収めた。その際に傍に張り付いていた腫瘍塊の一部を三枝が鑷子で摘《つま》む。

「検体を採取した。病理検査だ」

ホルマリン入りの瓶に小さな組織が収められる。麻衣子の体に巣食った腫瘍の正体を知るための、貴重な検体である。ホルマリン瓶を一瞥《いちべつ》した塔子が大きく声を張った。

「閉腹をします。2《ニー》－0《ゼロ》バイクリルの連続縫合糸を下さい」

閉腹操作に移ると第一助手が明日香に切り替わった。大きく開いた麻衣子の腹を、二人でてきぱきと閉じていく。困難だった手術にようやく終わりが見えてくる。

だがその瞬間、けたたましい着信音が割り込んできた。

衛が首から下げていた、真っ赤な携帯電話だ。

三枝が小さくため息をついた。

「ホットラインか。こんな時に、重なるものだな」

「衛くん。早く電話をとっちゃいなよ」

明日香に促されて慌《あわ》てて電話を取る。横から田川がメモ用の紙を渡してくれた。

「伊豆中産婦人科の北条です」

『西伊豆創世会《そうせいかい》病院、救急診療科の笠木《かさぎ》です』

電話口から切迫感のある声が聞こえてきた。衛と同じくらいの歳《とし》の男の声だ。

メモに病院名を書き込むと、田川が唸《うな》った。

「ここから1時間半以上かかるところだな。たしか西伊豆創世会は婦人科がなかったと思うが、何があったんだろうな？」

電話口に問いかける。

「どうされましたか？」

『急性腹症《ふくしょう》の患者さまの搬送依頼です。御園朱里《みそのあかり》さん、21歳女性。朝方から腹痛を自覚していましたが、急激に強くなったため、先ほど当院を受診されました。超音波検査で腹腔内に明らかな出血を認めておりまして……』

さらに情報を書き込んでいくと、海崎と田川がほぼ同時に口を開いた。

「異所性妊娠じゃないの？」「子宮外だ」

異所性妊娠とは、子宮外に妊娠が成立してしまう妊娠初期の異常だ。妊娠部位のほとんどは卵管で、週数が進むにつれて妊娠組織が大きくなり、いずれ卵管を突き破って腹腔内出血を来す。

『念の為《ため》に妊娠反応検査を行ったら、陽性と出まして』

妊娠反応陽性と追記すると海崎が「ビンゴだね」と呟いた。

異所性妊娠では、妊娠に気づかずに診断が遅れてしまうと時に命を落とすことがある。患者の御園はすでに出血しており、緊急手術が必要な状況だ。

笠木に向かって話しかける。

「ほぼ異所性妊娠で間違いないと思われます。バイタルを教えて頂けますか？」

『血圧100の60、心拍数120、体温37度2分。意識は清明ですが、腹部全体に圧痛があります』

データを見た田川が渋い表情をした。

「ショックになりかかってるな。一刻を争う」

隣の海崎が顎《あご》に手を当てる。

「出血量は、おおよそ1リットルってところかな」

明日香が術野に視線を落としたまま訊《き》いてきた。

「妊娠週数は？　向こうは産科じゃないから、わからないかな」

「笠木先生、妊娠週数はわかりますか？　それか、分娩予定日でも結構です」

妊娠についての知識は専門性が高い。おそらく救急医の笠木は、詳細な情報は聞き取れていないだろう。だが、なにかしらのヒントさえあれば週数の推定ができる。

恐縮したような声が返ってきた。

『すいません、そのあたりあまりよく分からなくて。まだ産科も受診していなかったようでして……。最後の生理は9月後半とのことでした』

「7週前後ってとこか」と、書き込まれた最終月経を見た海崎が言った。

田川が同意するように頷く。

「たしかに、異所性妊娠の破裂が起きやすい時期だな。いずれにせよ、緊急搬送が必要だ。それにしても場所がよくないな」

糸を結び終えた明日香が宙に目を漂わせた。

「西伊豆からだと、準備も含めると2時間くらいかかっちゃいますね。そんなにかかったら車内で急変しちゃうかも。輸血をしながら搬送してもらいますか？」

麻衣子の閉腹は、すでに最後の一針を縫い終えたところである。

滅菌手袋を外した三枝が壁掛け時計に目をやった。

「午前11時30分。本日は晴天なり。風もなし」

天気？　一体なにを言い出したのかと困惑する。すぐさま反応したのは塔子だった。

「ヘリが飛べる！」

ハッとした。伊豆中最大の武器の存在がすっかり頭から抜けていたのだ。明日香が嬉々《きき》とした声を上げる。

「ヘリなら、すぐに出動できれば30分以内にこっちに来れるね」

「そんなに早いんですか！」

明日香がニンマリと笑った。

「だからこそ、地域医療の救世主なんだよ。空には渋滞も山道もないからね」

いつか、下田から運ばれてくる妊婦を祈るように待っていたことを思い出した。峠道を2時間、それをヘリ搬送であれば、わずか30分の時間である。ドクターヘリを使えば、御園を救命できる可能性が格段に上がる。

塔子の声が飛んだ。

「北条、ぼうっとしてる時間はないよ。外浦さんの手術は終わったから、すぐに異所性妊娠の搬送に対応しよう！」

すでに麻衣子の腹には創部の被覆剤が貼られていた。

明日香の長い髪がぴょこりと跳ねる。

「じゃあ、私がフライトドクターに連絡します。衛くんは向こうの先生にいつでも出られるようにって伝えてあげて」

「わかりました」

再び、電話口に向かって声を張った。

「ヘリ搬送を検討します。すぐに搬送準備を始めて下さい」

『助かりました。どうぞよろしくお願いします』

電話が切れた。

隣でフライトドクターと二言三言話していた明日香が、三枝に向かって大きな丸を作ってみせた。あっという間に方針が決まっていく。

「決まりだな」

三枝が手術室の中央に立って右腕を挙げた。その仕草は、戦国武将のようである。

全員の視線が彼に集まった。

「すぐに異所性妊娠への対応だ。手が空いているものはそのまま治療に当たれ」

『はい!』

応答が見事に揃う。

「用意した輸血はこれから来る患者に使えるかもしれない。血液型を確認しておくように。それから、手術室の準備だ」

鋭い視線が笠原に向く。ホットラインが鳴った瞬間に肚を決めていたのであろう、笠原は半ば諦《あきら》め気味に首をすくめた。

「退室次第、なるべく早く部屋の準備をします。ヘリ到着には、ぎりぎり間に合うと思います」

「頼んだ」

「術式はどうなりますか？」

言われなくてもおよそ推測ができた。

異所性妊娠は、多くの施設で腹腔鏡手術が選択されるが、三枝は小開腹手術を選ぶだろう。術式に応じた準備に取り掛かろうとしたところで、その三枝に歩み寄る影があった。

海崎だ。悠々たるその姿を見て、嫌な予感がよぎった。

「どうした？」三枝が海崎に顔を向けた。

海崎はこれまで見たことのない顔をしていた。真っ直ぐに三枝を見据えて、口を開いた。

「これは、ラパロでやるべき症例です」

そう断じたことに空気が凍った。三枝の治療方針に口を出すなど、あってはならないことだ。しかも、この緊急事態に、である。

案の定、三枝が厳しい表情を見せる。だが、海崎に動じる様子はない。

「異所性妊娠の95%以上は卵管妊娠ですから、手術は卵管を切除するだけです。開腹手術よりも傷も小さいし、術後の回復も早い。これをラパロでやる判断が出来なければ、伊豆中では未来永劫《えいごう》、腹腔鏡手術ができない」

海崎が一言発する毎《ごと》に酸素濃度が下がっていくかのように感じられた。三枝は、黙ったまま海崎と対峙《たいじ》している。助けを求めるように塔子に目をやると、彼女もまた、ことの成り行きを見守るかのように、二人のやりとりを注視していた。

海崎がさらに前に出た。

「医学は歩みを止めてはならぬ。僕もその言葉に賛同しますよ。だってそれは善さんに叩《たた》き込まれてきたことですから」

三枝の眉がピクリと動いた。海崎が両腕を小さく上げる。

「はたして、今の伊豆中は前に進めているんでしょうか?」

言い放った事実に戦慄《せんりつ》する。ついに、伊豆中の停滞を三枝に対して真っ向から指摘した。その言葉の先にあるのは教授ルールへの批判に他ならない。

なぜこの緊急事態にそんな話をするのかと困惑する。だが同時に、海崎はこのタイミングを虎視眈々《こしたんたん》と狙《ねら》っていたのではなかろうかとも思った。三枝と塔子、それに他の医局員も揃っている状態でぎりぎりの判断を迫られる場面がやってくるのを、今か今かと待っていたのではないだろうか。荒療治かもしれないが、海崎はそういう大胆さを持った人間なのだ。

海崎が拳《こぶし》をぐっと握りしめる。

「今ならまだ間に合うと思います。いや、むしろ、今が最後のチャンスなのかもしれない」

そう告げて、ゆっくりと歩き出す。その姿はいつか学会で見た高名な演者そのものだった。

「少子高齢化と人口の首都圏集中を考えれば、地方の病院が現状を維持しようと努力しても、いずれ衰退する未来しかないんです。地方は切り捨てられる。それは、善さん自身がずっと前から言っていたことだ」

海崎が振り返って皆に視線を配る。

「地方こそ、早期から先進医療に取り組んで来るべき集約化に備えるべきだ。遥《はる》か昔からそう主張していた善さんは正しかった。そして、僕はその理念に共感したからこそ、自分の専門性を磨いてここに戻ってきたんですよ」

三枝がかつて目指した伊豆中の理想像。その第一歩目であり、象徴でもあった腹腔鏡手術の道。海崎は止まっていた時間を再び動かそうとしているのだ。

「この症例は、断固ラパロでやるべきです」

さらに強く主張した。自身のスペシャリストとしてのプライドをかけて、この議論を持ちかけているのだ。

はたして三枝は、海崎の訴えをよしとするのだろうか？

恐る恐る目を向けると、険しい表情のまま、その場に立ち尽くしていた。どんな議論においても速断を行ってきた三枝からは、否定の言葉も肯定の言葉も出てこない。

三枝の心は揺れているのかもしれない。

かつて自身の理想を注ぎこんで大海に送り出した海崎の凱旋《がいせん》を受け入れたい思いと、無理をさせたあまり、大事故によって医師としての時間を止めてしまった塔子に対する贖罪《しょくざい》の思いが、彼の心の中でせめぎ合っているのではないだろうか。

無言のまま対峙している二人の間に、一つ足音がした。

スラリと長い手足の背の高い人影は塔子だ。滅菌手袋を外して顔を上げる。

「ラパロで大丈夫だと思います」

三枝の眉が大きく持ち上がった。驚きをあらわにしたその表情は仏頂面《ぶっちょうづら》を崩さない三枝にしては、妙に人間臭いものだった。

塔子が海崎の隣に立った。

「これまでの面子《メンツ》だと難しかったかもしれないですけど、いまは海崎くんがいる。それに……」

ちらりと衛に目をやる。やりとりに集中していた衛は、突然3人から目を向けられて、思わず後退《あとずさ》りしてしまう。

「北条もラパロチームの人間です。ラパロを出来るだけの人員はいますし、この時間帯なら他のメンバーもいます」

塔子が倒れたとき、病棟には専門外の若手しかいなかった。だがいまは産婦人科医が揃っている。塔子はそう言っているのだ。ここにいるチームは、医療過疎《かそ》の伊豆半島で、三枝が長きにわたり、繋《つな》ぎ、激務の中で育ててきた精鋭たちだ。しかも、教授ルールの徹底により、意思疎通が強固に確立されている。

塔子が自信に溢れた表情で言った。

「海崎くんの手術だったら、大丈夫です」

三枝はじっと塔子を見つめている。機械のように冷たい瞳にいつしか温かな光が宿っていた。

すると突然、海崎がおどけたように両腕を広げる。

「僕の手術って、なにを勘違いしているの?」

予想外の台詞《せりふ》に塔子も怪訝な顔をみせる。

「どういう意味?」

その質問には答えず、海崎はスタスタとこちらにやってきた。

背筋を汗が伝う。

「この手術を僕が当たり前のようにやっても仕方がない。だって、異所性妊娠の手術は卵管を切除するだけなんだから。これは、産婦人科医になりたての医者や、場合によっては研修医にやらせたりもするものだからね」

でかい図体《ずうたい》が隣に並んだ。

「術者は北条先生だ」

突然の指名に唾《つば》を飲み込んだ。

衛が絶句する中、苦言を呈したのは塔子だ。

「ここでやる久しぶりのラパロだよ。そんな重大な手術の責任を北条に負わせることはないでしょ」

反論を跳ね返すかのように、海崎が大きく胸を張った。

「彼の手技はドライボックスで見てる。手技に関しては全く問題ない」

「練習と実践は全然違うでしょう？　それに、あのラパロセットは旧式のやつなんだよ。北条だって慣れてないだろうし、危ないよ」

海崎は頑として首を縦に振らない。

「それも含めてシミュレーションしているよ。彼に必要なのは実践だ」

「だからって、もっと落ち着いたときに経験を積ませればいいじゃない。だって、大事な手術なんだから」

「大事な手術だからこそだよ」

塔子の言葉を遮った海崎が、衛の右肩に大きな手を載せた。

「新しいチームの在り方を見せてくれるのは、いつでも次の世代の医師であるべきだ」

右肩がずしりと重くなった。海崎は、伊豆中の10年間の停滞から歩み出すための一歩目を、衛に託そうとしている。その10年とは、三枝と塔子と海崎、それぞれが理想と葛藤《かっとう》を抱きながら歩んできた年月でもある。それが、丸ごと自身の肩に乗っかっている。

額に手を当てた塔子が困惑したようにため息をついた。何を言っても聞き入れない海崎にほとほと手を焼いている。そんな仕草だった。

事態が混沌《こんとん》とし始めた中、足音がひとつ鳴った。

「話は分かった」

三枝だ。全員の視線が彼に集中する。

姿勢の良い立ち姿に、鋭い眼光、頭には先を尖《とが》らせた手術帽を被《かぶ》っているさまは、まさに裁判官そのものである。

三枝がゆっくりと歩き出した。測ったかのように一定の歩幅で、中央へと向かう。そこで二人のやりとりに対しての判断を下すのだろうと思いきや、三枝は止まらずに歩を進めた。視線の先にあるのは海崎と衛だ。

全身が震える。恐ろしいほどの重圧だった。

一歩近づいてくるごとに圧力が増す。海崎の影に隠れてしまおうかとすら思ったところで、三枝は海崎を眼光だけで退けた。

やがて、目の前に三枝が立った。

「北条」

「は、はい」

返事は掠《かす》れてしまい、はたして音としてきちんと届いたかは分からない。改めて、三枝と対峙する。

「お前は、今から運ばれてくる患者の腹腔鏡手術を出来るのか？」

己の覚悟を問うかのような、体の奥底まで届くような声に体が震えた。返答に窮していると、後ろから海崎の軽い声が返ってくる。

「北条先生ならできますって。僕が保証します」

三枝が舌打ちをする。

「俺は、北条に訊いているんだ」

「はいはい。すいません」

再び三枝に見据えられた。

完全に返答に窮してしまった。

海崎の言い分は分かる。彼がこれから行う手術を当たり前のようにこなしたところで、伊豆中の停滞を抜け出す象徴的な一歩たり得ない。だが、ここで長らく腹腔鏡手術が行われてこなかったのには理由がある。三枝と塔子、二人の過去を差し置いてまで、衛が執刀医を受諾するべきなのであろうか？　やはり、自分には荷が重いのではないだろうか。ここにきて、まだ半年も経《た》たない新参者である。伊豆中の歴史を背負うに足る人間とは、とても言い難い。

「北条！」

先ほどより、大きな声で一喝され、衛は飛び跳ねた。

「は、はい。すみません」

今度は、衛に向かって舌打ちが返ってきた。

「なんで謝るんだ。理由もなく謝るのはお前の悪い癖だ」

反射的にもう一度出そうになった「すみません」の言葉を必死で飲み込む。

背中で両腕を組んだ三枝が前傾を深めた。

「いいか。俺はお前に、専門家として訊いているんだ」

厳しい口調だが、よくよく聞けば怒りが込められているわけではない。そう気づくと鼓動が少し落ち着きを取り戻した。

「俺は、腹腔鏡の知識も経験も乏しい。だからこそ、お前自身にこの手術を出来るかどうかを判断しろと言っているんだ」

その口調から真摯な想《おも》いが伝わってくる。三枝の人差し指が衛の左胸を指した。

「決断には私情も忖度《そんたく》も必要ない。状況を鑑《かんが》みて、得られる情報からリスクを算段して、冷静に判断するんだ」

突風が吹いたように思考が鮮明になった。

『仮にチャンスが訪れても、今の君はそれを摑《つか》めるかい？』

ズガニの炊《た》き込みご飯を食いそびれた夜を思い出す。

あれから自分は、自らの夢とどう向き合ってきただろう。

ドライボックスの練習は欠かさず続けている。手術室に置いてある型落ちのラパロセットで、何度も起動のシミュレーションをしてきた。手術室のバックヤードに置いてある器械も、おおよそ把握している。他科の腹腔鏡手術を見て問題点を洗い出し、自分だったらどう対応するのかをつぶさに想像してきた。海崎のラパロの腕を目《ま》の当たりにした。それも、ただ憧《あこが》れの目ではなく、自分が目指すべき道の先にある技術として、だ。

ここにきて、海崎の助言の真意を理解する。

今の自分はただ漫然と練習だけしていた頃とは違うのだ。自身の欲と向き合い、いつチャンスが訪れても良いように、より実践的な、解像度の高い習練を積んできた。であれば、過不足なく自身の実力を判断できるはずだ。

これから搬送されてくる患者の手術についてシミュレーションしてみる。

術式は単純だ。妊娠した卵管の下を走る血管を止血凝固させながら切断していくだけだ。一つ一つの血管を縫合する必要はなく、広い範囲の血管を凝固止血させるためのエネルギーデバイスもあるから、操作はさほど難しくない。慣れた術者がやれば5

分とかからない手技で、手術時間の大半は腹腔鏡手術を始めるための諸々《もろもろ》の準備と、閉腹が占める。

旧式のラパロセットでも問題ないだろう。手順は頭に叩き込んでいる。

助手は海崎だ。海崎の手の動きは開腹手術で何度も見ている。卵管切除の手術をしたことこそないが、技術の祖は同じである。

三枝が常日頃から基礎技術を徹底させたことには大きな意味があったのだ。どれだけ年齢が離れていようと、たとえ同じ施設で働いた期間が短かろうとも、祖が等しいのであれば、いわば同じ言語で会話するようなものである。それが手術では信頼に繋がる。

手術手技は問題ないだろう。あとは、患者の状況である。御園はすでに腹腔内出血を来していて、ショックに近い状況に陥っている。ヘリ搬送で手術開始までの時間は大幅に短縮できるとはいえ、トラブルが起こる可能性は十分にある。麻衣子のケースだってそうだった。腫瘍《しゅよう》から思わぬ出血をさせてしまったが、トラブルを想定していたからこそ、救命し得たのである。

この手術は、いつか海崎が言った圧倒的に成功しなくてはならない部類のものだ。突然起こるトラブルに対処できるように、準備が必要だ。

そのためには一つピースが足りない。

「カメラ持ちを、誰かにお願いすることはできますか？」

腹腔鏡手術では、術野を映すための棒状のカメラを臍《へそ》に開けた穴から挿入する。その管理をするのがカメラ持ちである。単純な作業に思えるが、実は重要な役どころなのである。開腹手術では、それぞれの術者が見たいところを見ることができるが、こと腹腔鏡手術では、カメラ持ちが映す画像が視覚情報の全《すべ》てとなるからだ。カメラ持ちは術者の目にならなくてはならず、術者が見たい場所、操作しやすい視野を常に画面に映すのには、それなりの経験と気配りが必要なのだ。

海崎が後ろから言葉を挟んだ。

「僕がやればいいんじゃない？　どうせ助手は右手しか使わないんだから」

天渓大学産婦人科の腹腔鏡手術では、術者が患者の右側に立ち、両手で手術を行う。海崎に対する助手は右手のみで鉗子《かんし》の操作を行うので、左手は基本的にフリーになる。海崎の技術をもってすればカメラ操作も容易だろう。しかし……

「御園さんはプレショック状態のヘリ搬送患者です。なにかあったときのことを考えると、助手とカメラ持ちの手は分けておきたいんです。ここでは腹腔鏡手術に対応できる医者が限られているので、カメラ持ちを誰がやるかをあらかじめ決めておいた方が安全です」

「まあ確かにそうだけど、心配性だねえ。じゃあ、誰がやる？」

海崎が周囲を見渡す。三枝は無言で成り行きを見守っていた。

迷いのない声が上がったのは、三枝の背後からだった。

「私がやる」

塔子だ。自身の胸に手を当てている。

「あの機械は私も使ってたことがあるから、できる」

海崎の口角が嬉《うれ》しそうに上がった。型落ちのラパロセットは海崎が塔子に託したものだ。

「北条とはこれまで沢山手術をしてきたから、あなたの手の癖はわかる」

塔子が自身の大きな瞳を指差した。

「私が北条の目になる」

聞くもの全てに勇気を与えるような力強い声に、塔子と手を合わせてきた数多《あまた》の手術が脳裏を駆け巡った。塔子なら適任だ。自分の手を熟知しており、どんなトラブルが生じたとしても、抜群の機転で切り抜けられる。

続いたのは田川だ。

「だったら、私が外浦さんの術後管理をしよう。神里の外来も終わるはずだし、ＩＣＵでの管理は二人でやるよ」

塔子の表情が明るく輝いた。

「ありがとうございます。たがっさん」

「礼には及ばない。私にも婦人科腫瘍の専門家のプライドと責任があるからな。あんな辛《つら》い病を抱えている患者を見過ごすことなどできない。私は腹腔鏡の経験はないから、適材適所だ」

手袋を外した明日香が涼しげに笑った。

「話がまとまってきたね。ヘリももうすぐ到着するよ。さあ、どうするの、衛くん?」

皆がかけてくれる言葉のひとつひとつに、背中を押されているような気持ちだった。心が高揚する。

伊豆中が目指す新たな道、その第一歩となる腹腔鏡手術である。託される責任は重いが、このチームとならば乗り越えられる。

決意が固まった。

衛は三枝の目を正面から見た。

「腹腔鏡手術、出来ます!」

思いの丈を込めて、宣言する。

三枝がゆっくりと頷《うなず》いた。

「分かった。ヘリ搬送患者は、腹腔鏡下で緊急手術を行う」

三枝が衛に向かって姿勢を正す。辞令を言い渡すような振る舞いだった。

「主治医は北条衛。よろしく頼む」

両肩にずしりと重みを感じる。三枝がこの土地で築き上げてきた信頼と実績、さらに絶えることなく続いてきた伝統の重みに違いない。

「わかりました！」

塔子が両手をパンと合わせた。

「さあ、もうあまり時間がないよ。機械の準備は私と海崎くんでやっておくから、北条は患者を迎えに行ってあげて。明日香は北条を案内してくれる？」

明日香が敬礼のように右手を掲げる。

「了解です」

そのまま小さな手でどんと背中を叩かれた。

「さあ、心の準備はできた？」

手術室に集う全医療者に一礼する。

「行ってきます！」

言い終えるやいなや、北条衛はその場から駆け出した。

解説

吉田伸子

待ってました！　この作品を手にして、心の中で声が出た。本書は、二〇二三年度北上次郎オリジナル文庫大賞受賞作となった『あしたの名医　伊豆中《いずなか》周産期センター』の続編で、シリーズ第二作である。

本シリーズの主人公は、天渓《てんけい》大学医学部附属伊豆中央病院（通称「伊豆中」）に異動を命じられた大学医局員・北条衛《まもる》。ようやく婦人科の腹腔鏡《ふくくうきょう》手術の術者を任されるようになり、その道を極めようとしていた衛にとって、「伊豆中」への異動は、〝気分は島流し〟。前作では、そんな衛が、「伊豆中」での日々を送るうちに、産婦人科医として成長していく姿が描かれていた。

衛の先輩にあたり、「伊豆中」を実質的に回している部長の城ヶ崎塔子、同じく先輩医師の下水流《しもつる》明日香とスキンヘッドの田川、医局では後輩にあたるが「伊豆中」では先輩となる神里《かみさと》、塔子の腕と人柄に心酔している助産師の八重。何より周産期センターを率いる絶対神たる教授・三枝《さえぐさ》、と脇役《わきやく》たちもそれぞれキャラが立っていて、あぁ、これ良いシリーズものになりそうだな、早く続きが読みたいな、と思っていたのだ。

なので、前のめりで読み始めたのだが、第一話「絶品黒鮑《くろあわび》と気まぐれな天才医師」で、まず唸《うな》ってしまう。そうか、そう来ましたか！

サブタイトルからも分かる通り、本書には新たなキャラが登場する。それが「天才医師」である海崎《かいざき》栄介准《じゅん》教授、だ。「腹腔鏡の道を志すもので彼の名を知らないものはいない。業界トップクラスの腕とあくなき向上心から、腹腔鏡界に旋風を巻き起こしている」人物であり、衛にとっては、雲上人のような存在である。とはいえ、万年人手不足状態の「伊豆中」にあって、「ラパロ（腹腔鏡）チームの人が来るんじゃ、ここじゃ役に立たないんじゃないの？」と、明日香はばっさり。何故《なぜ》なら、「三枝の鋼鉄の如《ごと》き方針により、ここでは婦人科の腹腔鏡手術が行われていないからだ」。

シリーズ二作めにして、新しい血（キャラ）の投入。しかもそのキャラ、「伊豆中」にとっては、宝の持ち腐れ感……。もう、それだけで、ここから物語がどんなふうに展開していくのか、わくわくしてしまう。しかも、海崎、塔子と同期という設定なのだ。海崎についての情報を求められた塔子は、しばらく会ってないから最近のことは知らないと前置きした上で、「思ったことを口に出さずにはいられない人。TPOって言葉は、海崎くんの辞書にはないから、色々変なことを言うとは思うけれど、まあ、大きな心で接してあげて」。海崎、変人か！

この海崎が台風の目となるのだが、本書にはもう一人、自ら「伊豆中」での研修を希望したという産婦人科医志望の二年めの研修医、阿佐ヶ谷ゆめも登場する。海崎ほどではないにしろ、こちらもまた個性的で癖《くせ》つよなキャラだ。ややウザめ。

物語が進むにつれ、どうして腹腔鏡手術のゴッドハンド海崎が「伊豆中」にやってきたのか、その意味が見えてくる。そして、それは、前作で明かされた「伊豆中」の不可侵の「教授ルール」に風穴を開けることにつながっていくのだが、その山場が第四話「一歩前に踏み出すためのマグロ丼《どん》」とそれに続く最終話「執刀医・城ヶ崎塔子」だ。

以下、作品の後半に触れます。未読の方はご注意下さい。

第四話、三島から救急搬送されて来たのは、妊娠28週の深部静脈血栓症疑いの妊婦、外浦《とのうら》麻衣子、39歳。「右足が突然腫《は》れ上がって、午前にかかりつけの産院を受診」したところ、血栓症を疑われての搬送だった。到着後すぐに全身検査となり、CTの撮影に入る。血栓は右の膝窩《しっか》静脈に見つかったのだが、同時に〝あるもの〟も画像に映っていた。それは、骨盤背面側にある腫瘤《しゅりゅう》だった。画面を睨《にら》む塔子と田川の真剣な表情に、衛の背筋を嫌な汗が流れる。

やがて、塔子が「最悪だ」と苦々しく口にする。その言葉を受けて田川が衛とゆめに説明する。「悪性のものだ。完全に造影剤に染まっているから間違いない」と。「腫瘤」は悪性腫瘍《しゅよう》だったのだ。「子宮の後ろ、後腹膜という所から発生した腫瘍が、子宮と胎児に押しつぶされている状況」であり、腫瘍が脊椎《せきつい》にまで浸潤していたのだ。

血栓症疑いで搬送された病院で、まさかの悪性腫瘍の告知。しかも、かなり進んだ状態で。麻衣子自身にとっては「早く治療を開始した方が、一般的に予後は長くなる」とはいえ、いますぐ分娩《ぶんべん》にするのは胎児にとってはリスクが高い。「外浦さんの身体《からだ》のことを考えれば、いますぐにでも分娩をした方がいい。でも、赤ちゃんのことを考えれば、できるだけ長く子宮の中で育てた方がいい。そういう難しい状況」なのだ。

自身の治療を優先させるか、お腹《なか》の子どもを優先させるか。なんと残酷な二択だろうか。しかも、麻衣子の悪性腫瘍はいわゆる肉腫で「遠隔転移もしているだろうから、相当厳しい症例」であり、「第二腰椎から第四腰椎までの直接浸潤、それに尿管もやられてい」る。腫瘍の生検をするにも大出血を起こしかねず、一苦労なのである。

　この状況で、自分の治療を優先する母親はいない。かつて妊婦だった私が断言します。自分より赤ちゃん優先という選択しか、ない。けれど、麻衣子が辛《つら》いのは、文字通り自分の命を削って胎児を優先させ、なんとか無事に我が子をこの世に送り出すことができたとして、その子とともに過ごせる時間は、ごく短いものになるだろうということもわかっていることだ。もうね、この第四話とそれに続く最終話、私は涙と鼻水でぐちゃぐちゃになりつつ読みました。

　麻衣子の選択と、胎児がどうなるのか。泣くよ。間違いなく。

　さらに、さらに、麻衣子の手術後に、これまた緊急搬送されて来ることになった、いわゆる子宮外妊娠の患者の手術が決まるシーン。ここで、海崎が「伊豆中」に赴任して来たことが結実するのだが、それが、衛自身のさらなる成長に繋《つな》がっている、というのもいい。

　衛だけではない。本書では、ゆめも医師として、そして人としても成長を遂げる。麻衣子の腫瘍を目にしつつも、なすすべのない現実に打ちのめされるゆめに、三枝は言う。「目を背けるんじゃない」「医学とは、常に負けから這《は》い上がる学問だ」と。「困難な症例に遭遇し、救えなかった命を悔やむ。そこから逃げずに、経験をあきらかにし、皆で知恵を振り絞って、壁を乗り越える。それが新しい知見となり、次の治療に繋がるのだ」と。この三枝の言葉が、ゆめに響く。

それにしても、麻衣子のエピソードといい、作者の藤ノ木さんが現役の産婦人科医であることを改めて思う。藤ノ木さんは日々命の現場に立っているのだな。時には胸が張り裂けそうになる選択を迫られることもあったのだろうな。そして、何よりも、産婦人科医であることに誇りを持っているんだな。その藤ノ木さんの想《おも》いが込められたのが、このシリーズなのだな、と。

前作でも光っていた〝伊豆グルメ〟の描写は本書にも受け継がれていて、冒頭に登場する「鮑と磯海苔《いそのり》のクリームパスタ」といい、モクズガニの甲羅酒といい、「天城猪《いのしし》まん」、大トロと赤身の漬けとカジキの炙《あぶ》りからなる「三色丼」といい、もう、もう！ 医療小説を読みながらお腹が鳴ってしまう、というレアな体験（!?）が出来るのも、本書の魅力の一つ。

最後に、このシリーズ、ドラマ化して欲しい！ と個人的に強く思っているのですが、現時点での私の妄想キャストを。塔子役には米倉涼子、だと塔子ではなく（大門）未知子になってしまうので、ここは松下奈緒か。明日香には野呂《のろ》佳代、神里は杉野遥亮《ようすけ》。三枝教授は松重《まつしげ》豊、海崎はディーン・フジオカ。そして、衛は北村匠海《たくみ》で、さあ、どうだ！

（二〇二四年八月、書評家）

本書は新潮文庫のために書き下ろされた。

藤ノ木　優著

あしたの名医
―伊豆中周産期センター―

伊豆半島の病院へ異動を命じられた青年産婦人科医。そこは母子の命を守る地域の最後の砦だった。感動の医学エンターテインメント。

午鳥志季・朝比奈秋
春日武彦・中山祐次郎
佐竹アキノリ・久坂部羊著
遠野九重・南杏子
藤ノ木優

夜明けのカルテ
―医師作家アンソロジー―

その眼で患者と病を見てきた者にしか描けないことがある。9名の医師作家が臨場感あふれる筆致で描く医学エンターテインメント集。

中山祐次郎著

俺たちは神じゃない
―麻布中央病院外科―

生真面目な剣崎と陽気な関西人の松島。確かな腕と絶妙な呼吸で知られる中堅外科医コンビがロボット手術中に直面した危機とは。

中山祐次郎著

救いたくない命
―俺たちは神じゃない2―

殺人犯、恩師。剣崎と松島は様々な患者を手術する。そんなある日、剣崎自身が病に倒れ――。凄腕外科医コンビの活躍を描く短編集。

朝井リョウ著

何者
直木賞受賞

就活対策のため、拓人は同居人の光太郎や留学帰りの瑞月らと集まるようになるが――。戦後最年少の直木賞受賞作、遂に文庫化！

朝井リョウ著

正欲
柴田錬三郎賞受賞

ある死をきっかけに重なり始める人生。だがその繋がりは、〝多様性を尊重する時代〟にとって不都合なものだった。気迫の長編小説。

朱野帰子著
わたし、定時で帰ります。
絶対に定時で帰ると心に決めた会社員が、部下を潰すブラック上司に反旗を翻す！ 働き方に悩むすべての人に捧げる痛快お仕事小説。

朱野帰子著
わたし、定時で帰ります。2
―打倒！パワハラ企業編―
トラブルメーカーばかりの新人教育に疲弊中の東山結衣だが、時代錯誤なパワハラ企業と対峙する羽目に!? 大人気お仕事小説第二弾。

芦沢　央著
許されようとは思いません
入社三年目、いつも最下位だった営業成績が大きく上がった修哉。だが、何かがおかしい。どんでん返し100%のミステリー短編集。

芦沢　央著
火のないところに煙は
静岡書店大賞受賞
神楽坂を舞台に怪談を書きませんか――。作家に届いた突然の依頼が、過去の怪異を呼び覚ます。ミステリと実話怪談の奇跡的融合！

伊坂幸太郎著
首折り男のための協奏曲
被害者は一瞬で首を捻られ、殺された。殺し屋の名は、首折り男。彼を巡り、合コン、いじめ、濡れ衣……様々な物語が絡み合う！

伊坂幸太郎著
クジラアタマの王様
どう考えても絶体絶命だ。製菓会社に勤める岸が遭遇する不祥事、猛獣、そして――。現実の正体を看破するスリリングな長編小説！

角田光代著
キッドナップ・ツアー
産経児童出版文化賞・路傍の石文学賞受賞

私はおとうさんにユウカイ(=キッドナップ)された！ だらしなくて情けない父親とクールな女の子ハルの、ひと夏のユウカイ旅行。

角田光代著
笹の舟で海をわたる

不思議な再会をした昔の疎開仲間は、義妹となり時代の寵児となった。その眩さに平凡な主婦の心は揺れる。戦後日本を捉えた感動作。

金原ひとみ著
マザーズ
ドゥマゴ文学賞受賞

同じ保育園に子どもを預ける三人の女たち。追い詰められる子育て、夫とのセックス、将来への不安……女性性の混沌に迫る話題作。

金原ひとみ著
アンソーシャル ディスタンス
谷崎潤一郎賞受賞

整形、不倫、アルコール、激辛料理……。絶望の果てに摑んだ「希望」に縋り、疾走する女性たちの人生を描く、鮮烈な短編集。

加納朋子著
カーテンコール！

閉校する私立女子大で落ちこぼれたちを救済するべく特別合宿が始まった！ 不器用な女の子たちの成長に励まされる青春連作短編集。

加藤シゲアキ著
オルタネート
吉川英治文学新人賞受賞

料理コンテストに挑む蓉《いるる》、高校中退の尚志《なおし》、ＳＮＳで運命の人を探す凪津《なづ》。高校生限定のアプリ「オルタネート」が繋ぐ三人の青春。

桐野夏生著　ナニカアル
島清恋愛文学賞・読売文学賞受賞

「どこにも楽園なんてないんだ」。戦争が愛人との関係を歪めてゆく。林芙美子が熱帯で覗き込んだ恋の闇。桐野夏生の新たな代表作。

桐野夏生著　抱く女

一九七二年、東京。大学生・直子は、親しき者の死、狂おしい恋にその胸を焦がす。現代の混沌を生きる女性に贈る、永遠の青春小説。

京極夏彦著　文庫版　ヒトごろし（上・下）

人殺しに魅入られた少年は長じて新選組鬼の副長として剣を振るう。襲撃、粛清、虚無。心に翳を宿す土方歳三の生を鮮烈に描く。

京極夏彦著　今昔百鬼拾遺　天狗

天狗攫いか——巡る因果か。高尾山中に端を発する、女性たちの失踪と死の連鎖。『稀譚月報』記者・中禅寺敦子らがミステリに挑む。

窪　美澄著　ふがいない僕は空を見た
山本周五郎賞受賞・R—18文学賞大賞受賞

秘密のセックスに耽る主婦と高校生。暴かれた二人の関係は周囲の人々を揺さぶり——。生きることの痛みを丸ごと包み込む傑作小説。

窪　美澄著　トリニティ
織田作之助賞受賞

ライターの登紀子、イラストレーターの妙子、専業主婦の鈴子。三者三様の女たちの愛と苦悩、そして受けつがれる希望を描く長編小説。

小池真理子著
恋
直木賞受賞
誰もが落ちる恋には違いない。でもあれは、ほんとうの恋だった——。痛いほどの恋情を綴り小池文学の頂点を極めた直木賞受賞作。

小池真理子著
神よ憐れみたまえ
戦後事件史に残る「魔の土曜日」と同日、少女の両親は惨殺された——。一人の女性の数奇な生涯を描ききった、著者畢生の大河小説。

近藤史恵著
サクリファイス
大藪春彦賞受賞
自転車ロードレースチームに所属する、白石誓。欧州遠征中、彼の目の前で悲劇は起きた！ 青春小説×サスペンス、奇跡の二重奏。

近藤史恵著
エデン
ツール・ド・フランスに挑む白石誓。波乱のレースで友情が招いた惨劇とは——自転車競技の魅力疾走、『サクリファイス』感動続編。

佐藤多佳子著
黄色い目の魚
奇跡のように、運命のように、俺たちは出会った。もどかしくて切ない十六歳という季節を生きてゆく悟とみのり。海辺の高校の物語。

佐藤多佳子著
明るい夜に出かけて
山本周五郎賞受賞
深夜ラジオ、コンビニバイト、人に言えないトラブル……夜の中で彷徨う若者たちの孤独と繋がりを暖かく描いた、青春小説の傑作！

あしたの名《めい》医《い》2

天才医師の帰還

新潮文庫　ふ-61-2

令和六年十一月一日発行

著者　藤《ふじ》ノ木《き》優《ゆう》

発行者　佐藤隆信

発行所　株式会社 新潮社

郵便番号　一六二―八七一一
東京都新宿区矢来町七一
電話 編集部(〇三)三二六六―五四四〇
読者係(〇三)三二六六―五一一一
https://www.shinchosha.co.jp

価格はカバーに表示してあります。

乱丁・落丁本は、ご面倒ですが小社読者係宛ご送付ください。送料小社負担にてお取替えいたします。

印刷・三晃印刷株式会社　製本・株式会社植木製本所

ISBN978-4-10-104652-5 C0193